刘兆林

乡愁文丛　王剑冰　主编

巴彦雪

刘兆林　著

中原出版传媒集团
大地传媒

大象出版社
·郑州·

图书在版编目(CIP)数据

巴彦雪 / 刘兆林著.— 郑州 : 大象出版社,
2017.5
(乡愁文丛 / 王剑冰主编)
ISBN 978-7-5347-9190-1

Ⅰ.①巴… Ⅱ.①刘… Ⅲ.①散文集—中国—当代
Ⅳ.①I267

中国版本图书馆 CIP 数据核字(2017)第 059633 号

乡愁文丛
王剑冰 主编
巴彦雪
刘兆林 著

出版人 王刘纯
策　划 王刘纯
责任编辑 石更新
责任校对 毛　路
装帧设计 王莉娟

出版发行 大象出版社(郑州市开元路 16 号 邮政编码 450044)
发行科 0371-63863551 总编室 0371-65597936
网　址 www.daxiang.cn
印　刷 北京汇林印务有限公司
经　销 各地新华书店经销
开　本 787mm×1092mm 1/16
印　张 15
字　数 147 千字
版　次 2017 年 5 月第 1 版 2017 年 5 月第 1 次印刷
定　价 32.00 元

找得到灵魂家园，记得住美丽乡愁

——“乡愁文丛”总序

王剑冰

我们强调保护中国的传统文化，而传统文化当中就有乡愁。乡愁是中国人热爱家乡、牵念故里的独特情结，是一种美好自然的文化观念。社会越是变化、越是浮躁，这种情结就越显珍贵。乡愁也是一种寻根意识，记住乡愁，记住美好的童年，记住美好的向往，也便是铭记我们的根本。

我们每个人都是故乡的一片叶子，这片叶子无论飘落多远，都无法摆脱大树对于叶子的意义。一个人的身上总有着故乡的脉络，流着故乡的血，带着永远不可改变的DNA。一个个的人也可以说是一个个村子的化身，他们走出去，分散得到处都是，却不会把村子走失。

说起乡愁，那是一种与生俱在的情怀，住在心中的故乡常常鲜活在那里。故乡是安放你的灵魂、温暖你的寂冷的地方，是接纳你的疲惫、抚慰你的忧伤的地方。翻开一页页被繁忙弄乱的过往，记忆中的余香总在儿时的故乡。那里有我们最亲密的玩伴、最爱吃的食物、最漂亮的衣衫、最天真的憧憬。而芬芳入梦的，多是亲人亲切的面容与温馨的相聚场面。那些亲人或已故去，或还在乡里。现在多数人对故乡的感觉同对年节的感觉一样，那种热闹团圆、香气弥漫的味道是乡情中最重要的部分。“每逢佳节倍思亲”，所以归乡最多的时刻是年节，带着满满的怀想、满满的辛苦，万水千山相携于途，构成最为壮阔的乡愁景观。古往今来，人们因为各种缘由漂泊在外，但总是要找机会赶回故里。金圣叹曾列举“不亦快哉”之事，其一即是“久客得归，望见郭门，两岸童妇，皆作故乡之声”。然而他们的欢喜中又带着那种“近乡情更怯，不敢问来人”的复杂心理。漫长的时光已然流逝，乡愁的话题始终没有停息，情怀早已渗透于诗歌典章，直至后来，还有余光中、三毛、席慕蓉不约而同地同题《乡愁》。

诚然，远在故乡之外的游子，生发的多为眷念之情，即使老杜有“漫卷诗书喜欲狂”“便下襄阳向洛阳”的返乡之举，回到家乡也还是要再出去，因“莼鲈之思”而辞官归返的张季鹰毕竟是少数。还有，余光中的《乡愁》或代表了一些人对于故乡的认知，那就是故乡即是母亲（或双亲）的代名，对于故乡的怀念即是对于母亲的怀念，回故乡即是为了看母亲，母亲不在了，故乡的概念便模糊起来。随着生活的变化，有人也不可避免地遇到了回乡的矛盾，记忆与现实发生了冲突，那种期待值与仪式感渐渐折损，许多美好已然变成了永久的追忆。所以有人会说："我是真的爱家乡，不过爱的可能是记忆里的家乡。"确实，没有一成不变的事物，这是时间所带来的不可逆转的事实。然而不可逆转的还有那份强烈的牵绊，永恒的顾念并未因此而中辍，情感的执拗还是同那些疏离与怨怼扯断了关联。生生不息地以文字表达出来的乡愁，也成为中国文学中一个特有的传统。

作家们大都已离开生养自己的故土，但我们却能看出那种深深的乡愁情结，这其中有写生养自己的故乡的，也有写生活过的第二、第三故乡的，还有赞美如故知的他乡的。文丛中，地域山水皆有代表，民俗风情各具特色，多方位地展现出人与历史、人与环境的关系，彰显对亲人故土的真挚情怀以及对世态人生的深切感慨，给我们带来亲近，带来回味，带来启迪，让我们感受到温馨而深挚、苍郁而辽阔的文字力量。

我们说，在意乡俗年节，提倡尊崇温情，爱护碧水蓝天，留住美好记忆，是和谐社会建设的内容之一，也是复兴民族文化的核心之一。这样会把我们赖以生存的环境保护和建设得愈加贴近期待与理想，也会使我们愈加容易找得到灵魂家园、记得住美丽乡愁。大象出版社倾心打造这样一套阵容壮观的“乡愁文丛”，就是带有这样的初衷。该文丛是具有欣赏性、研究性、珍藏性的文学工程，也是一种文化的记忆与期望。“故乡今夜思千里，霜鬓明朝又一年。”随着时间的挥手远去，这种记忆与期望会愈加显现出它的意义。

2017 年初春

目 录

第一辑 乡情

月是故乡明

天底下只有一轮月亮，人们却非说故乡的月最明，那是因为，游子们的童年之梦和生命之根，都是在故乡月色下生成的，无论走到天涯海角，都不可更改不可磨灭，犹如每人只能有一个生身母亲，无论如何也不能改变一样。所以说，母亲的恩永远最大，故乡的情永远最深。

离开故乡三十多年了。我说过，我已有了第二故乡。但不管怎么说，真正意义的故乡，应是埋有童年梦想和亲人尸骨的那片土地。我整个童年及少年时代，和我所有已故亲人的尸骨都埋在巴彦那块沃土里，并且至今还有亲人、朋友和同学生活在那里，因而巴彦不能不是对我最有牵引力的地方。但故乡的确已发生巨大变化，几次回巴彦，我都目睹了那喜人的新貌，同时，也愧叹，这变化里没有我的功劳。

对这些变化，我由衷欣喜，但也不能不自家人似的正视现实：跟日新月异的全中国，尤其是瞬息万变的外部世界相比，故乡变化的脚步不是最快的。就如直到现在我还能童年那般梦见故乡的山如何之高，河如何之大，山河间的桥如何雄伟，可一旦真回到故乡身边时，便会大吃一惊一样：跟外面的名山大川巨桥相比，故乡的山河及桥，哪还能叫山叫河叫桥啊，分明是小桥溪水人家嘛！这使我悟到，故乡最亲，但故乡不是最先进的。也如到了发达国家回头再看一样，最想念的肯定是祖国，但最发达的并不是祖国啊！这时才能分明地感觉出祖国的伟大之处是什么，她的不足在哪里了，也因此更加盼望她能早日成为世界上最伟大的国家。因此，每当我为家乡的飞速发展而喜悦时，也会为家乡应该丢掉但一时又丢不掉的东西而遗憾，甚至难过。我深切感到了，家乡的一切发展进步，都不是因循守旧给的，而是弃旧图新带来的。鲁迅写《故乡》时，最为伤感的是故乡人的麻木和不争。渴望外部世界的新思想、新知识、新人新事，能意识到自己落后的方面，这才是游子感恩故乡的同时，又深切期望于故乡的真实情感。

一个地区，物产再丰富，资源再深厚，没有高知识高素质的人才和民众，也是要落后的。故乡能着眼未来，把尊重知识，尊重人才，提高广大民众，尤其是青少年的素质放到极其重要位置，这无疑也是游子的最大心愿。众多远在他乡的游子，能呼应故乡的号召，百忙中交上一份答卷，无疑是献上了一份深情的爱心。远游的人不漠视故乡，故乡人热切关注游子，让我们把各自的业绩当坐标相互参照，当梯子相互攀登，家乡发展的脚步就会更快。

故乡明月在，我已白发生。相信游子的白发与后生的青丝，会在故乡明月下相映成辉。谨以此苍白小文献给恩深如海的故乡。

（原载故乡巴彦编辑的《月是故乡明》）

巴 彦 雪

一提巴彦，我总会下意识想到从巴彦去哈尔滨必须经过的呼兰。巴彦、呼兰、哈尔滨都是由满语音译简缩而来。呼兰现为哈尔滨市的一个区，巴彦是哈尔滨的郊区县。开句玩笑，哈尔滨，地球人都知道。呼兰呢，文学圈里差不多也都知道，那是现代文学史上优秀女作家萧红的故乡，是靠她深受鲁迅先生和茅盾先生推崇的小说名著《呼兰河传》提高知名度的。而巴彦，则在我心中知名度最高，虽然黑龙江省以外少有人知道，这就如没谁知道已故多年的刘李氏是谁，但她却在我心中知名度永远最高一样，因她是我母亲。我心中知名度最高的巴彦，是我的故乡，满语“富庶”的意思。

如果用时下只以钱多少论穷富的话，巴彦算不上富庶了，因为她虽黑土流油，盛产质量和产量都非常好但不值大钱只能填肚子的大豆高粱及瓜果蔬菜等，再就是漫长冬天漫野的大雪。GDP不行，富庶个球！

就为这“富庶个球”，我决计回巴彦一趟。我十九岁离开巴彦，至今已四十年，其间只回去过四次。去年，新中国成立六十周年的时候，故乡为了引资谋富，专门成立了巴彦乡友联谊会，在我的工作地辽宁，也成立了辽沈分会。都说树挪死人挪活，为了活得更好，不少人挪离了故乡。但人是有感情的树，不管挪到哪里活得如何，感情的根仍深扎在故土。乡友会里，只我是文人，无力为家乡立竿见影致富，便倡议设立了“巴彦文学之星奖”。这是故乡有史以来第一个正式的文学奖。古黑龙江省志有言：“江省文风，东荒为盛，巴彦尤著。”此说新中国建立以后也成立。我便想，祖先把巴彦看成富庶的地方落脚安家，看重的不就是肥得流油撒种便丰收的黑土地嘛。而所说黑土流油，那油不就是冬天漫野大雪化成的肥水吗？东北人还好说瑞雪兆丰年，这是老天爷和大地母亲告诉他们的真理，年年多雪就预示黑土地年年流油，因而年年丰收。巴彦在松花江边，到处是流油的可耕黑土地，漫山遍野的大豆高粱年年高产，绿色无污染，就因了年年的瑞雪滋育。我又想，终会有那么一天的，粮食重于黄金，瑞雪贵于白银。民以食为天，这是我的信仰。我还信仰，文学就是精神的瑞雪，越来越重的物质富裕病，会越来越需要文学的精神雪疗。饱肚子的粮食、养脑子的精神粮食，不越来越贵就怪了，应该贵到比什么都贵才对。待到世界所有国家都只顾 GDP，而把整个地球可耕地弄没了的时候，一粒粮食二两黄金怕都买不着了。以这眼光看，年年撒种就能丰收的巴彦，该算富庶之地了，何况她还文风尤著，盛产精神粮食呢！所以，我和几位乡友相约元宵节前回故乡一趟，专为我们发起设立的文学奖去颁奖。

说来太巧，十六七年没回故乡了，几经协商定下了日子，却突来一场暴雪。因为雪太大，高科技的动车组都不灵了，后半夜我们才在松花江边的哈尔滨下了火车。元宵节前五颜六色的灯光把茫茫白雪照耀成迷彩色，我们的眼睛则被彩雪撩拨成如炬明灯，不停地扫射路旁的迷彩雪。由于路况与以前回来那几次比天壤之别地好，倒是汽车胜过了火车，我们很快过了松花江，跨上呼兰河大桥。在清朝，呼兰和巴彦同属一个县，后来才一分为二的。我这个巴彦人对呼兰感情也不浅，一因呼、巴曾同为一县，二因萧红。萧红若在，肯定会把这里错当成她客居过的香港浅水湾或日本的一座什么桥吧，那么雄伟！呼兰河上的大雪，让我想到萧红在《呼兰河传》里描写的夏夜无数河灯。没有萧红撒下密实的文学种子，呼兰的河灯怎么会在雪夜成群结队流过我心头呢！二十年前，回故乡的路又窄又颠，也没挡住我拐往萧红故居的脚步。我特意把一本拙作集放在萧红纪念馆，因书的自序里诉说了对萧红的虔敬。这次太匆忙，只好于夜色中远望了几眼已成旅游名胜的萧红纪念馆。

车飞快越过呼兰和巴彦界河上的少陵河桥。记得还是初中生时，我在河边打柴歇凉，听当教师的父亲说起《呼兰河传》，于是萧红这颗饱满的文学种子才落入我的心田。那年秋天，我用过的作业本背面写了一首几十行的诗《少陵河之歌》。文学种子神速膨胀出的野心让我把“传”字变成了“歌”字，那时以为“歌”字更重要。一个女作家能为她家乡的河写传，我这个男子汉就该为自己家乡的河写歌。可是羞愧死了，对于故乡，我只写下四五篇正经的文学作品，总共才五六万字:《父亲祭》《献给母亲的花》《童年伴我一生》《巴彦苏苏》和《捡庄稼》。就是说，至今自己也没为家乡写出一篇具有歌、传意义的作品来。

我惭愧着想在车通过我的出生地西集镇时多看上几眼，可宽阔的新路却把她甩在一边了，只让我看见了白雪映照的灿烂灯光。

原来，大前年新修的国家级公路已把从前的弯路拉直。被新路抛到一边的镇子里，曾出过一群文艺人，其中两位著名诗人、一位著名演员，演员就是电视连续剧《三国演义》中演刘备的那位，他的哥哥还是我的同学和我父亲的学生呢。当然，老百姓中，演刘备的那位在老家几乎家喻户晓，而那两位诗人，仅限于文学圈内著名而已。两位诗人，一位尚在。当年我在县城读高中，曾给他们捎过往报社和杂志社投稿的信。每当在报纸和杂志上读到他们通过我的手投递而发表的作品时，我心田便又播下一颗文学种子。那时，看得见的偶像只这两位其貌不扬但经常发表作品的诗人，还有县城一位教我们俄语其貌很扬的老师诗人。那时，“粉丝”一词只是家乡拌凉菜的高级材料，我们对偶像般的作家，只会尊为榜样，而绝不会称自己是他们的粉丝。

新修的路缩短了我家和县城的距离，不少事还没来得及忆想，眨眼间我们就到县城门楼下了。当年我在县城读高中，西城门外是一大片烂草塘和乱葬岗，现在却变成一个很大的公园。岳父一家及亲友早年都在这一带住平房，如今都已搬进城里的楼房大院。当年城门在我眼里简直高大如天安门，现在却只作为行人路口，因城门里外的马路比城楼宽了许多，车辆都绕城楼的环圈路走。我们的车却特意从城门通过，好让我回味当年投笔从戎乘大卡车离家远行的情景。那时，清朝修的四座城门只剩下西门这一座了，记得城门里不远就是郭沫若题写校牌子的巴彦县第一中学。我是住宿生，每次给我出生地那两位诗人代投的稿件都是从我们宿舍门口的邮筒投出的。巴彦一中的文风也很盛，能在省内外文学杂志发表作品的师生有好几人。他们新发表作品的杂志一到，师生们总要传诵一阵子的。正对西城门那座很带文气的西牌楼仍在，却不依旧了，新的漆衣和满身的彩灯在迎元宵节。东西牌楼之间的主街道，大小车辆都已不允许通行，两座宣扬文德武功的古牌楼间，是现代的步行街了。街灯杆上挂着新的传统意味却很浓的成串灯笼。来前我就从县文联和县作协寄我的《巴彦文苑》《巴彦文学》等刊物上读了许多文采飞扬的古体诗词和新诗等，这些创作显示着巴彦自古文风尤著的传统。

因时间关系，虽然我们进城已是后半夜三点，司机还是满足我的心愿在夜色中把县城的主要街道转了一圈。街宽路阔，灯亮楼新，不要说四十年前离家那时的样子，连十六七年前回来那次的影子都不见了。尽管是冰封雪锁的后半夜，灯雪相映的巴彦城，却给归来的游子年轻许多许多的感觉。

下榻后我只迷糊两三个小时，就爬起来去看东牌楼和东城门。因建步行街，原来的路面大大拓宽，但眼下看去仍在路当央的古牌楼却是用现代技术整个平移了位置的。原来已拆除过的东城门和南城门是近些年按原样修复起来的，在我感觉，就像已故的先人又活了过来，穿着崭新的古式新衣在为现代的子孙守望田园。牌楼和四面城门上古朴的斗大题字，证明着“江省文风巴彦尤著”之说。四座纯古式的城墙都簇新地立在厚雪中，让我想到那个程门立雪的典故，说的是古代文人为了求学而久久在冷雪中等待程姓先生从酣睡中醒来赐教。我在巴彦一中读书时听说过县文化馆馆长的哥哥陈绍能把字典倒背如流的传说，意在宣扬他的学问和文化水平，而后来我竟有缘和那个文化馆馆长的弟弟陈玙先生在同一个单位当作家，他的长篇小说《夜幕下的哈尔滨》曾一度在东北乃至全国家喻户晓，让我非常引以为自豪。当我爬上城楼，满鞋灌雪站城头远眺时，似觉王书怀、陈玙等一群已故著名诗人、作家，甚至萧红也都一同回故乡来为巴彦文学之星们颁奖了。

颁奖大会前我同获奖的作者们见面座谈巴彦的文风今后怎样“尤著”的问题。让我十分惊讶，获奖者有三十多人，老中青三代济济一堂，大多是起早从各乡镇走来的，还有从省会及其他打工城市赶回来的，甚至还有一位从国外打工地赶回来的。颁奖会在县广播电视台演播厅举行。县委书记去中央党校学习马上要出发了，还抢出半小时赶到会场特为一等奖获得者颁发证书后才匆忙离去。他上午刚刚向全县经济发展先进单位颁过奖，若不参加向文学之星颁奖的活动就去北京，他会一直不安的。他知道，当年巴彦有位老县委书记曾在《北方文学》上发表过一首歌颂焦裕禄的长诗，在全省影响很大。县领导们对文学创作的态度，也在影响着巴彦尤著的文风。一次文学颁奖，安排成了一次盛况空前的文艺演出，新诗朗诵，古体诗词与赋则配了舞蹈吟咏。故乡巴彦的文风真个好盛！

会后我顺路回出生地西集镇为长眠故乡的父母上坟。镇领导说西集评上全国乡镇之星和全国新农村建设先进乡镇了，还说，现在雪太大，上山的路深埋在雪下，但元宵节到了，家家户户都要上山为故去的亲人送灯，所以特开出了一条深壕沟似的雪路。父亲的坟在大雪埋住的山上，记得当年坟碑是木板做的，现在换成黑色大理石的，大半截埋在雪下面。蹚着没膝的雪一步步跋涉到坟前，我双脚埋在雪里，双膝跪在雪里，双手插在雪里，最后额头也磕进雪里后，才为父母烧纸钱。不知那些纸钱是妹妹从哪里买的，有传统的大张黄裱纸式的，有与人民币酷似的百元面额式的，尤其令我惊讶的是，还有大面额美元式的。烧这些冥钱时妹妹不住地叨念：我大哥给你送钱来了，中国钱外国钱都有，到哪儿都能花，你愿意上哪儿就上哪儿，愿意买啥就买啥——我一点儿不信父母能收到这些钱并且会出国去花，但不得不感叹，中国特色的改革开放真是深入到人民生活的方方面面了。我觉得父母会更想看我写给他们的文章，就像当年最盼收到我寄给他们的信一样，而不是这些假钱。于是我将事先从自己一本散文集撕下的《父亲祭》和《献给母亲的花》悄悄夹进冥钱里一同烧了。铁锹挖出的雪坑里，纸钱化成的灰填了半坑，这是多少钱啊！我不由想到父亲在沈阳和我同住那几年，为了给当时还没成家的老三多攒几个结婚盖房钱，他不顾我的极力反对，天天在垃圾箱里捡荒。那时父亲再有想象力，也没法想到自己会有“美元”的。父母坟地周围的山谷间添了几栋别墅式民房，山脚的村子，红墙绿顶鲜亮耀眼的房子多多了。而远处的一座庙没了，一座道观也没了，却在更远的另一山脚下建起一座很大的灵隐寺。不管这寺是否有灵，壮观地建在那里增加了故乡的人脉气息已是事实，那么就愿这新建的灵隐寺之灵，保佑父母在故乡安息，保佑故乡年年瑞雪兆丰年，保佑故乡的文风更著。待我白发如雪时再回巴彦看雪，净化心灵的同时，再以自己的作品当纸钱为父母上坟，并见证巴彦日盛的文风。

（原载 2010 年 12 月 25 日《光明日报》文荟副刊）

捡 庄 稼

我故乡那地方，把秋后到野外田里捡掉下的黄豆哇、苞米呀、谷子什么的统称为捡庄稼。这活一般都是郊区或小镇子上的家庭妇女和半大孩子们干的。秋天的田野实在是诱人，实在是充满着乐趣。其诱人处在于收获，而乐趣则在于收获前的寻找和奔波。我少年时代是在镇里度过的，我记忆里便留下不少关于捡庄稼的事。

捡庄稼必得到远处去，近处连柴草都被捡干净了。小孩子们是愿意到远处去捡庄稼的，到远处去中午回不来，必得做顿顶饿的干粮，如玉米饼子什么的，若头天收获大母亲高兴了也许会蒸点白面馒头。这些干粮即使做得再少，也会有小孩子半个。我那时就是为这半个干粮盼母亲走远些。母亲要是能带上我一起去就更好了，我就可以得到两整个或更多一点的干粮。当然母亲是不会带我去的，一是舍不得，二是嫌我绊脚。那么，我们就只好在太阳快落山时到城边去迎接母亲。当看见母亲和大娘婶婶大姐姐们顺着小路一支队伍样走来时，我们便迎着夕阳朝满面红光的妈妈扑奔过去。妈妈的收获太多了，驮了座小山似的，有一大捆黄豆，上面还有半布袋玉米或谷穗子。我们便抢过母亲背上的布袋，让母亲轻松些。而母亲总是怕压着我，一边嘱咐着一边从兜里掏出几把烧黄豆或红红的山菇娘。这时我们便什么都忘了，连母亲的劳累都给忘了，路上就大吃起来。吃过苦的孩子当然不会不懂事的，一旦哪天看母亲收获得少，脸上没有笑容，我们就赶紧讲点好消息，比如受老师表扬了、考试分多了，或在家收拾屋子等。儿子的进步和背上的粮食都是母亲的收获啊。

盼到十一二岁了，我们才可以在星期天挤进母亲她们的捡庄稼队伍。我第一愿意去捡苞米，因为可以遇到几棵绿着的苞米秆儿。秋后剩下的绿苞米秆儿是甜的，可以当甜秆儿嚼吃，而且上边有苞米穗的话，还可以煮鲜苞米吃口霜打过的嫩苞米，味儿有点怪，留下的回味和记忆也就深长。第二愿意捡的是谷子，谷穗在我看来最重要的用处是喂鸟。我们男孩子都养几只鸟的，以为和自由的鸟儿在一起我们也就自由欢快了，岂不知我们已用谷粒剥夺了鸟儿的自由。第三是愿意捡黄豆，而且愿脱离大人自己结伴走远远地去捡，那样可以把捡到的头一抱豆子烧吃完了，嘴粘满黑灰打着饱嗝再去捡应该往家背的。

每每母亲领我们共享捡来的欢乐时，爸爸就好说，捡庄稼和种庄稼的收获是不一样的。捡庄稼不操旱了涝了风了雨了收了和不收了的那份心。所以，至今一想起捡庄稼的事，我还不由得产生对农民的感谢之情。

（原载 1992 年 10 月 14 日《长春日报》文艺副刊）

童年伴我一生

童年记忆是人生最初的烙印，即使后来许多经历慢慢失忆了，童年却牢牢刻在脑海里，甚至越来越清晰，并时时提醒你，你是谁，你从哪里来。

我是东北松花江畔巴彦那片黑土地出生的一个教师的儿子，按年算的话，正好和新中国同龄。而要叫真儿按日月算，则比新中国大了 5 个月零 19 天，该算新中国的哥哥呢！当然，我不能这么算，不过表达一下能在新中国成立那年出生的自豪感而已。对我来说，这样的生日无疑是幸运的，因为我家不是富人。

在我还没产生这种自豪感的六岁那年，和我一起玩的一帮小朋友都报名上学了，我不甘孤寂也要上学，只好借了父亲的光没拿户口而谎报成七岁，得以提前上学。我还真切记得，当时家里给我拿的学费，是一张张蓝色的二分纸币捆成的三捆。我记不清那些新旧不一捆成捆的二分纸币是父亲发工资时领来的，还是母亲一张张攒的，反正我真心感谢父亲，不是他在学校当教导主任，不是他重视读书，不是他相信我小一岁也能跟上课程，我是不会提前一年上学因而总是在同学和同事中属于最年轻一个的。也该感谢母亲，她要是溺爱我，不肯提前把我从她的手上松开，说不定我也会像老姨似的，挺大了才上学呢。记得我是和大我五六岁的老姨同时上的学，我们就分在一个班，后来她小学没毕业就退学了。那该怪我姥姥和姥爷，他们该有我爸爸和妈妈那种眼光和心胸才对。

如果把 13 岁以前算作童年，那么我的童年有一年多是在初中度过的，有六年是在小学。尽管我故乡那个镇子不大，但当时也有两所小学和一所初级中学，所以我童年的读书生活都没离开那个镇子，那个镇子东南有座驿马山，西北有座少陵山，两座山被流入松花江的少陵河连着，河两岸是盛产大豆、高粱、玉米、土豆的黑土平原。后来走的地方多了，才知道故乡那黑土有多么黑多么肥沃，那是纯粹的像墨汁染了的黑土地啊！当春风把一冬积下的纯白纯白的厚雪融化时，那土地就更黑得刚刚泼过浓墨似的，用刷子蘸了就能写字。黑土地不但盛产粮菜，也培育人的忠厚、善良和勤劳品性。在我印象里，不管是干部还是教书的老师们，以及在商店、粮店上班的人家，没有不自己上山或到草甸子亲手打烧柴的，我父亲也是如此。我家一年四季的烧柴都是父亲带领母亲和我到远处割倒晒干再背或挑回家的。在我故乡那里，读书人受尊敬，能从事点体力劳动的读书人更受尊敬。父亲和他的同事们，不管男女大多是这样的人，所以影响我一生命运的都是热爱体力劳动的文化人。我爷爷是一个大字也不识的菜农，他的几个儿子都在他和我奶奶坚持下上学读过不少书，而且差不多都参加了工作。因为我父亲读书最多（他读过日本鬼子统治时期的高等中学），但生活状况却是最差的（几个伯父的生活状况也不比没读过书的其他社员好），爷爷虽认为读书是既浪费钱又白耽误时间的赔本买卖，心底还是认为“万般皆下品，唯有读书高”，在小镇上他是最重视子孙教育的人。直到我念到初一学会了理发，能用父亲买的一把洋理发推子，不出瓜地就能为爷爷解决每月都要上街剃头那种他特别讨厌的麻烦问题，还用简单的电学知识在瓜窝棚里修好了他最有用的手电筒，于是，我最初从爷爷那里感受到了学以致用的甜头：爷爷看的一大片香瓜地、李子地最先熟的那个果实必定属于我——爷爷总是亲手摘下来悄悄奖给我。伯父家的几个哥哥学习不比我差，并且都比我年级高，但爷爷认为他们的好成绩没解决什么实际问题，所以他们到瓜地、柿子地走走都不行。直到今天，爷爷和乡亲们那种读书必须解决问题的观念仍在我心里发生着作用。

后来回头审视自己童年的记忆，才发现，那些幼稚的记忆中都打着新中国的时代烙印。比如，爷爷唯有读书高的思想，使母亲参加了好长时间的夜校学习。白天干活很累，母亲几乎天天晚上去学，我不让，她就把我也带上。“王大妈要和平，要呀嘛要和平”的歌就是跟母亲上夜校时记住的。原来，那时新中国开展了轰轰烈烈的扫盲运动，母亲是在响应国家号召参加运动呢。后来她在夜校里学唱学写王大妈要和平，是因为那时发生了美国侵朝战争。还有，记得好多次，奶奶和妈妈一同带领我们一帮小孩急急忙忙地搞卫生，接着就有敲锣打鼓的队伍来到各家的院子，那是国家在开展轰轰烈烈的爱国卫生运动。还记得，有年冬天，我们的寒假放得特别长，假期结束了，我们把没玩够的雪爬犁和滑冰鞋都收起来准备上学了，忽然又接到假期延长的通知，而且延长了好多天，使得我们又纵情地玩得比哪年都开心。可是上高中参加“文化大革命”了才明白，那年我们国家搞起了大规模的反右派斗争，我父亲那年冬天被定为“中右”，他后来被派到乡下小学去工作就跟他被定为“中右”有直接关系。可在不懂事的童年，我还为那次长假欢呼呢。

紧接着第二年暑假，我们少先队员被组织起来，到城边子的几家院子里搞过游行。我们每个人手里有一面小三角纸旗，我们排着队在一家大院子里喊编成儿歌的口号（大意）：老张家，脸皮厚，机关枪，打不透……

至于为什么说人家脸皮厚，大概是因为那年全国又搞“大跃进”了，农民都得深翻土地几尺，他不肯翻那么深、不肯做许多破坏性的劳动吧。

还有一个情节好像也是那年存在记忆里的，我头一回在我们小镇的街头看到了活报剧。其他形象我都记不住了，只记住了街里一家理发店姓郭的大鼻子师傅（我爷爷每月都要到他那里剃一次光头，后来他为我爷爷剃头的工作被我替代了），戴一顶高高的黑色纸糊礼帽，穿一件黑燕尾服大衣，本来就比别人高大不少的大鼻子上又粘了个纸糊的特大鼻子。他大摇大摆在十字街头出场，口吐狂言道：我们英国是世界上最先进的国家，日头不管落到哪里，都能照到我们英国……街上立刻就涌出一大群化了妆手持红绿旗的工农兵群众，围着郭大鼻子高呼：英国佬，别得意，十五年内赶上你！然后就连连呼口号：十五年内赶上英国！十五年内赶上英国！

童年那时候，我是坚定不移相信我们不需要十五年就能赶上英国的，我认为十年就能赶上，怎么会需要十五年呢？

爷爷、伯父他们蔬菜社社员吃食堂的印象我也留下了。排着队到大屋子里的大锅前去打饭，热气腾腾的，真馋人。因为我父亲是老师，我家都是城镇户口，不是社员，所以我们家就没有资格和爷爷奶奶一块吃食堂，所以眼馋得很。

童年里还有一个记忆在脑海里印得很深，就是自然灾害那年挨饿的印象。往年捡庄稼都是大人们的事，而且都是一大捆一大捆、一口袋一口袋地捡，1962 年那年不行了，我们小孩也参加了捡庄稼的队伍。春天雪刚化，田垄里还残雪片片，我们就随大人一起冒着风寒远远地到泥泞的野地里一粒一粒地捡黄豆，能捡一碗豆粒那就是巨大的收获了。有回我和父亲共同捡回一碗还多的湿豆子，那天好像是个什么节日，全家就围着锅炒那一碗多的豆子当节日美食。不想炒熟往出盛时由于激动，手端的煤油灯掉到锅里，煤油把香得已让我们流出口水的豆子都污染了，煤油味儿直刺鼻子。要在往年，煤油浸了的豆子早扔掉了，可是那年一粒也没剩，仍然当美食统统进了我们的肚子。柞树叶子、苞米瓤子、猪食菜都成了我们的食物。即使这样，父母和爷爷奶奶他们都说比旧社会强多了，旧社会，我们家是从山东讨饭到黑龙江落户的，所以我也从没感到生活苦，从不把劳动和艰苦当什么了不起的事。再怎么困难，我们兄弟姐妹都得以上学了，这在旧社会是不可能的。所以父亲个人再怎么不顺，他也说还是新中国好。

童年的这些记忆，一直伴随着我，在我的潜意识里发生着一心一意跟同龄的共和国相依为命的作用。

（原载《黄河文学》2015 年 11、12 月号合刊）

我自豪，我是雪中的绿色

一写出这个标题我便激动了。我为卑微的自己也敢使用自豪这个词而骄傲。

想想吧，从那早已逝去的童年到现在我什么时候自豪过骄傲过吗？没有。跟别人比什么我都无法自豪。爸爸，不值得自豪，他是个一生都很不幸的教师，没给家庭带来幸福却造成了他死后也一时消除不尽的不幸。妈妈，不值得自豪，从我记事起她就是个体弱多病又要承担沉重劳务的家庭妇女，没念过一年书，而且和爸爸一样早早就成了精神病人并过早归入了泥土。比先人，我家祖辈没听说有过什么达官贵人，好像连穿军装吃皇粮的人也不曾有过。故乡呢？我的故乡没什么有大名的古迹，也没出过大历史名人，值钱的金银铜铁铬锡铅等金属矿藏一样都没有，哪管产一样全国著名的水果如哈密瓜、莱阳梨、黄元帅苹果、巨峰葡萄等等也好，可是都没有，有的只是好吃好储存但产量不很高也不出名的各种瓜菜和那极普通谁也离不了谁也不稀奇需得许多汗水种出却卖不了高价的漫山遍野的大豆高粱。我家在一个镇上，传说先有西集镇后有巴彦县。清朝光绪十六年文人徐宗亮所著《黑龙江述略》有言：“光绪六年，设呼兰理事厅同知一员，驻巴彦苏苏。”可想起码光绪六年以前我的家乡西集镇就有了。这比之于那些生于穷乡僻壤父母至今只字不识的人们来说是该自豪自豪的，可我几乎从未产生过与之相比而糊弄自己去搞一点可怜的自豪感。把开裆裤缝死瞒了一岁去上学时没自豪过，因为同学堆里我最小，张口闭口不喊哥哥就得叫姐姐。背上行李离开家乡小镇住到县城念高中时更是没法自豪。县城的同学们初中就学俄语了，而我高中才开始学不说，有次学校投票选县人民代表，全班只有我因为小一岁不够格没能参加投票。把行李卷儿送回家，告别学校去当兵时，人家来自什么地方且不说，政审都是没问题的，我还得背着个同父亲划清界限的包袱。虽然也有机会出个小风头什么的，可背着包袱怎么能产生自豪呢？及至我能写几篇铅印的文字，同部队的战友为我自豪时我又调到大机关去了，那里尽是些经常能把自己不伦不类的文章变成铅字的能人，我算老几呀！再及至我自不量力误入歧途写起标上小说散文报告文学字样的东西得以发表家乡人以为成了什么人物为我自豪时，人们又把我推到作家堆里去看待去要求了。落到这个堆里一瞧，我的天，天马行空变幻莫测的新手笔、功深底厚学渊识博著作可与身高等同的老手笔、出手不凡一鸣惊人篇篇轰动不老不少国内奖得了无数次开始得国际奖的大手笔，还有作品不见得太多太妙但文武双全理论颇高深的才子以及理论不见得太高深但才貌双全的佳人……或出语不凡，或出口成章，或出言不逊，或妙语连珠，或语无伦次，高谈阔论潇潇洒洒，令我敬畏而自叹弗如。说不清道不明文学为何物惶惶不可终日的我只有自卑之气哪还有挺胸昂首自豪之力啊！

我实在没有什么可以自豪的。即使有人不知详情称我为老师由衷地敬佩过我，我也只是内心深处悄悄生出一闪念的自豪感便稍纵即逝了。所以我不能不为此次挥笔写出这样一个标题而骄傲。

1985 年 1 月，儿子西元过生日，沈阳刚好下过半尺多厚的雪，我装了新胶卷为儿子和他邀来吃生日蛋糕的小朋友拍雪地打滚的照片。胶卷只用了一半，我便乘飞机去广州参加笔会了。南方比北方热我知道，万没料到广州郁郁葱葱的绿树和蔬菜正浴在淅淅沥沥的雨中，招待所里还有人在室外淋浴。真是，才食北方雪又饮南方雨，朝拍一片白夕摄满眼绿。我惊讶不已，没有到过北方的广州朋友听我说刚刚拍了大雪的照片且见我还穿着棉大衣，便比我更惊讶，瞪大了渴望的眼睛让我讲讲雪。雪算什么呀，别的讲不好，讲雪总可以讲个八小时没问题的。“沈阳的雪那是小雪，到哈尔滨看看，到我们老家巴彦看看，到北极村漠河看看，黑龙江的雪才叫雪，铺天盖地漫山遍野，有的地方能捂住房屋，堵住火车，冻死大牲畜。雪美化了北方人的生活，塑雪雕、打雪仗、吃雪糕、拉雪爬犁、掏雪洞、喝雪水……雪塑造了北方人的性格，冰天雪地不戴大皮帽子不行，不穿皮大衣不行，不穿大皮鞋不行，不喝烧酒也不行，所以北方人性格豪爽热烈……”在没见过雪的渴望的眼光鼓励下我讲了不少雪的故事，这些事我平时极不以为意，根本没想到会有人这样感兴趣，还极羡慕地说：“怪不得你写《雪国……》，可惜就那么一篇，要是我，篇篇写雪……”我忽然醒悟，雪该是北方人尤其是黑龙江人的自豪哇，可我却身在雪中不知雪，没把那么好的雪当回事。后来听说广州有人专门跑到北方看雪，可惜只到了北京而且赶巧北京那儿没下雪便只在北海公园的冰上拍了张滑冰爬犁的照片回去了，遗憾得不行。而我呢，我是雪国人，我才真正拥有春、夏、秋、冬一年四季尤其是飘雪的冬季。

1986 年 3 月，我从云南老山者阴山前线采访回来不久，满眼绵亘的红土色和草绿色还没消逝，就又和同事结伴去黑龙江国营农场采访当年十万转业官兵开发北大荒的事。这次是从南国到北国，格外珍惜以前慢待的白雪。小兴安岭漫长的山路两边到处是雪和白桦林，除了白色还是白色。一天车行至野外白桦林中，漫天皆白忽然间闯出一团耀眼的绿色，翠绿翠绿的，像一团绿火在白色中燃烧。那一团绿长在一棵杨树上，我们几乎同声惊呼起来：“冬青！”

大家叫住车，踏雪奔向那棵杨树，费好大劲把冬青弄下来。一大团冬青在雪地里绿得令我的心一颤一颤地激动，我弄了几枝插在雪地上一边拍照一边说：太难得看一眼绿色了！地方上的一个同伴却指着我的军装说，你们浑身都是绿色，我已经饱好几天眼福了。我往车窗玻璃一看，可不是嘛，我这一身绿色也和冬青差不多显眼呵！接着地方上那同伴又谈了许多部队如何如何好，这又给我一个启示，原来我习以为常的军装和司空见惯的部队生活竟也很惹人羡慕。联想到文学，大概越有地域性才越有世界性、越有时代性才越有历史性、越有独特性才越有普遍性吧。中国人的生活对外国人是新鲜的，部队生活对地方是新鲜的，自己的生活对别人是新鲜的。安心好好写自己所熟悉的绿色吧，这是我自豪之所在。

今年 5 月初我跟几位同事骑自行车沿黑龙江采风。由于疯父亲去世，我刚刚写完为了忘却的祭文，卸去了一生中最大的精神负担，所以一路骑得特别轻松，时不时即景生情自豪地吼唱两句：“高高的兴安岭，一片大森林，森林里住着绿色的解放军……”大兴安岭高高的山岗长长的下坡都不在话下了，有了自豪感啊！这一次确实自豪。从黑龙江在我国境内的起点洛古河出发，经北极村，穿越大小兴安岭到黑龙江尾的祖国东方第一哨乌苏镇，所到之处都有绿色战士们的身影和足迹。于是我不再自卑。

（原载《北方文学》1988年8月号）

流浪汉还乡

流浪汉是指我自己。乡是我的出生地。其实我是在父亲当教师的西集镇出生长大，在父亲教书的西集中学毕业后考入县城巴彦一中，又于四十五年前和八十多名高中同学一起穿上军装，直接从巴彦一中校门走向远方，在全国上下有序的大混乱中，开始了保险箱里流浪般的生活。所以我并不熟悉乡村。我所谓的还乡，是指大意上的回老家，即回我精神的大故乡。

离开并不是乡间的故乡那年，我十九岁，正常情况下，到远方去该是读大学，我却投笔从戎被时代浪潮卷进了毛泽东思想大学校。当然，那既是违心的又是自愿的。说违心是因自己真正的心愿是上大学继续读书，读将来能够当作家那种文科大学。但当时正常的大学都停止招生了，全国只剩部队这所“毛泽东思想大学校”在招生，能入这所大学校，当时那是无上的光荣，但我却因此受到很重的心灵伤害。当时我是高中学生，同时还是校三结合革命委员会的学生代表、副主任，并兼着校民兵营的副教导员。这说明我是忠于革命的热血青年。但万没想到，在解放军对应征入伍的同学政审时，自己却因父亲上过国民党的士官学校，反右派斗争中又被划为“中右”而失去参军资格，也就等于没了参加革命队伍的资格。这对于“文化大革命”狂潮中的热血青年来说，无异于热恋中忽然被抛弃，一下子就天昏地暗了。我是向接兵部队保证和父亲划清界限，才得以穿上军装的。这种进了保险箱似的从戎生活，无疑精神负担很重，好在有一身没补丁却有鲜红领章的军装，让我觉得比在故乡冷暖不保的贫苦生活要好。还有，正好我的文学爱好和部队的特别需要成全了我，因而我虽然投笔从戎却并没投掉笔。二十多年从戎却没投掉笔的辗转生活，使我逐渐疏远了故乡。再后来，因地方工作需要，省里和军区特例商调我转业到省作家协会任职。于是，我便从投笔从戎却并没投掉笔，转为不投笔却脱下了戎装，在沈阳就地安了家。有了解我的朋友曾惋惜说，你怎么也该混出个将星再走啊！我说，文武平等，人各有志！所以，故乡便永远成了故乡。

我对故乡感情的麻木与疏远，不单是当年要同父亲划清界限的原因。入伍后，我每次还乡，必因家中的不幸而欲哭无泪，不是父病重就是母病危，或者母丧和父亡，再不就是弟弟妹妹们过早夭折，心因此伤得太重。若不是正值青壮年时代，怕是早把心伤碎了。四十多年来，哪一次还乡，都是非还不可，不还就没法做人了。读过我的《父亲祭》便可理解，我何以最惧怕还乡，而每次迫于无奈的还乡，最惧怕的又是见亲友和熟人。对于我，无论小的还是老的亲人们，大多数都活在坟里了，我没有勇气见他们，我怕他们问我一辈子都干了些什么！如果我说什么也没干他们不会相信，即使信了也会非常失望或伤心。如果我如实说不管穿军装还是转了业，一直都是虔诚地埋头苦干着，干的都是摆弄纸笔的码字勾当，他们会分外惋惜，当那么多年兵，不想法混将星却费那么大劲儿往文人堆里混，有点没出息了。兴许连活着的亲友也会这样想！不然他们的晚辈因何没一个文学爱好者？或许他们也会把我看成个官儿，不然为何总是有事了才肯找我？而我只痴心于舞文弄墨甘当写字匠，偏偏又当了个管写字匠的官儿，所以面对活着的亲友我更惧怕还乡。亲友们需要的，我无能，而无能的我又非常羞于启齿求人，那么就只有避免还乡了。

庆幸无情岁月忽然变得有情，让我在只剩两袖清风一支秃笔的不逾矩之年，不再恐惧还乡。

这真该由衷感谢相见恨晚的老乡万贵双。他是个有作为且重乡情的企业家，我们同在沈阳居住了三十多年，我竟然不知道还有个故乡也是西集镇的老乡，我俩该算不掺一点水分不打一点折扣的纯粹老乡！他虽不染指文墨，但让我备感亲切：他很看重我这心无旁骛只热心于舞文弄墨且已手无寸权的老乡。他尊敬我因文字而荣耀了故乡，我佩服他因干实业而让故乡人尊敬。当年他背着个旧军用挎包只身闯荡沈阳，凭自己的努力取得事业的成功。他是以辽沈地区巴彦乡友联谊会会长名义认识我的，我们一见如故。他是故乡母亲的孝子，有点余力时便首先想到为故乡做点好事。有回他和另一位乡友杜雪纯同我聊到这一想法。好念经的和尚容易想庙上的事。我从自己的爱好出发希望设立个“巴彦文学之星”奖，为故乡做点精神方面的贡献。我们三人一拍即合，他俩凑钱，我出点苦力，巴彦文学之星奖就诞生了。

让我感动的是，众多文学爱好者的热烈响应让我出乎意料，区区一个县，首届参评者竟然上百，参评作品近二百万字。尤其令我惊喜的是，我从故乡人书写故乡的众多作品中，领略了故乡耀眼的文学星光，尽管这些文字大多也是述说艰辛与苦涩的，但都蕴含着理想与韧性精神。而作者，我几乎都是初次读到他们的作品。接连三届，愈见灿烂的文学星光逐渐在我心中变成温暖的阳光。首届获一等奖的长篇小说《午夜丁香》，让我第一次看到了故乡一代新人含泪拼搏、韧性挣扎、奋发进取的品貌，不由让我联想到与故乡一河之隔的呼兰籍女作家萧红的《生死场》。难道萧红笔下被日寇奴役的伪满洲国的呼兰人在生死场上挣扎与反抗的品性，能与《午夜丁香》中韧性拼搏的巴彦人没一点关系吗？新中国建立以来最艰难的改革开放，和与世界接轨后最猛烈的市场经济大潮，让中国人民面临了新的生死考验。我的故乡也有人用饱蘸心血之笔参加了伟大新时代的生存斗争。对于巴彦的文学史，这样初露端倪初具规模的文字，应该有里程碑意义。不管这碑是大是小，这是第一部没离开本土的巴彦人书写的巴彦人在本土奋斗的心灵记录。而后来获一等奖的中、短篇小说《巴彦有个七马架》、《一步跨过牤牛河》、《虎年大雪》（作者亚庆）、《船在江东》、《向往没有苍鹰和残阳的日子》、《没有的事》（作者警喻）、《出手》（作者王玉波）、《遍地硝烟》（作者刘宝）、《背着布鞋远行》、《凋谢的牵牛花》（作者吴建兴）、《秋天的姓名》、《冷风景》（作者蓝小宇）、《永远珍藏的布鞋》、《我家的东西不能动》、《榛子熟了》（作者罗永春）、《走进徐家大院的女人》（作者史彦华）、《桃花朵朵》（作者刘向英），还有孙树国、孙玉章、孙信、王选武、宗国筑、周亚丽、梅杰、顾辉等人各种文体的一大批佳作，交相辉映出五彩的星光，既照亮了我还乡的路，也缩短了我与家乡的距离，更驱散了我以往的还乡恐惧，同时也令我深感内疚。对于故乡，自己亏欠得太多，以往的不关心、不了解，就是亏欠！原来的故乡，在我眼中只是一片浅层肥沃的黑土，是春天不旱、夏天不涝、秋天丰收、冬天复又瑞雪兆丰年的粮豆之乡，而我的父母又不是种粮人，所以我对故乡并没有深厚感情。是故乡文学之星的众多作品，让我形象地领略了各个历史时期巴彦人可敬可爱的精神品格，如《巴彦有个七马架》《出手》等所表现的伪满洲国时期巴彦人不屈不挠的抗日精神，《遍地硝烟》《船在江东》《背着布鞋远行》等所揭示的战争年代英勇伤残而隐姓埋名、和平时期默默甘作无名英雄的高尚情怀，《我家的东西不能动》及前面提及的其他作品所描写的勤劳朴实积极进取的普通劳动者的善良心地等，这些精神财富，以往我知之甚少啊！

查查自己所写的数百万字作品，竟没有几篇是关于故乡的。是故乡的文学星光和贵双等乡友对故乡的感情促我反思，自己没能专一地坚守一块真正属于自己的文学领地啊！与那些一直立足故乡本土脚踏实地侍弄自己专属文学领地的作家比，如近在黑龙江的迟子建，远在陕西的陈忠实、贾平凹，他们都扎深根于自己的文化故土，宁靠拼命吸收外来营养强大自己，也不弃家流浪，即便流浪也不把根从故乡拔出（如莫言），自己则相形见绌。经历就是文化。我的所有工作经历都不在故乡，而我的童年和青少年时光又绝大部分留在故乡。意识到这一巨大反差，我开始有意开阔自己对故乡的视野。第三届巴彦文学之星颁奖，我便改变了前两届颁完奖即逃离般撤走的想法，随同获奖作者到老黑山林场采风。那里有抗日游击队战斗过的大森林，是《我的家在东北松花江上》那支歌唱到的地方。这样，我心中的故乡既有了“满山遍野的大豆高粱”，也有了“森林煤矿”，和一代代人的可爱形象。

让我和贵双乡友格外高兴的是，采风活动不仅获奖作者们踊跃参加，李彦国副县长也参加了。他曾在我和贵双的出生地西集工作过好几年，也算是老乡了，他主持颁奖会已是第二次。更让我们高兴的是，县委常委宣传部部长金海燕也忙中抽闲参加了采风。我所以加了个“更”字，因为她届届颁奖都直接参与。开始我还以为她是出于礼貌陪同采风的，很快发现她和彦国副县长都是文学爱好者。一路上彦国带头讲故事说笑话，妙语连珠，甚至比本届一等奖获得者王玉波情绪还热烈。海燕部长比作者都年轻，她非常热情地和作者们打成一片，既像年长作者的女儿，又像大龄作者的妹妹，虽不说不唱，但一路默默为大家催生了许多灵感。走进大森林时她落在了后面，大家才注意到她是没来得及换双便鞋而匆忙赶来的，林中走路鞋很不跟脚。我很抱歉说让她陪着受苦了，她说受什么苦啊，她八岁就一个人在森林里走过夜路！她特意跟我讲了童年在森林里迷路的事。原来她从小在林场长大，八岁那年，她没告诉家人自己到亲戚家玩儿，不想走迷了路，中午出发的，转到傍晚也没走到并不远的亲戚家。后来奔着灯光走，竟然又转回自己家来。家人以为她在哪个邻居家玩入迷了呢，责备她不懂事，天黑了也不知躲人家饭口。她没得到大人安慰却先受了一通批评，委屈得哭了一场，所以至今记忆犹新。我这才理解，她不仅是出于礼貌陪我们采风的，她对故乡的大森林有很深感情啊！后来我又发现，她和彦国副县长微信群发的短章、格言等，文学水平都很高，这更增加了我这流浪汉还乡的热情。

2014 年 9 月 17 日匆匆草毕于沈阳听雪书屋

（原载 2015 年 2 月 26 日《渤海早报》渤海潮副刊）

怀念一颗种子

我怀念的这颗种子，是一个人，一个我年届六十才在不足一个钟头的匆匆酒聚时偶遇的人。他姓费，我叫他老费。和老费匆匆一聚后的第三年，这颗种子，便落入了泥土。

这个已归于故乡泥土的种子老费，享年 76 岁，是个农民，大我一旬多。我们虽是老乡，却没有一点儿交往。令我特别怀念的，正是他曾作为文学种子之一颗，无意间落入了我少年时的心田。而今，他仍作为一颗文学种子，长眠于我们共同生长过的故乡，永远为那片巴掌大的土地延续文脉了。

我说老费曾作为文学种子之一颗，落进我少年时的心田，是因为还有另一颗生命力更强的文学种子与我故乡紧紧相挨的呼兰河的女儿——萧红，于青年时落入我的心田。在我出生时萧红虽已英年早逝，但她的名著《呼兰河传》，却作为不朽的种子，落在了我心里。萧红这颗文学种子，是在老费之后落入我心田的，虽然她对我产生的影响比老费大，但老费在先。老费的先入之功，是萧红不能替代的。

一个人，能成为某类种子，落入别人的心田，而且成活了，那无疑有非凡的意义。回忆老费作为文学种子落入我心田的少年时光，我便想，人若都能活成一颗种子，在后人心田开花结果，那就不枉来人世一回了。作为土生土长的文学种子，老费能在不少乡亲心田发芽以至成活结果，他真的没枉生一回，的确值得我认真怀念。

我是在故乡读书时，知道我们西集兴旺村有个会写诗的农民叫费忠元的。在一个初中生眼里，本镇有个能在《巴彦日报》《哈尔滨日报》《黑龙江日报》《北方文学》发表诗歌的人，那就是大名人了。后来到县城读高中，又知道，老费还和当时西集另一个名字不能见诸报刊的人是朋友，我就更加觉得他了不起了。那个名字不能见诸报端的人，叫李兆鸣，也是诗人，不过他是个在大学读书时被打成右派分子且坐过牢的人，后来被遣送回家乡劳改的。这个右派分子诗人，我是在伯父家的果点铺里见过的。有年严冬，我们几个想蹭伯父的糖果吃又怕挨冻的孩崽子，赖在小铺里不走。忽然进来个卖糖葫芦的罗圈腿男人。那男人不仅罗圈腿，个子也矬，一条免裆破棉裤配一件前襟油亮的破棉袄，一副日子最不济的那种农民形象。他是到伯父的小铺子来蹭暖的。他走后，伯父说这是个劳改右派，属四类分子。我那时只知四类分子都是坏蛋，却不懂右派是怎么回事，反正他那一副最不济的模样，加上四类分子的名声，使我从不把好事往他身上联想。后来才听说，老费竟和这右派劳改分子是诗友。据说老费那时已是村党支部书记，李右派写的诗，只能以老费的名字发表。当时在我的心里，只要能写诗尤其能在报刊发表的人，都非常了不起。后来经历了“文化大革命”运动，及粉碎“四人帮”和改革开放，我更加佩服老费能与一个右派分子结为诗友，而且以己之名为其发表作品，并给以多方保护，足见其心地的善良。

我见到老费，却是离开故乡四十多年后的事了。那是我回故乡为“巴彦文学之星”颁奖，得以在同一酒桌上有过仓促碰杯的匆匆一见。而那并非独处的一见，也不过一个小时，但无论如何，饱经沧桑但仍激情饱满的农民诗人经过这短短的一个小时已在我也已饱经沧桑的心田，具象为一颗鲜活的文学种子。那时他已74岁，体弱多病，但激情仍沾酒便燃。他听说他曾影响过我时，一口喝干了满杯家乡自产的白酒，布满皱纹的脸上闪出大片橘红的光泽。之后，他重又满了杯，并站起来敬我说：老弟，我没出息，一生没离开故土，没为家乡做点儿像样贡献，只有敬你了！我也站起来敬他酒说：我心里能开几朵文学之花，也有你播种的功劳，若我也能像你那样影响了谁，那也有你的作用！

我说的一点都不是客套话。说这话时，眼前浮现着当年老费往报社投稿的情形。从我和老费所在的西集到县城，有三十多里。如果往市里省里或县里投稿，经镇上的邮箱投，要比经县上的邮箱投慢好几天。有年暑假开学，我和高我一年级的一个大同学徒步返校。到了县城，大同学没先到学校，而是去邮局将一个没贴邮票却剪掉一角的信封投进邮箱。这让我很是奇怪，问为啥信封少了一角。大同学说往报社投稿就得这样。我问他是怎么知道的，他说老费告诉的，他就是在为老费往市报投稿呢。我又问老费投的是什么稿，他说是诗稿。不久我真在《哈尔滨日报》副刊读到了老费的诗，是歌唱我家乡那条少陵河的诗。那一刻，我无比激动地想，老费真了不起，把家乡的河唱到老远的地方去啦！老费就是在那一刻作为文学种子落入我心田的。此后好几年，我才知道，少陵河西边，与我家乡紧紧相挨的呼兰，出过一个写过《呼兰河传》的女作家，叫萧红，她的作品曾受到伟大的鲁迅先生赞美，比老费还了不起。实际这就等于，是老费这颗文学种子，帮我又引进了萧红这颗更饱满的文学种子。

但直到从学校参军离家远行，我并没见过老费。四十年后偶然见到老费时，我不仅已无数次往报刊投过稿，还能回故乡为一大群优秀的投稿者颁奖了，这怎能不让我感激老费？所以也一口干了满杯家乡白酒。酒桌上，还听在座的人说了几件老费培养文学新人方面的事，当然也有关于他的笑话。那笑话的确搞笑，但那也属于文学的种子往家乡的土地上播撒呀！大家还说了些他不辞病苦，仍孜孜不倦为歌唱家乡而笔耕不辍的事。他们之所以能于极为匆忙的空当儿向我提及老费这些事，不就因为我是本乡长大的作家，他是从没离过本土的诗人吗？他们希望我能从文学方面为故土撒几把种子，多影响一下青年人，我因之更加感念老费能作为文学种子，在我心田经久不息地生长。

如今，老费已在家乡的黑土下闭上了眼睛，但他敬我酒时带有哮鸣音的深重喘息声，却在我耳边愈加清晰，像在告诫我，也该成为一颗种子，叶落归根时，落入故乡的泥土。

安息吧，我心田的一颗种子，老费，愿你年年在瑞雪覆盖的冻土下安眠，年年在长风抚摸的暖泥下苏醒，年年在生机勃勃的热土上开花，年年在五谷飘香的巴彦苏苏（我故乡巴彦古时称巴彦苏苏，满语意为富庶的原野）继续结果！

2013 年 12 月 5 日星期四草于沈阳听雪书屋

（原载 2014 年 4 月 4 日《光明日报》文荟副刊）

永远 31 岁的前辈

大地主家庭的无情、国土沦丧的屈辱，成就了黑土地女作家的叛逆性格，和凄美中夹裹讽刺、冷峻中隐含幽默的“女性的纤细的感觉”及“非女性的雄迈的胸境”与“越轨的笔致”。她是五四新文化的女儿、“民族魂”鲁迅先生的弟子、东北黑土大地的骄傲！

向这位永远 31 岁的故乡文学前辈致敬！

——题记

一

有年春天，记得正是春风扑怀人人都想解开衣扣天马行空的时节，一个风头正劲的东北作家说，东北没有作家！

那时中国还没人获过诺贝尔文学奖。站在东北黑土地上说东北没作家的这位作家，一定是立足世界云端说这话的。其实，他还可以说，中国也没有作家。但他没这样说。这就有可能，他认为中国还是有作家的。他的口气比我当年听到的另一位也风头正劲的南方作家谨慎多了。那位南方作家在一次有位外国的文学教授在场的文学报告会上说，鲁迅的小说也没什么了不得，不少青年作家其实已超过了鲁迅。这位南方作家的小说我是佩服的，但他对鲁迅先生的不敬，让我心生不快，所以对他的中国没有作家的意思激烈地腹诽了一番。听到那位东北作家说东北没有作家那会儿，我只多遍读过《生死场》《呼兰河传》和《小城三月》等萧红作品，却还没读过她深受鲁迅《阿Q正传》那种老道讽刺风格影响而写出的长篇小说《马伯乐》，对萧红还没有今天这样全面深刻的认识，所以心下虽不服东北没有作家这说法，也不过私自腹诽一番而已，嘴上并没发声，笔下也没留言。我腹诽那说法的理由是，中国现当代文学史，最被公认的要属鲁迅先生。由此联想，东北不是还有个很被鲁迅认可、我由衷佩服并深受其影响的萧红吗？

这个在读者心中永远31岁的杰出作家，故乡呼兰，和我的故乡巴彦，原来是一个县，后来才分开的，现在又同属哈尔滨市所辖。当年，我离开故乡远行，跨过的第一座桥是两县界河上的少陵河桥，相距不远的第二座桥就是呼兰河桥了。而多年后我每次回故乡，必得先跨过呼兰河桥，才能踏上我故乡的少陵河桥。因了这一地理缘分，我想躲开萧红都不可能。萧红是大地主家庭的叛逆闺秀，因与恪守封建礼教的继母和当过教育局长、督学的严厉父亲感情都很淡漠，从小生成了对大地主家庭中长工及底层人民的同情，及对家庭和旧礼教的叛逆心理，对家庭包办的婚姻极为不满，所以逃婚离家，到哈尔滨和北京，追寻自由民主新思想，成了“五四”的女儿。后又因反满抗日，与患难中自由恋爱的丈夫萧军一同逃往青岛和上海，成为“民族魂”鲁迅先生的得意弟子，由此成长为爱国抗日的优秀人民作家。她的父亲曾任呼兰县教育局长和黑龙江省政府文化厅秘书，因身为教育官员亲生女儿却在省城读书期间反叛包办婚姻，与自由恋爱的男人同居“有伤风化”，而被贬至我的故乡巴彦，任县教育局督学。若不是考虑负面影响，他也会把萧红带到我们巴彦继续读书的，但那时萧红做了最让他丢脸的事，所以他只把儿子带到巴彦，不肖之女由继母带到远离巴彦的阿城乡下，在大地主叔叔家看管起来。后来，萧红自己又偷偷逃出阿城。再后来，日寇发动了九一八事变，东北沦陷，萧红不当亡国奴，又从哈尔滨逃亡到青岛，而后又将写于青岛的反满抗日小说《生死场》投给居住在上海的鲁迅先生，随后因一同从哈尔滨逃往青岛的共产党员作家舒群被捕，萧红和丈夫萧军一同逃往上海投奔鲁迅先生。萧红的《生死场》和萧军的《八月的乡村》，同时被鲁迅极力推介发表，产生巨大影响。这是新婚夫妇萧红和萧军的笔名第一次同时使用，共同的含义是谐音“小红军”，以示向共产党领导的红军致敬。从此萧红和丈夫一同开始了以笔为枪的爱国抗战生涯。鲁迅先生去世后，她从留学的日本回到上海。全国抗战爆发后，她曾去往重庆的八路军办事处，又曾去往抗日前沿的山西临汾和陕西西安，后因身孕和疾病，辗转到武汉，一路写下了诸多直接描写抗战题材的作品，如《黄河》《逃难》《山下》《汾河的圆月》《莲花池》《孩子的讲演》《朦胧的期待》等，尤其是《旷野的呼喊》。她既万分憎恨日本侵略者，也十分憎恶国民及知识分子的劣根性，同时更深爱着沦陷的东北故乡。她的奔波与漂泊，都是为了反抗。这个体弱多病的小女子，却是精神极其顽强的自由战士。她主张，一个作家应该以笔为刀枪去作精神的征战，而不是直接持枪去与敌人白刃搏杀，那不是体弱的文人力所能及，作家的武器是手中的笔，战果是笔下的作品，所以她最后与非要直接持枪当红军战士的丈夫萧军分了手，反向逃亡到相对安静的港湾——香港。在那里，漂泊和抗争多年的萧红，比拿枪战士还坚强，但却十分孤寂地一边与病魔作斗争，一边执笔苦写下短暂一生中最为辉煌的一批杰作——《北中国》《马伯乐》《呼兰河传》《小城三月》等名篇。中篇小说《小城三月》，是她在香港写下的最后一篇文学作品，那哀婉的笔调和凄凉的故事，成了她为自己写下的挽歌。读过她短短一生的全部作品，和关于她的多部传记，我无法不极力赞美这个从中国最北端一路与缠身病魔相伴着漂泊过北京、青岛、上海、日本、重庆、临汾、西安、武汉，最后一直飘零到天涯海角的南中国香港的东北天才女作家。她并不是想到香港过安逸的避难生活，她觉得，相对战乱与硝烟笼罩的环境，香港更有利于她的写作。她一直把自己定位为以笔为刀枪的战士，所以在香港，虽已重病压身，她的笔却几乎从未停下来。在香港那段时光，她最大的贡献是，在同一时空条件下完成了两部笔调与风格截然不同的长篇代表作，一部是最能代表其创作风格的自传体田园小说《呼兰河传》，一部是用鲁迅《阿Q正传》那种风格写成的讽刺小说《马伯乐》。《马伯乐》以三四十年代国难当头"逃难"这一政治文化景观为背景，以一个知识分子典型马伯乐为主人公（即讽刺对象），对抗战以及民族出路问题进行了深省。鲁迅笔下的阿Q是乡间的流浪汉，他被剥夺了劳动权利而糊里糊涂地走上造反的道路，一事无成却靠着精神胜利法支撑自己，自私而麻木地活着。而被日寇入侵逼上无休止的逃难之路的绅士家庭出身、颇有教养的知识分子马伯乐，也与阿Q具有相同的精神疾病，自私、卑怯、麻木，总是把

“逃”说成“退”，把退当成一种出路，与阿Q的精神胜利法是同一病症的两个不同侧面。鲁迅写阿Q，是在画中国寂寞的灵魂和国民劣根性；萧红写马伯乐，是以“逃”的意识从另一角度揭示知识分子的劣根性。学习鲁迅的讽刺手法，继续刻画中国的魂灵，这应该算是萧红对中国文学的一大贡献，但是，她的这一贡献却被当时的主流文艺思潮忽视了，至今也没被重视起来。她这部独具意义的讽刺力作，虽与此前完成的《呼兰河传》风格迥异，却仍属她一贯创作经验的发挥，即她总是写自己亲历的最熟悉的生活。完全是在香港写成的长篇小说《马伯乐》，就是萧红多年漂泊与逃难生活的积淀和深有感触的独特发现，不过是用另一种风格表达罢了。所以，《马伯乐》该算是她别样风格的代表作。其实，此种讽刺风格，在她以前的作品里已露端倪，如《三个无聊的人》《逃难》等，可惜都被当时的战乱遮蔽了。也正是战乱年月的漂泊生活，使萧红发现了中国国民性的另一侧面，即“逃避性”。震惊世界的九一八事变后，日寇一夜之间占领了沈阳城，不久又风扫残云般占领了全东北，而几十万东北军“有礼貌地”节节退往关内，使得东北轻而易举变成了日本人扶植的伪满洲国。而后继续节节地逃退。中国可悲的“逃退”性啊，被不甘当亡国奴的东北天才女作家捕捉出来，给以深刻的讽刺和批判，这是另一种抗战！

二

让我一想起来便不能不欲脱帽致敬的是，病魔已把萧红折磨得离死只有两个多月时，她写下了类似遗书的《给流亡异地的东北同胞书》。

沦落在异地的东北同胞们：

当每个中秋的月亮快圆的时候，我们的心思被悲哀充满。想起高粱油绿的叶子，想起白发的母亲或幼年的亲眷。

……

“我们就要回老家了！”

家乡多么好呀，土地是宽阔的，粮食是充足的，有顶黄的金子，有顶亮的煤，鸽子在门楼上飞，鸡在柳树下啼着，马群越着原野而来，黄豆像潮水似的在铁道上翻涌。

人类对家园是何等的怀恋呀！

……

但是等待了十年的东北同胞，十年如一日，我们心的火越着越亮，而且路子显现得越来越清楚。我们知道我们的路，我们知道我们的作战的位置——我们的位置，就是站在别人的前边的那个位置。我们应该是第一个打开了门而是最末走进去的人。

……

我们应该献身给祖国作前卫工作，就如我们应该把失地收复一样，这是我们的命运。

东北流亡同胞们，为了失去的地面上的大豆、高粱，努力吧！为了失去的土地的年老的母亲，努力吧！为了失去的地面上的痛心的一切的记忆，努力吧！

……

病苦中，萧红又给去西北前线当抗日战士的亲弟弟张秀珂写了一封《九一八致弟弟书》：

可弟：小战士，你也做了战士了，这是我想不到的。

世事恍恍惚惚的就过了；记得这十年中只有那么一个短促的时间是与你相处的，那时间短到如何程度，现在想起就像连你的面孔还没有来得及记住，而你就去了。

记得当我们都是小孩子的时候，当我离开家的时候，那一天的早晨你还在大门外和一群孩子们玩着……

而事隔六七年，你也就长大了，有时写信给我，因为我的漂流不定，信有时收到，有时收不到。但在收到信中我读了之后，竟看不见你，不是因为那信不是你写的，而是在那信里边你所说的话，都不象是你说的……因为我总有一个印象，你晓得什么，你小孩子，所以我回你的信的时候，总是愿意说一些空话……关于你的回信，说祖父的坟头上长了一棵小树。在这样的话里，我才体味到这信是弟弟写给我的。

但是没有读过你的几封这样的信，我又走了。越走越离得你远了，从前是离着你千百里远，那以后就是几千里了。

……

在这种情形之下，从家跑来的人，还是一天一天的增加，这自然都说是以往，而并非是现在。现在我们已经抗战四年了。在世界上还有谁不知我们中国的英勇，自然而今你们都是战士了。

……

不多时就七七事变，很快你就决定了，到西北去，作抗日军去。

你走的那天晚上，满天都是星，就象幼年我们在黄瓜架下捉着虫子的那样的夜，那样黑黑的夜，那样飞着萤虫的夜。

你走了……我送你到了台阶上，到了院里，你就走了。那时我心里不知道想什么，不知道愿意让你走，还是不愿意。只觉得恍恍惚惚的，把过去的许多年的生活都翻了一个新，事事都显得特别真切，又都显得特别的模糊，真所谓有如梦寐了。

……

恰巧在抗战不久，我也到山西去，有人告诉我你在洪洞的前线，离着我很近，我转给你一封信，我想没有两天就可看到你了。那时我心里可开心极了，因为我看到不少和你那样年轻的孩子们，他们快乐而活泼，他们跑着跑着，当工作的时候嘴里唱着歌。这一群快乐的小战士，胜利一定属于你们的，你们也拿枪，你们也担水，中国有你们，中国是不会亡的。

因为我的心里充满了微笑。虽然我给你的信，你没有收到，我也没能看见你，但我不知为什么竟很放心，就像见到了你一样。因为你也是他们之中的一个，于是我就把你忘了。

……

今天又快到九一八了，写了以上这些，以遣胸中的忧闷。

愿你在远方快乐和健康。

这是萧红临终前躺在南中国海边的病榻上，写给在北方前线的弟弟，却无法寄出的信，也是她留给人间最后的成型文字。一个不当封建家奴，也不当亡国奴的黑土地的女儿，在抗争与奋斗的艰苦漂泊中，迎来了生命的终点。她心头永难愈合的九一八伤口，和个人情感的剧烈伤痛，都没能将她的灵魂击垮，她最念念不忘的仍是收复家园、收复失地，激励人们为争取抗战胜利而奋斗。一个如她同样心情的战斗群体，也在东南西北用脚和笔以至刀枪，在跋涉着、战斗着，他们后来共同被中国现代文学史命名为“东北作家群”。这个群体的优秀一员，萧红，临终前躺在活动病床上，对守在身边的东北作家群的另两个成员骆宾基和端木蕻良说：

人类的精神只有两种，一种是向上发展的，追求他的最高峰；一种是向下的，卑劣和自私……作家在世界上追求什么呢？若是没有大的善良、大的慷慨，譬如说……若是你在街上碰见一个孤苦无告的讨饭的，袋里若是还有多余的铜板，你掷给他两个，不要想，给他又有什么用呢？他向你伸手了，就给他。你不要管有用没有用，你管他有用没有用做什么？凡事对自己并不受多大损失，对人若有些好处的就该去做。我们生活着不是做这个世界的获得者，我们要给予。

……

我本来还想写些东西，可是我知道我就要离开你们了，留着那半部《红楼》给别人写去了……人谁有不死的呢？总有那么一天……生活得这样，身体又这样虚，死，算什么呢？我很坦然的。

……

1942年1月19日午夜12点，萧红被喉管手术后的疼痛折磨得睡不着，也说不了话，她用手势向守在身边极其困倦的骆宾基要过笔和纸，躺着又艰难写下一句话：

我将与碧水蓝天永处，留得那半部《红楼》给别人写了。

半生尽遭白眼冷遇……身先死，不甘，不甘。

这就是萧红的临终遗言了，写于21日就被换上“大日本陆军战地医院”牌子的香港玛丽医院。她遗言中说的“半部《红楼》”，是指她没有写完的《呼兰河传》。她去世后经茅盾先生作序推荐出版的这半部杰作，和她刚从东北逃到山东青岛写成，经鲁迅先生作序力挺而出版的《生死场》，一同成为她的代表作，也成为“东北作家群”的重要代表作。

萧红写下以上遗言的第二天，被日军撵往红十字会设立的圣提士反临时医院，22日，萧红停止了呼吸。如果没有日寇的侵略，她肯定不会仅仅31岁便丢下了她最恋恋不舍的笔。其时她“仰脸躺着，脸色惨白，合着眼睛，头发散乱地披在枕后，但牙齿还有光泽，嘴唇还红；后来逐渐转黄，脸色逐渐灰黯，喉管开刀处有泡沫涌出……”这个离家出走十余年，在兵荒马乱的动荡年月，随时代潮流漂泊了十余年的东北大地的女儿，怀着对故乡无限的眷念，只身葬在了南中国海边的香港。浅水湾畔，她的灵魂日夜想念着逃离出来就再没能回去看上一眼的故乡！

三

萧红的故居，便是现在她的纪念馆了，就在我一次次回故乡那条路的左边上，一下车就可迈进她故居的院门，她那永远 31 岁的塑像就站在门口迎望着每个来访者。在我第一次看见她年轻的塑像时便分明感觉到，我们已是神交已久的乡亲。往她那永远年轻的塑像前一站，我一遍遍读过的她那些描写故乡的不朽之作便在心中一页页呼啦啦翻卷开来，于是，已被寒来暑往的时光一年年催老容颜的我，忽然变得同她一般不老了。

她只活了 31 岁！她永远 31 岁！我是她的晚辈，即使早已比她老了，却不该早早老了心态！我的心湖曾一次次被她悲天悯人，凄美而冷峻，有讽刺，有幽默，往往力透纸背的独特而越轨的文字搅起波澜。她越轨笔致下流淌出的文字，写的都是她自己经历过的生活，写的都是她最熟悉的环境和人，比如春、夏、秋、冬里的人和与人为伴的风、花、雪、月、太阳、树木、庄稼、菜园、牛、羊、鸡、狗、蝴蝶、蜜蜂等，都成了见证她思想情感的“人物”了。而那些给她家当长工的底层劳苦人物，都成了她关怀的对象。不管漂泊到哪里，她的笔都蘸着心血动情地写着那些人物和环境。她的作品常常让我既自愧又自豪。这是我们东北黑土大地养育的天才女作家。作为一个同一块土地生养的写作者，我没有理由不向她越轨笔致生成的温婉的讽刺和冷峻的幽默文字致敬，并努力从中汲取营养。如认真向她学习忠于时代的精神，不违心地写自己最熟悉的人物和环境，以及我的同情心和爱心所及的所有人。同时她小说的散文化风格，和写散文时也使用的小说笔法，以及她所有作品的自传性意义，我都有所借鉴。鲁迅先生称赞萧红“叙事和写景，往往胜于人物的描写”，茅盾先生指出她的小说有散文化特点。我原来都把自己小说写作上的这种情形当缺点看待，后来索性也当特点发挥了，“叙事和写景”及结构方面的散文化倾向，不仅不改，而且有意为之了。这种情形，几乎在我的长、中、短篇小说，甚至散文里，都有，即写小说时也发挥散文的长处，写散文时也吸收小说的笔法。我的长篇小说处女作《绿色青春期》，结构方面的散文化，颇受萧红影响。比如全书结构以一年 12 个月为纬，每月一章，共 12 章；以我一个红卫兵入伍的新兵军营生活感受为经，生活流式地描写军营文化在“文革”期间的新状态。而第 11 章这个月，却总共只有三句话、39 个字。这一方面是结构的需要，另一方面更是受了《生死场》结构的影响。《生死场》一共 17 章，而第 11 章《年轮转动了》，只有三行 64 个字：“雪天里，村人们永没见过的旗子飘扬起，升上天空！全村寂静下去，只有日本旗子在山岗临时军营前，振荡的响着。村人们在想：这是什么年月？中华国改了国号吗？”而《绿色青春期》第 11 章的 39 个字，比《年轮转动了》还少 25 个字。还有，《绿色青春期》一开头对寒冷的描写：“……离县城十来里远的松花江冻有三尺多厚的坚冰，同时上去几十挂马车十几辆汽车保险压不塌。可寒冷那鬼东西却像有把神刀似的，毫不费力就把钢铁样的冰层割开几里长几里长的大口子。江冰开裂时传出巨人受了刀割而宁死不屈般的沉重呻吟声，我们在城里都听得见。从大江上分出来的小河只剩浅浅一点水在冰下流，小河上分出的细汊子干脆就冻实心了，冻死的小鱼嵌在透明的冰里看去活生生的，准是正游着突然就冻住了的。最厚实最能忍耐的大地也冻裂了，甚至有些人家的单层窗玻璃也会冷丁嘎巴一声冻裂了纹儿。好出风头的风冻住不刮了，老是呼啦啦响的红旗冻住不飘了，不管是家家的白色炊烟还是工厂的黑烟都像快要冻僵了，像一条又一条奄奄一息的黑龙白龙无力地向天上爬。麻雀那最没出息只会在热闹时凑热闹的小贼东西怕冻破了胆似的躲在屋檐下的窝里不敢出来，屋檐下一挂又一挂的大冰溜子被冻急了眼，谁的手一碰到它立刻就会被咬住。为人遮风挡寒的门冻得最可怜，一推或一拉它都会发出哭一样的吱吱声。太阳的光芒不知是被冻掉了还是收回去暖和自己了，冷冷地缩成一个月亮。比啥都精神的人当然不会在这时候出来踱方步了。”其中不仅对寒冷拟人化的描写是向《生死场》和《呼兰河传》学习的结果，借景物描写烘托时代气氛，及描写天气时使用的冷峻幽默与讽刺，都有萧红笔致的影迹。我在另一部长篇小说《不悔录》中，也借鉴了《呼兰河传》顺时的结构框架和自传体小说的叙述语气。如第九章第79节，《买了个鱼缸》，也短短五行字：“我忽然羡慕起鱼来，于是买了个鱼缸，并且放在办公室阳光可以照到的阳台上。我想养两条鱼。每天能看看鱼在水里游，多好啊。但鱼缸放了两天我又拿走了。我想，人家鱼活得好好的，干吗买奴隶似的圈进小小鱼缸里，让它只能看见光明，而连一米前途也没有啊！”其他几个直接用人物命名的章节，也借鉴自《呼兰河传》。萧红的叙事与写景拟人化手法，对我影响太深了，几乎每篇小说都有。比如：“一登上山岗，豪迈的大野秋风便迎上来，用长长的手指梳擦他汗湿的头发，掀弄他溻透的军衣，抚摸他发烫的脸颊和胸膛，他身上的背包被风用另一只手托起，后来整个身体都像被风用双臂热情地抱起来了。”（《啊，索伦河谷的枪声》）“他背朝着太阳，划动了桨。小船在树林里穿行，装满了斑驳的霞光。静静的黑水像燃着了，船好似在火上面走。天上就一个太阳。每当太阳这样辉煌动人地升起的时候，江两岸的人肯定都会认为太阳是自己的。他乔连长就认为太阳是他的，和他最熟，对他最温暖。此时不用回头看，他就知道，太阳正在岛子东端的桦树林上面注视着他，正是最红最好看的时候，肯定给自己的草绿军衣也照红了。他在心里和太阳说话……”（《一江黑水向东流》）“风又偷偷摸摸活跃起来，像是被轰轰烈烈的炮声撩拨的。打炮的人们陷在命中率不错的亢奋中，一时竟没发觉风这流氓已教唆炮火向犯罪的道路走去。风是在远离炮阵地和观察所的弹着区开始干坏事的，所以没法被及时抓住。放！大炮怒吼起来了。一缕炮火贼溜溜窜入山脚一丛荒草。荒草舍身助火将自己枯老的身躯也化作火焰。而等了好久的一股贼风就在枯草化作火焰时突然扑上去给以鼓励，那火立即变成一只黑乎乎的大蟒乘风爬上山坡，像群刚刚越狱死不改悔的纵火犯，顺山北坡斜着向东烧去，已烧出上百米宽一长溜黑地，像黑龙江、乌苏里江或者就像索伦河黑幽幽斜着向北山坡上流去了……”（《因为无雪》）类似的叙事和描写有许多，都可从萧红的作品里找到影迹。

2015 年 7 月 20 日草于沈阳听雪书屋

（原载《芒种》2015 年 10 月号）

我的粮食关系

在我眼里，1949 年无疑会更加不同寻常，因为共和国和我都是在那一年诞生的。不管怎么算，明年的这个时候，我和共和国都满五十岁了。古话说，五十而知天命。细想想，天命怎么可知呀，能知己命就不错了。反正我和共和国有着几乎相同的命运，知了己命差不多也便知了国命。国命也便是民命。毛主席有句谁都知道的话，民以食为天，吃饭第一。照这个说法谈谈天命，便是可知的了。想想我的肚子是怎么填过来的，不大致就可看出共和国的一线“天”来吗？而五十年的绝大多数岁月，中国最广大最普通的老百姓所谓吃饭，其实主要是指吃粮食。所以直到前几年，中国最为流行最被重视的专有名词之中，除“人事关系”“组织关系”“户籍关系”“夫妻关系”“男女关系”等外，还有个“粮食关系”。我就说说粮食关系吧，算是献给新中国成立五十周年一份为了忘却的纪念。

好像是 50 年代后期（没有核实，可能不准确），全国实行粮食统购统销之后，就有了粮食关系一说。搜索一下我的记忆，十一二岁，也就是小学五六年级时，就有了拿粮本买粮的印象。粮本只有户口本一半大小，本壳儿是连最简单图案都没有的粗糙硬牛皮纸做的，上面印有“购粮证”（也许是“粮食本”）三个大字及某省某县粮食局小字。本内写着一家人的姓名和每月定量。每人定量不同，小学生十几斤，初中生二十几斤，高中生最高，三十几斤，比从事非体力劳动的父母还要多，好像是三十二斤。我父亲是教师，母亲是家庭妇女，他们都是二十八斤。定量里明确标出粗粮多少、细粮多少。细粮里还分出大米多少、白面多少。当然是细粮远远少于粗粮，并且是大米少于白面。我说的是我们北方，可能南方会是白面少于大米，物以稀为贵。还有豆油和黄豆的定量。菜用的豆油是几两定量记不清了，反正不到半斤。那时不叫买米买油，而叫领米领油。“写完作业领米去呀！”每当母亲这样说过之后将夹了钱的粮本交给我，必定再嘱咐一遍要把剩下的零钱买一斤盐，或半斤酱油，这两样东西是不用本儿的。我便匆忙做了作业约上几个伙伴一同办好事似的乐颠颠去了。之所以乐，因领一回米就有几次细粮做的饭可盼了。那时饿不着，只盼能多吃几口细粮，或粗粮细做的“干粮”，比如玉米面掺黄豆面摊成的煎饼，或高粱面掺黄豆面蒸成的发糕，吃着都有点细粮的效果。但粗粮细做需要增加劳动，我说的这两样就得用石磨把粗粮磨细。推大石磨是那时候给我留下最深印象的劳动之一。推磨很累，尤其是一圈一圈转起来头晕。上学读书写作业已经很头疼，再干没完没了令人头晕的活，是需要毅力的。但有差不多跟细粮一样好吃的干粮诱惑着，毅力也就有了。所以几乎每星期日都要推半天磨，怕推磨的同时也盼着推磨，那情形就像用功学习头疼但可以获得好分数好名次似的。

那时虽然饿不着，但家家都珍惜粮食。毕竟是定量供应，谁家有一两个大肚汉肯定吃粮要紧张点。这样省下定量有了积攒的人家就可以支援一下亲戚朋友。答谢这种支援一般也不直接用钱，而是互通有无，回赠节省下来的布票或自家种的蔬菜什么的。即使没人接济一般也饿不着，到饭店吃几顿或到小铺子里买几个烧饼、馒头、麻花等也是非常方便的，那时到街上买食品或到饭店吃饭还不要粮票。不过一般人家不会这样做，而是用多吃土豆、豆角和倭瓜等顶饿的菜来填补。

1962 年我已上了初中，从那年我有了极深的挨饿体会，而后又有了关于粮票的记忆。挨饿那两年粮食定量好像并没变，但就是饿，总是没到吃下顿饭的时候就认认真真饿了。主要是国家遭了大的自然灾害，许多方面都亏空，就使得在多方面作用下肚子没了基础，即使不停往里填没油水的东西也不行，就像自行车的内胎扎了眼儿，总是打气也不行，刚打得鼓鼓的很快又瘪了。就这样瘪了打，打了很快又瘪。往年连猪狗都不吃的东西，如柞树叶子炒煳了磨成的面儿、玉米棒子搓掉粒儿之后剩下的木柴似的穰子炒煳磨成的面儿，还有许多野菜等，都成了人的吃食。榆树皮榆树叶子榆钱儿则是难得的好食品了。记得春天大地雪还没化净，为了使清明节过得不至于稍像点样的吃食也没有，大人领我们到很远的野地里捡黄豆粒儿，走许多步才能捡着一颗被化雪泡涨了的豆子。晚上将泡涨了才勉强凑够一碗的豆子放到大锅里干炒。要想把湿豆子炒干炒熟，得付出漫长的等待。父亲就一手擎着煤油灯一手不停地掀动锅铲促使豆儿早熟，不想终于熟了急不可耐往外盛时，一灯煤油全洒在锅里。煤油和汽油几乎一个味道，无论如何是不能食用的。可那炒熟了已成半碗又浸了煤油的豆子，一颗没剩都进了胃里。那两年挨饿的事儿我在《父亲祭》里写过一些，不想再重复了。得感谢饥饿使我懂得了粮食的重要。如果我当国家领导人的话，绝对会重视农业的，不管机构怎样需要精简，我也要设立一个“国家粮食部”。这都是现在吃饱撑的说笑话，那时候可没心思说任何笑话，连我们最嘴馋的小孩儿盼吃细粮的心思都没了，所以只要是有粮食的饭对谁几乎都等于过年。原来我还以为只我们那块的人这样，后来参军到部队也听到不少这方面的事，才懂得那两年全国人民的肚子都如扎了眼的自行车胎。解放前参军、长我十好几岁的老兵老田，一提当年挨饿就反思自己因为不到二两干粮而怀恨战友的事…………

1964 年，我离开家乡小镇到县城去住宿读高中，粮食关系便随着学籍转到巴彦一中。那时不正常的挨饿已经过去，我们高中生的粮食定量又最高，所以没留下饿的印象，倒是开始有馋细粮馋好菜的印象了。高中那三年，我的定量基本够吃，即使缺一点儿，每月从家里带点儿干粮也就吃饱了。在学校吃饭比在家要省事儿，不用每月干“领粮”的劳务。记不清粮票具体是从哪年实行的了，我是从 1966 年“文化大革命”开始后对粮票有较深印象的。粮票一般是国家工作人员出差才从粮本上起出来用的，我们学生不存在出差不出差的事。但“文化大革命”开始不到一年，大、中学校的红卫兵开始了全国大串联，这就遇到了离开学校的伙食到外面世界去使用粮食关系的问题。那时学校已基本是红卫兵说了算，我们便以红卫兵的革命需要为理由，从学校总务科管伙食的老师那里把一个季度的粮票和助学金提前领出来，再管家里要上三个月的伙食费，开始了从家乡到北京四千多里的徒步长征。我们的长征串联队一共十三人，除队长外，还有宣传委员、文艺委员、卫生委员，还有一个生活委员（也叫伙食委员），这个委员就是我。每天都要赶路，每天都要住宿，每天都要吃三顿饭，我这个伙食委员就比别人多操心。各城镇都有红卫兵接待站，哪路红卫兵到了都是同样的饭菜，吃完交了钱和粮票走人。到了农村就得现找生产队领导安排，安排在谁家吃就把钱和粮票交给谁家。到了穷困一点的地方吃的是地瓜，我们也要交粮票。我们出省带的都是全国粮票，里面已包括了油和细粮。省内粮票不带油和细粮，到了外省也不好用。因为途中丢了一回伙食费，加上吃病号饭的人次越来越多，我们带的钱粮提前用光了。后来那些日子，每顿饭都由我统一用从学校带出的介绍信打好欠条留下。当时国务院有通知，对有特殊情况的学生红卫兵可以凭介绍信打欠条吃饭，返校后寄还。经我手打的欠条，返校复课闹革命后都一分一两不差寄还了。因为那时我们叫毛主席的红卫兵，对毛主席号召的向解放军学习，遵守三大纪律八项注意特别当回事。一路上就直接听解放军面授机宜好几回，不仅一分不差交钱一两不差交粮票，还帮房东挑水、扫院子、打场、理发，干力所能及的活。有的贫下中农看我们干了不少活，便执意不收我们的饭钱和粮票，我们都通过种种办法悄悄留下，以实现走一路红一线的誓言。

我是在“文化大革命”高潮时候的1968年从学校直接参军的。从此粮食定量就从每月的三十二斤变为四十多斤。那时部队的粮食基本够吃，主要是靠自己养猪种菜保持的，也难有什么结余，有结余的差不多就是先进单位。那时吃饭总是狼吞虎咽的，吃慢了就容易最后缺半碗。吃细粮时缺的危险性就更大了。军营里有句话，兵好当，岗难站，高粱米籽难吃。连队的高粱米籽是最难吃的，我吃一年多后就调机关当新闻干事，是干部了，开始每月领工资吃饭交伙食费。那时要经常下部队采访，写了稿子也常到报社去送，这样就得频繁和粮票打交道。下部队或到上级机关开会以及到报社送稿，第一件事就是起粮票，数量根据出差的天数而定。全国粮票的精美程度和人民币很接近，所以它在人们心目中的地位并不次于人民币。但省级地方粮票印制要差点，最简单的要属北京粮票，像三张现在的五毛钱普通邮票横着连起来那么宽窄，纸也较普通。电视剧《小井胡同》中那个那六爷之所以能在挨饿时伪造粮票，就因为是在北京。那时候年轻，又单身，几乎每周都要离开单位出一次远差或近差，所以有五件东西几乎是随身带的：毛主席语录本、笔、小本子、最基本的生活保障费，还有粮票。那粮票时时提醒你，斤斤计较这个词是不适用的，粮票是每个人最重要的生存要素之一，应该两两计较才对。记得有一年我在长春的《吉林日报》学习，我们团政治处主任去看我，报社一个朋友请我和主任到他家做客。吃过饭走时主任向我那朋友家交了两元钱和半斤粮票。那年代的军人，脑中都有根死死的弦儿，“不拿群众一针一线”。一针一线是最微不足道的，都不能白拿，何况那么重要的粮票呢！那时我们中国是一个彻头彻尾的票证国家，肉票、糖票、布票、自行车票、电视机票、理发票、洗澡票……而粮票则是最重要的生命之票。

人被太多的票证所累，生活也够沉重的。但那时的票证带有共产主义的性质，于底层百姓有利。家庭人口多的平民人家，钱紧不能将票证用完还可用于和亲友们互通有无，而既没钱又无票证的百姓们就真的一无所有了。尽管如此，我还是挺喜欢无票无证的生活。在军队供职那二十五六年中，只有四五次较长时间离了粮票吃饭。最长的是刚入伍在连队当战士的近一年时间，那是真正的军事共产主义生活。从军官到士兵，从新兵到老兵，一律同吃同住，伙食平等，不用斤斤计较两两计较钱粮，一心出力做贡献就是了。平等地受累累死也不觉得，反而累得心情舒畅。高粱米饭大白菜，谁都一样吃一样干，累也不算什么了。

这种生活当了干部调到机关后又经历过两次。一次是 1976 年粉碎“四人帮”前发生震惊世界的唐山大地震时。快傍晚时接到通知，让我和另一位老同志当夜随路过沈阳站的抗震救灾军列出发。我们只来得及开了张采访介绍信和军人通行证，从自家划拉点钱和粮票，就背着行李爬上了深夜通过的军车。救灾如参战一样紧急，和部队一同赶到现场后发现，一片废墟的唐山大地，什么票证也无用了。水靠当场排队分发，食品靠当场排队分发，活人是唯一好用的票证。我们就靠一个大活人这张票证在已成废墟的唐山采访了二十多天。

再一次是在云南的老山前线，我随对越自卫还击作战部队过了一个多月真正的战时共产主义生活。那些天一次粮票没动用，到了哪个部队，赶上吃饭了只要把嘴递上就行。赶上分东西了也是，只要当时你人在现场就分你一份儿。战时军事共产主义更让人心理简单，不用提防什么贪污腐败，都是必需的实物，你多贪占了往哪里放？战场上又没有市场。即便是收放好了，怎么往大后方带？再说，看到活生生的战友变成了死人，看着健健壮壮的同志变成了腿断臂残的伤员，看着红土地上出现了一片片新坟，你怎么还会有心思贪占啊！

真正历史性地结束粮票所累，长在自己头上的一张嘴长在自己身上的一只胃可以随心所欲地品尝所需的粮食，是1992年秋天，那时我从部队转业了。先是办完了转业证，再落好了地方户口，然后一件大事就是落粮食关系。那时虽然粮食已经不成问题，但粮食关系的概念在每个人头脑中还根深蒂固存在着。家属随军的部队干部，虽然不像地方有个粮本，但使用的军用粮卡性质是一样的，卡上写着总定量，还细分为细粮、粗粮、豆油等的分定量。结余的粮油都可以积存着，调动工作时可以随卡带走。往地方转粮食关系时，我攒的军队粮卡已有厚厚一叠，我家其他成员的粮本也在军粮店使用，全家结余的粮食共有一千好几百斤，说明当时全国的粮食已富富有余。那时市场和粮店都有了价格略高于供应粮的商品粮可以随便买，副食品也十分充足，这些都是家家有余粮的原因。

那次转落粮食关系我跑了五次，耗用的时间足足有四天。光是打听该怎么落、到哪里落就用了一天。然后去找落关系的那个粮店。因为房地产开发，那个粮店已经动迁。找到粮店又足足花了一天，粮店说他们直接落不了，得先到区粮食局。待我找到区粮食局，太阳又快落山了，工作人员掏出锁头说明天再来吧，折腾得我都不想再去了。有人说粮食已经随便买卖了，粮食关系还有什么用？有人则说咱们中国的事不能看眼前，一时一个变化，说不定哪会儿又拿本斤斤计较了！我就又跑了一天，终于落上了。尽管这样，也比落户籍关系办居民身份证省事不少。同时也感到粮食部门比户籍部门的工作人员素质好。转粮食关系才跑了四五天，彻底办好户籍关系前后经历了四十多天。尤其印象深的一个细节是，当户籍员把我的名字往妻子为户主的户口簿上写时，我发现儿子的籍贯是“辽宁省长春市”，我指出写错了，女户籍员却白了我一眼说当初是你们自己说是长春市的。我说我们说长春市并没说辽宁省。她竟惊讶地说：长春市不是辽宁省的吗？

既可惜也可喜的是，自从我办好了地方的粮食关系，一次也没用过，户籍关系也不像以前那样绳子似的拴绑着你了。

尽管没谁宣布粮食关系已经作废，但事实上它已无用了。虽说如此，我还是精心保留着我的粮食关系，也许它真就连同保留下的那些粮票永远成为一种文物啦！

1998 年 10 月 18 日写于沈阳听雪书屋

（原载《中国作家》2009 年第 9 期）

我的文学老师

事业上没弄出个名堂来，反去说谁谁是你的老师，岂不等于说是老师教导的结果，侮辱了老师嘛！名师出高徒，自己没成为高徒，就不该把老师扯上。这样想过之后仍向外人说谁是老师，实在是出自感念之心：若不是老师的指引，连现在这个没名堂的样子也混不出来呢！那么就说说与自己的文学之路有关的人吧。

一

先说的这个老师，不仅没教过我，而且没和我说过话。他本人的理想可能是当教师的，但确实一天也没当过。现在他是否还在人世，已说不好了，因我曾几次听老家传来关于他自杀的说法。其实我只在上中学时从侧面见过他一回，而他并没见过我，那时他也不会知道世界上还有我这么个人。他是哈尔滨师范学院中文系的高才生，但未及毕业就成了右派分子，蹲几年监狱后当了农民。他其实是个诗人，干着农活，业余写诗，常常用笔名或别人的名字发表诗作。他的真名、笔名和所用的别人名字我都知道，是从大同学们嘴里知道的。他本来和我家同住在一个镇上的，因劳改当农民就到乡下去了，所以天天按时上学的我就没机会见到他。后来我到县城住宿读高中，有次回家过完星期天又返校，路过县城一个邮筒时，同行的高年级大同学将一个没贴邮票却剪掉一角的信封投了进去，我才知道这叫给报社投稿，可以不花邮费，如果稿子刊登了还可以得到稿费。既可出名，又可得利，还不用花一分钱，这可真是件不错的事，但一个高中生不可能不知道那需要非常出色的写作才能。所以我非常佩服敢往报社投稿的人，自己却不可能马上去投，对我，那只能是将来的事情，还十分遥远。可是，当我得知那同学不是自己投稿，而是替前面我说的那诗人投稿时，那诗人便正式作为一颗文学种子落入我心田了。数日后真在报纸的文学副刊上读到了他没贴邮票寄出的诗，那颗文学种子便开始在我心田悄悄膨胀。以后凡在报纸和文学刊物上看到他的诗，我必定剪贴了反复读上几遍。有年寒假，我在伯父的鲜货铺子里留恋着不肯走，是想混点糖果吃，忽然看见铺子外面出现一架扎满糖葫芦的草靶子。满耙紫红色闪着光彩的糖葫芦像一簇鲜花在雪天里怒放着，吃不到伯父糖果的我便面对糖葫芦流开了口水。当我发现糖葫芦的主人竟是个非常难看的罗圈腿，而且穿条免裆棉裤，地地道道一个贫丑农民形象时，口水便止住不流了。可伯父说那就是我佩服着的诗人！那次我又从伯父嘴里知道了那诗人很多的不幸，这里就不一一絮叨了。我只从侧面见过那诗人这么一回，虽然没同他说上一句话，以后再读他或别人的诗时却懂得了，诗是美丽的，但诗人很可能是不幸的，就如糖葫芦是花一般的，卖糖葫芦者却很寒酸。经历了许多艰辛直到现在我还喜爱着文学，不能说不与这位诗人初始给我打下的烙印有关：不幸本来就是一所文学院。

二

第二位老师不仅没教过我，连师范学院也没念过的，是我入伍后参加部队办的文学创作学习班认识的，我一直叫他“田干事”。前年外地有个人来沈阳，要我陪他去看看老田，我十分感慨地说老田去世快有二十年啦！

去世快二十年了还有人惦念着他，而且不知他已去世，这很能说明他的性格：给人许多好感，却不事张扬。我参军不久认识他时，他是沈阳军区文学创作组的创作员，用现在的话说就是专业作家。那时还是“文化大革命”期间，中国能称得上作家的也就是鲁迅、浩然等不多几个人。他是专门从事写作的，又不能被称为作家，且又没官衔，我们一些部队文学爱好者便尊称他干事。在基层部队，放映员、炊事员、卫生员等，都是战士，而不带兵管人的干事却是干部。所以我当他面称呼他田干事，与别人说起他则进一步尊称军区田干事。在我们军龄很短的青年同志眼里，机关的干事就很了不起了，而老田又是大军区能发表文学作品的干事，岂不是更了不起？我默默开始在心里把他当老师对待，是在参加他主办的一次创作学习班，听他同我谈文学创作要写什么和怎么写以后。他没有直接教导我应该写什么和怎么写，而是讲了他自己经历的一件事。他那时只有四十几岁，但长相却比鲁迅先生晚年还显老，也如鲁迅那样用一只大烟斗子抽烟，脸型和头型也和鲁迅先生相似。他说他常常骂别人怎么怎么不是东西，其实细剖析剖析，有时自己往往比别人还不是东西。如果一个作家既敢描写别人不是东西的东西，也敢揭示自己内心不是东西的东西，那他才有望成为一个优秀作家。他说最难写的是剖析自己灵魂的忏悔录。他当众剖析了一件自己的事。

1962年我国闹自然灾害，以后连年遭灾，老百姓饿死了不少，部队也常常以糠菜充饥，偶尔吃一回纯粮食的干粮，便不啻过年了。有一回老田和同单位一个战友下部队采访，吃饭时一只盘子里端上两个玉米饼子，一大一小，而且大小区别比较明显。本来盘子是先端到老田面前的，老田犹豫一下推给战友先拿了。不想那战友却拿了大的，剩下小的自然就归了老田。本来大的吃下去离饱肚子也还很远，得了个小好几口的饼子，就更吃不饱了。那年头的一小块干粮很容易让人联想到金银的。老田就十分生气地在心里暗骂那位战友：真不是个东西，让都不让一下就拿了大的。哪怕吃了后说一声对不起也好，就那么厚脸皮占了如此之大的便宜！

这事在老田心里一直暗骂了好几年，待到后来学习毛主席著作搞斗私批修，总是强调在灵魂深处爆发革命，他才忽然揪住了自己在这事上的狐狸尾巴。他发现自己其实比那战友虚伪。他说："盘子先端给我了，我可以有四种选择的，一是自己主动拿了小的而把大的留给战友，二是直接把大的拿给战友自己留下小的，三是自己不顾一切就拿了大的，四才是把盘子推开让战友先拿。而第四个选择是最狡猾最虚伪的，那等于把战友先推到枪口上检验优劣，自己却躲起来了。战友固然没经得住检验，但自己也隐藏了期望战友能拿小留大的不良用心。这虚伪地隐藏着的私心，难道不比战友赤裸裸的私心更可恨吗？！"

老田能当着我们这些学生辈的小青年面剖析自己的灵魂，给我留下极深的烙印。后来我念辽宁大学中文系，有次作文考试写自己的老师，我就把老田的这件事写了。记得被辽大老师判了最高分，并入选了学校编印的优秀作文选。这也使我从辽大老师那里得到印证，老田应该算是我的一位文学老师，并且是位好老师。

三

“好的小说语言其实是内分泌的结果，是大脑和心灵在兴奋状态下自然分泌出来的，而不是硬挤出来的。”这话是著名作家徐怀中老师说的。“任何内分泌都不可能随时随地产生，必须有一定条件。比如唾液分泌是在见到想吃的食物时，汗液的分泌是在身体受热时。小说语言的分泌也是需要条件反射的。为了能分泌出好语言来，每次动笔前我都要读一阵自己特别喜欢的作品，什么时候读兴奋了开始分泌了，才动笔。”（大意）可以说徐老师这话已融化在我的血液中了，只要我的血还流动，大概它就会发生作用。我想，一个人的某些话或某句话能对你发生长久的指导作用，那他就真的是你的老师了。

我之所以认认真真称徐怀中为老师，不仅因为他的“内分泌”说对我产生了巨大影响，还因他是我读中国作家协会鲁迅文学院时名正言顺的写作导师。没到鲁院前他曾为我的第一本小说集写过序，使我对自己作品的优缺点有了较清醒的认识，但怎么提高，自己却一时摸不着头脑。我所以能落到他名下当学生，和我自己积极要求是分不开的。当时的部队小说家，我最喜欢的是他。他的叙述总是不紧不慢春风化雨般地流露着文雅的诗意和幽默感。当时我读的是中国作家协会文学讲习所第八期，也就是鲁迅文学院第一期。和我同班的有邓刚、朱苏进、赵本夫、简嘉、乔良等，我是学委会副主任兼学习委员，所以有机会先知道了辅导老师们的名单，便事先向学校提出希望能分在徐怀中名下。我的愿望理所当然实现了。没有分到徐老师名下的朱苏进和简嘉很羡慕我，当我和唐栋正式拜访导师时，他俩也和我们一同去了。我们除去带了一颗敬慕之心，什么见面礼也没带，倒是带去的几张嘴大吃了一通徐老师亲手包的饺子，几双空手又都带回一本徐老师赠给的书，耳朵也装回不多但几乎都记得住的一席金玉良言。我们几个几乎一致认为，徐老师无论从形象到性格到为人为文，都是最不好为人师却应当被我们引为骄傲的良师。他既参加过战争，又是训练有素的文人，既能严以律己又能宽爱对人，既能独立作战，又能凝聚队伍，从他身上可以多侧面地学到东西。

我们进文讲所不到一年，解放军艺术学院诞生了文学系，徐老师便是众望所归的系主任。他名下忽然聚集了李存葆、莫言、钱钢、苗长水等二十多名比我们还名正言顺的文学弟子。于是，我们作协文讲所八期的五名部队学员和军艺文学系一期那帮同学便开始互相羡慕了：他们羡慕我们文讲所的名气，我们羡慕他们可以天天和徐老师在一起。那一阶段，我们这群全军青年创作主力，可说是以徐老师为纲形成了既互相学习又热烈竞赛的局面。细查这伙人那一阵子语言方面的进步，就可以看出徐怀中老师“内分泌”说所产生的巨大作用。由于那阵儿同他接触较多，我才明白了，《西线轶事》那独特的语言只能从健康宽厚朴实又热情正直的徐怀中老师身上分泌出来。他做事首先替别人着想，所以写作时才宁肯花很多时间去慢慢分泌，而绝不像有些作家喝多了生水节制不住跑肚似的去写，只考虑自己排泄掉许多有炎症的语言垃圾舒服了，而不替读者着想。徐老师最先一批去的老山前线，生活时间也不短，但面对全国许多刊物的稿约，他只分泌了那么一个短篇，精美得至今都没法改成电影。语言妙极的小说是很难改成电影的，一改就把原作那种分泌的韵味改丢了。人类历史已经很长，古今中外值得一读而读不过来的好作品已经不少，实在是不需要太多的语言垃圾来图财害命误人子弟了。所以能耐得住寂寞，精诚地分泌作品的作家就该有资格成为我们的老师。

后来进一步亲身体验时才懂得，分泌二字实在是太准确，也太难得了。泌汗不使出相当的力气产生出相当的热量能吗？泌泪不等有了巨大的悲伤或深深的感动能吗？而分泌洋溢才华的小说语言，不调动心脏加速供血，不促使大脑细胞高度兴奋，甚至不让浑身的肌肉都活跃起来，行吗？真的是不行！为了促进这种分泌，得去体验某种生活，得去进行某种锻炼，甚至吸烟、喝茶、饮咖啡、跑步，同亲爱的人说一会儿话……徐老师经过前期那么多的准备了，动笔前还要读上一大阵子美文，那的确是可以为我师表的做法。今后还要时常以此提醒自己，如果一时分泌不出好语言来，那就宁肯不写。枯涩呆板毫无生气的语言一旦落到纸上，就不好改了。除非扔掉重写，但那不已是无效劳动了吗？

写早了的自传

正该一门心思日夜奋斗朝着将来奔跑的时候却来写什么自传，似乎没出息。还不到回忆往事写自传的年龄。《作家》编辑部约稿，又因最近回老家奔丧后写了篇《父亲祭》勾起许多往事，趁还没转换思绪索性一遭写完了事。

我和新中国同龄。其实，开国大典的礼炮还未轰鸣的前几个月我就出生了，出生在故乡黑龙江省巴彦县西集镇那块并非人杰地灵却黝黑肥沃的土地上。

我故乡那地方没什么大的名胜古迹，文化土层也不太厚，说起来不查查地图肯定没谁知道。可要一提萧红的故乡呼兰知道的人就多了。我老家西集在巴彦的最西边，隔一条少陵河就是呼兰的土地。史载，巴彦早属呼兰统辖，所以我曾把自己写的一本羞于见人的书也算萧红家乡人的作品放进纪念馆。我不是想沾名人的光，为的是让别人能知道我的故乡在哪儿。记得小时候在故乡的河畔常常发生与呼兰县人争斗的事，为的是水库的鱼、两岸的庄稼柴草和树木等。有年水库边上的养鸡场失火，呼兰县人得的“烧鸡”比我们西集人得的还多。少陵河是弯弯曲曲的，因我们小时候打柴、洗澡、抓鱼那段河湾太大惹的纠纷太多，后来便人工挖了条新河道把县界拉直了，我童年打柴戏耍那地方现在就成了呼兰的土地。

我就在那样的土地包围着的小镇上默默读完小学和初中。上小学那年刚满六岁，不是一起玩耍的小伙伴们都上学了我也不能去，不是爸爸当教师学校也不能收我（必得满七岁才收）。爸爸就在家乡的镇上当教师，小学中学都教过我。他不是幸运的读书人（他的情况我刚刚写在三万字的《父亲祭》里），虽然叫我早早上学却并未给我指示过将来的奋斗目标，只在我考入高中后对我说过一次“还是学理工科好”，我又没听。

因为文化生活不丰富，少年时那颗成长着的富于幻想的心需要充实，文学作品便成了我喜爱的精神食粮。除了上学，还得帮家里干许多活，所以常常是一边嚼着饭一边读那迷人的小说，但是绝没想到要写，只是嫌生活太平淡乏味，需靠书中的人物来补充。上高中了，开始离家到县城住宿。虽然我是同学中最小的一个，可比那些不住宿的大同学有个好处，每月十来元的伙食费可供自己独立支配，我宁可不吃菜或吃咸菜，也要拿出一部分钱买几本文学书。读了书，心目中就有了榜样，那榜样的力量是无穷的，连爸爸妈妈的话都失去了权威性。有次回家，家旁边一个人叫我们带一封信投给报社，那信只剪了个三角口，问他，才知道里边装的是稿件，可以不贴邮票。不久那稿件发表了，是首诗。噢，我身边也有能发表作品的人，而那人相貌比我还不如。于是相貌丑陋的诗人将一颗文学的种子无意掉在我心里。后来我又发现，我的俄语老师也常在报刊上发表作品。原来，那些神圣的文学作品都是食着人间烟火的人写出来的！再后来，又听说和我家紧挨着的呼兰县出过一个著名女作家萧红，写过好几本关于家乡的书，我的心悄悄骚动不安起来，开始偷偷写日记。那日记本大概就是我最初发表作品的园地吧？我的同学里有好几个往报社投过稿，还有登过的，我却一次没敢。有年暑假，我和伙伴们在少陵河最弯那块崴子（就是后来县界拉直划归呼兰那地方）打柴，每年暑假都要到那儿打柴、洗澡、抓鱼、烧蛤蟆腿吃，还在柳条丛里搭草窝棚，连下雨都可以在里边做游戏。以前只贪玩，那年我已是高中生了，已知道呼兰出个作家萧红了，虽然她已不在了，那不见的灵魂却使我对文学的神秘感和具体感都增强了。少陵河不是也很美很大吗（儿时的看法真可笑，后来再回家乡看，那是多么细小的河啊！），它不也可以进入文学吗？我背着伙伴写了一首挺长的“诗”，叫《少陵河之歌》，自己偷偷念过好些遍，既激动又怅惘，上学时还悄悄念给一个要好的同学听了，他鼓励我也像老师和有的同学那样，投给我们县办的《巴彦日报》副刊。我哪里敢！我写的诗也能往报社投，那文学不是太简单了吗？唯恐亵渎了文学的虔怯之心使我脸红心跳地把这个见不得人的“私生儿”默默埋葬了。事隔那么遥远至今还记得，想必该算我最初对文学暗吐的一次真情吧。

高中没毕业，“文化大革命”开始了，学生不再学文化，所以高三课程没念，办《红卫兵》小报，写大字报，大串联，风风雨雨混到高四。在学校待得实在腻了，就想走，到哪儿都行，但全国所有大学都停止了招生，上山下乡又没开始，哪儿也去不了。赶巧，1968 年全国唯一一所“大学”——部队这所“毛泽东思想大学校”恢复招生了，文化考试是不需要的，政审考查却极严格。我不够格，是哭着在县武装部门外站到大半夜才拿得入伍通知书的，还要表示同父亲划清界限。我从县第一中学直接入伍。那时我心目中的文学榜样都已体无完肤，威风扫地，我对文学的感情也被破坏殆尽，穿上军装想的是投笔从戎到部队去“要武”，所以除《欧阳海之歌》外，一本文学书都没带，提包里装的是革命导师的军事文选。

想的是投笔从戎，从戎仍没投掉笔。“文化大革命”期间军队也“要文斗，不要武斗”了，大批判、大颂扬、写写画画比什么都重要。我在全连算文化最高的，这些事还能不找我嘛，写诗歌、写大批判稿、写新闻报道、写别人的讲用材料，连墙上挂的毛笔字条幅也找我写。我既当新兵又当班长，没几天，团政治处选拔新闻报道员选中了我。我干什么都不甘落后，竟比带我的新闻干事见报还多，一年多我也当了新闻干事。

那几年是很艰苦的。我们部队接连调防几次，最后在内蒙古索伦一带驻扎下来，打山洞、盖营房、野营拉练，几乎是白手起家游击队式的生活。苦是够苦了，但苦惯了加上入伍前就参加过几千里的徒步串联，还有当时“一不怕苦，二不怕死”口号的鼓舞，反而觉得苦得不够，背着行李和手枪到处走，百八十里的山路夜路雪路泥路水路全不在话下，骑过马，坐过马车，还追着火车往上爬过，为的是那点极可怜的所谓新闻。一个团没多少新闻可报道，我便在报道工作之余写点虚构的文学稿件。当时文学作品太少了，或许因为当时的文学根本就不是文学，我写的第一首诗歌、第一篇杂文、第一篇散文、第一篇小说竟然都发表了，有的还是几家报纸转载，甚至有一篇被选进当时的中学语文课本。后来有几家报刊叫我谈了自己的处女作，我真不知该把哪篇叫处女作，想来想去就算选进当时中学语文课本并转载在《中国文学》英文版那篇标了“散文”的《第一组照片》吧。当时大概二十二岁。现在再找出那篇散文来读，读者非笑掉大牙休克过去不可。

就为那可笑的作品后来我被调到省军区机关，再后来又调到大军区机关，宣传文化工作之余搞点零碎小创作。那时候真混蛋，以为文学没什么了不起，就把业余时间都糊糊涂涂浪费到那上边。浪费掉多少青春！扎扎实实读点书多好。没书可读也不叫读书，却紧紧张张忙忙活活地写废话写假话写套话。哎，太幼稚却没年轻过，悔之晚矣。没立业而先安家，1975 年娶妻，1976 年生子，1977 年调到沈阳军区文化部当案头小吏至 1978 年。

1979 年的中国，百废待兴，部队也面临“文艺复兴”的问题，需要人又没人，我得以滥竽充数被调到沈阳军区政治部创作室。那年正好三十岁。而立之年到了，我还犹犹豫豫地不知立什么怎么立，一肚子对现状不满的情绪折腾得我惶惶不可终日。就在那年底我作为正式代表参加了全国第四次文代会，接触许多有识之士，使我定下了走文学道路的决心，同时也使我急于蜕变的苦闷更加深了。我深为自己和整个部队的文学状况苦恼而愤懑，一直两三年都是这样。1980 年开始参加辽宁大学中文系函授学习，课程和课外的好书一块读，还常常背着书包和刚上小学的儿子同时去考试。分数多少在其次，多读了名著眼光起变化，逐渐有了自己的脑袋。用自己的脑袋和用别人的脑袋去写作不一样，尽管笔力还是不济，但自己同自己比毕竟是进步了。上帝可怜笨人，1983 年和 1984 年让我也各得一回全国中、短篇小说奖，这其实不值一提，但我因此被推荐考入中国作家协会文学讲习所（后改为鲁迅文学院）。三十五岁了忽然同时念起两个大学，着实体验足了考试的滋味。累是累，北京的空气怎么说也比沈阳新鲜活跃，又无家务缠身，便不觉累地一边应付考试一边读书一边写作一边去那没去过的地方开眼界，真是又愉快又苦恼又困惑又朦胧又振奋又气馁又自以为是又无所适从。两年半毕业，人和作品都起了变化，说不准是进步了还是后退了，若往脸上贴金的话，这期间写的一个中篇小说翻译到国外去了，这大概算进步。这几年凡事不都以出不出国为时髦吗？

鲁迅文学院发了毕业证后，同学们又集体投考北京大学中文系作家进修班。我也考了，待得到录取通知书时忽然觉得再念两年中学时梦寐以求的最高学府固然美气，可屈指一算已三十五六岁了，念成个博士于我何用之有？便儿戏般卷起行李返回家当我的专业创作员。同学情深舍不得我们几个离去的就三四十人联名写信往回感召，我到底眼光短浅却了同学们的盛情再没回去听课，只好每每独自或约了战友到书店书摊买新书自己看。虽然看不出大名堂，也只能如此而已了。边写边读边读边写写好写赖自成乐趣。

我个人经历不怎么幸运。十多岁亲手埋葬过弟弟，二十几岁埋葬过妹妹，不到三十岁埋葬了母亲，四十岁又埋葬了父亲，而父母双双患有最讨厌的精神分裂症。这前后还一次次去火化战友、同志，一次次参加一点儿都不认识的人的追悼会。所以二十多岁就开始做噩梦，梦中和现实不停地斗，同亲人搏斗斗得心惊肉跳精疲力尽，所以最近疯父亲去世我高兴万分，我不但赞成优生而且赞成优死，所以我的作品里常常出现死、痛苦及不幸人的善良、友爱与奋斗，所以我认为美丽出自痛苦，所以我相信有爱才能有才华，所以没受过苦和磨难的人说的话我不轻信，所以……坐地日行八万里。已经三十七八个年头了，我该和同龄的新中国在浩浩宇宙走过多少曲曲弯弯的里程？不知还能吃多少餐饭、喝多少回水、呼吸多少次也不知比外国洁净还是浑浊的空气？今后，自豪呢自悲呢骄傲呢气馁呢？如果能在生前而不是死后或梦中到地球的另一个方位去亲眼看看我的祖国，我就会踏踏实实明白我的作品怎么写了。现在我只能把我的生活体验和体验到的生活参照站得高、走得远、看得深的先知先觉们的脚步盲目而自觉地融入自己的笔下。好呢？差呢？比原来好呢？比原来差呢？不知道。只知道我不是个馅饼匠，所以便有理由不去强求自己的作品一篇比一篇好。

没什么值得炫耀的事好写。卑微的不光明磊落的不道德的需忏悔的念头和行为都有，篇幅有限暂不一一道来了，死前一定写篇忏悔录。

1987 年 4 月 12 日生日这天写于沈阳

（原载《作家》1987 年 8 月号）

大沟乡风景

大约十年前，我在沈阳和辽阳交界的大沟乡，买了两间早已无人居住的小泥屋。那是离乡上还有十多里远的臧双台子村唯一一座茅草苫顶、拉合辫垒墙的黄泥小屋，烧火炕，饮用从窗前土井里手提的水，除窗上的几块玻璃和挤住被炊烟和岁月熏黑的窗框那几十块砖，其他都是东北的原始风貌。因小村最初以臧姓人为主，并设有两座遇敌情点狼烟的烽火台而得名臧双台子。

这是东北大平原上普通得不能再普通、没有丝毫奇特之处的小村，夏天如浩瀚绿海上米粒大一个小岛，冬季就像抛锚于茫茫雪海里的一只小船。染有烽火岁月味道的村名，对一个从过军的男人也是有点魅力的。我便花不到三万元人民币买下了。村里人却不理解，农民弃之不住了的破泥房，你个省城人偏要买来住，图什么？

我图的是可以不像城里人，家家挤住在狭小的“空中”，每天连一小时接到地气的工夫都难得。还图可让自己只用于纸上谈兵的手，也能用于脚踏实地干点活，治治长年活在“空中”而积下的一身毛病。因此一到双休日或节假日，我都要到苏家屯管辖的这臧双台子住上两天，退休后便随心所欲地住了。只要一住下，就可日夜贴地生活，处处自己动手，事事求助左邻右舍，想脱离体力劳动都不可能。一来二去的，多年积下的各种身病和心病，先后不翼而飞。

原先，整天坐办公楼里，喝的是别人烧好的自来水，上下楼有电梯，出门有车，洗澡花几个钱就有人给搓，开会见到的人，都是每天夸夸其谈动口不动手却心情总是苦不堪言的脑力劳动者和管理者。这个群体，不是患有肩周炎抬不起胳膊，就是脂肪过剩蹲不下身子，或者高血压、高血脂、高血糖，再不就是神经衰弱睡不着觉的等，心脑血管也多不怎么好。而一住到村里最简陋的泥屋，去哪儿都是步行，顶多是骑自行车。上厕所必须得蹲，用水也必须自己从井里一桶桶提。现在虽已用自来水了，但洗澡也要烧水或用阳光晒热的水，浇地冲厕所仍得从井里提水。培垄、点种、锄草、摘瓜果蔬菜等都要低头弯腰，每天这样下来，全身的筋肉和血脉都舒展开了。开初累得浑身酸痛疲惫，时间长了便浑身舒服有劲。尤其随时入眼的景物，多叫你赏心悦目而不添烦恼。

我坐窗前写这篇文字时，纱窗上正落一只蝴蝶在扇动翅膀，窗前樱桃树上蹲一只绿头红嘴鸟儿，与晾衣绳上一只麻雀唧啾着什么。盛开着白花的土豆地里，一只花翅大喜鹊在仰脖静听，但并不插言。偶尔一只白猫匆匆从葱垄间跑过，后面追着一只比这猫大不了多少的小黑狗。小黑狗追到园子边没追上白猫，便跑向水沟边去戏弄几只刨食的鸡。井边一株红牡丹下趴着我家那只小黄狗，责任心极强地守护着院里唯一一朵盛开的大红牡丹，防止鸟儿们前来践踏，但一见追猫不成的黑狗又去戏弄鸡，便忘了护花，箭一样向鸡那边射过去。空中成群的燕子不和猫狗们一般见识，忙着在空中翻飞，像在提醒各家，夜间可能下雨，天有些旱了，没来得及栽种各种秧苗的赶紧趁机栽种啊！右边邻居家一棵大柳树上的布谷鸟飞到我家的园子里叫了几声，似来催促我趁雨前赶紧补种些秧苗。

我家的菜园小，又无大田活儿，什么苗也不缺，所以有闲心停下电脑将目光越过水沟的鸡鸣狗吠而望向远处。那是一条沥青公路在无边的绿野通往乡上去了。20 多年前乡里统一把沙石公路取直，并铺成宽宽的柏油路，原来那条小蛇样的弯路就变成现在大蟒样粗壮的直路，可通省城了。

路边那座大房子是我家的隔院邻居。他家房前一座比住房高点的播种兼铲蹚机库房已派不上用场，但主人还舍不得拆掉，留在那里做纪念。那库顶是灰色的，库墙是红色的，与住屋后面那座比两层楼还高的大型联合收割与脱粒机库颜色正好相反——红顶灰墙。他家这座两层楼高的新机库，又和后院薛家那座比机库又高出一截的红顶白墙的新楼，及楼下一间蓝顶白墙轿车库，在公路边生成一道高低错落、颜色起伏的风景。这风景与我家的两间低矮泥房又组成另一道反差很大的风景：城里人来接地气住老式泥房，而乡下人则向往拔高一层，住空中，又不离地。不过，我住的泥房虽然还低矮地蹲在地上，但已变了几次面目，先在原来苫的茅草上盖了层灰瓦，这样就既抗风雨又保暖了；后又在四面的黄泥墙上加了一层铁丝网，再抹上一层水泥，并粉饰了白涂料，既美观又防雨水冲刷而不用年年抹泥了。加上房前屋后栽了几棵别家没有的树，如桑椹、梧桐、樱桃、石榴，我那光秃的黄泥小屋已变成了绿树掩映的水泥白屋，虽仍然矮小，却不煞风景，也不羞于见人了，在邻居眼里也成了另具美感的一道小景。

因而不时有老乡进院来看看，并颇感慨地告诉我，这小屋初建时也曾是全屯爽眼的一道风景。原先穿屯而过的窄路小蛇样弯着，是从我家小屋前穿过的。在老乡眼里，路边的房子既方便又体面，所以 20 世纪 60 年代来了一位本溪市下放干部，村里给他在小蛇样弯曲的路边盖了这座窗明几净、窗框外包了几块砖的泥房。70 年代那位下放干部返城了，又由他前来插队的知青儿子接着住。后来插队知青娶了本村媳妇也返城了，这房便几经辗转卖到我手里。

等这小房成了我的自疗所，也成了村人眼里一道小景时，我无意间又发现了一道风景。这风景是一个人，比公路边那道颜色起伏错落的外在风景更美。

有回天正大雨瓢泼，偏巧有个电子邮件急需发走，而我的无线上网卡又出了故障，去乡里找网吧发，我又没带身份证，另外那由瓢泼而变得倾盆的大雨，也让我去不了，就只好找后院邻居老冯帮忙。老冯最是热心，谁有忙都找他帮。他一听上网发邮件，说这点事好办，我侄儿冯波家的电脑能上宽带网。我问哪个是他侄儿冯波，老冯说就是咱村的“一把手”啊。我说我不认识咱村谁是“一把手”，老冯“喊”了一声说，就是你家东院盖新机库那个一只胳膊！

我不禁吃惊，一下“顿悟”了好几件事：一是知道了那个断臂壮年男子叫冯波，而且是老冯的侄儿；二是惊奇村里的“一把手”竟少了一只胳膊。当时还联想，一只胳膊动手不便，正好适合当动口不动手的“一把手”。

老冯嘲笑我，你一天光研究怎么种菜锻炼身体了，村里“一把手”都不知道，真够“两耳不闻窗外事”了。咱村说了算的“一把手”是两只胳膊，一只胳膊这个“一把手”我侄儿，是机械化种田能手，一到农忙都找他！

我忽然自责，一个脑力劳动者竟然没发现隔院住着个有故事的“一把手”。我问老冯，他一只胳膊，农忙找他帮倒忙不成？老冯说，你光看他家机库顶天立地好看了，没见机库里好几台大机器吗？春忙时找他蹚地播种，秋忙时找他收割脱粒，他比说了算的“一把手”还忙！我又吃一惊，他一只手怎么开那么大的机器？老冯又“嘁”了一声说，就因一只胳膊，他才啥事都得靠机器，正应了一句话，农业的发展在于机械化！我侄儿这个“一把手”，是臧双台子机械化的“带头人”！

我便借到这个“一把手”家上网发邮件的机会，去串了次门。一进院见他正披着雨衣用一只手把个独轮车推得滴溜溜随他转，可想他一只手开机器手艺也必然不错。

我从老冯口里得知，他侄儿冯波少了一只胳膊那年，还是中学生。冯波从小就心灵手巧，愿意鼓捣机械玩意，总是用巧劲儿帮父母干农活。17 岁那年放暑假，他为减轻家里负担，到乡砖厂打工，右胳膊意外被砖坯机轧掉了大半截，从此成了独臂小伙子。在艺术家眼里，断臂的维纳斯是美，但一个还未成年的少年，哪个少女愿与乡间独臂的他过一辈子啊？

冯波并不因此钻入牛角尖。他想的是，不就是没了一只胳膊吗？这只胳膊是机器给弄没的，就让机器偿还这只胳膊！他又想，这只胳膊掉在了农村，就还在农村往回找！父母囫囵个养大了自己，自己却给父母弄丢了一只胳膊，自己一定要活得比父母有出息，才算父母没白生养自己一回！他还想，农民与工人比，不就差在工人用机器工作吗？自己也靠机器种地，不就是技术农民了吗？都靠机器谋生了，还有什么差别呢？他想透了自己这一连串反问，便立志一辈子扎根农村，从只手练骑自行车开始，誓做一个有出息的技术农民。

一只胳膊无法铲蹚播种，他便率先买了播种和铲蹚机，并且学会了用一只手驾驭。有些家庭，主要劳力都进城打工了，便找他用机器帮忙。他不仅帮助了别人，又多了种自家地之外的收入，日子竟过得比别家还好，所以连婚事都没用父母操心，有眼光的好姑娘主动嫁来，能干的媳妇使他又多了一只胳膊。两人齐心合力，一心琢磨怎样过上有出息的日子。他们想，脱离土地不是农民真正的出息，农民的真正出息，在于从事机械化大农业，于是又率先买了大型联合收割与脱粒机。他家各种农机具最全，谁家什么工具坏了缺修理零件，都好上他家去找。我就不仅去他家借用过电脑上网，还借过电烙铁、螺丝扳子等。几次上乡里买修房子的工具和农具类东西找不着车了，都是他主动用农机车给捎回村的。

冯波不仅率先在全屯买了播种机、铲蹚机、联合收割与脱粒机，而且率先在全屯使用太阳能热水器、电动摩托车、电冰箱、移动电话、电脑和宽带网……他虽只有一只胳膊，开机器、摆弄电脑，比村里谁都自如，那断臂的身影和自信的笑容，衬托着大沟乡葱茏田野里通向省城的路，成了我心中一道永难磨灭的风景。

（原载 2013 年 7 月 10 日《人民日报》大地副刊）

辽宁在海边

最近我才忽然意识到，辽宁是在海边的。说来有些不可思议。辽宁有 2100 公里的海岸线，本来就是在海边的，看看地图便可一目了然的事，一个在辽宁生活了三十多年的公务人员，竟没意识到辽宁在海边，这可能吗？吃惊的同时我反思了一下，自己是非常爱看地图的啊！卧室贴着地图，办公室也贴着地图，出差也好带本地图册子，怎么就熟视无睹没意识到这个问题呢？在辽宁工作了三十多年，竟然没去想辽宁在哪里，的确不可思议。

现在认真“思议”一下，说一点没想过辽宁在哪里，也有点冤枉自己，倒是常常想到是在东北。我敢说，没想到辽宁在海边的人绝不光我自己，省内外都有不少。更有甚者，有个著名作家朋友曾以为辽宁的省会是长春，你说他怎么会想到辽宁在海边吧！因工作关系，我与外省人接触很多，他们总是把我看成东北人那种眼神儿的提醒，还有我出生在黑龙江，工作后到吉林，最后落脚在辽宁的经历，心中便自然生成一个大东北情结。东南西北的朋友们模糊地看待我是东北人或是东北的辽宁人，而我自己也只模糊地意识到自己是辽宁的东北人。而东北人的东北情结里，是潜藏有一个阴影的，这阴影是东北这片肥沃的黑土地曾遭受了太多的不幸，尤其是沙皇俄国和日本等残酷的外来侵略，使东北人骨子里生成一股抗劲儿，抗俄、抗日、抗美……独立自主自力更生的新中国，更使东北人因抗而得胜的这股劲儿膨胀定型。但东北人扬眉吐气挺硬腰杆绝不允许外国人入侵的信念，随着新中国的强大而牢牢树起的同时，也潜伏下与闭关锁国思想十分合拍的阴影。这阴影，越到后来便越不可避免地遮挡了自己的眼光，对外部世界的一切，都报以防和抗的心态，这就必然把心思往内地用得多。而改革开放，主要是对外，学习和引进国外的一切先进东西，包括观念、技术和资金，同时输出我们自己的精神和物质成果。这就需要大大地转变眼光。眼光一变，再看自己所在的位置时，自然就不同了。近几年，在振兴东北老工业基地的澎湃热潮中，辽宁人的观念急剧变化着，改革开放意识越来越和较早转变观念的东南沿海地区同步调了。于是，辽宁在海边，这一古已有之的常识性提法，才忽然又新鲜而响亮起来。

辽宁在海边，这的确是个常识。忽视多年的常识一旦被重新喊响的时候，其警醒作用非同小可。现在，辽宁在我心中，已是两千多公里翻卷着千堆万堆雪浪花的海岸线啦，这条海岸线成了一条使我们辽宁人精神振奋的生命线。这条美丽的生命线，北起中朝边界的鸭绿江入海口，第一颗珍珠是曾经受过抗美援朝战火洗礼的丹东市。这座英雄城所辖的东港，正在黄海岸边兴建面向世界的深水大港。从东港沿黄海海岸线往南，辽东半岛最南端的大连，每天都以东北亚最大的港口名城迎送着世界各国的巨轮。从大连的旅顺口沿渤海海岸线向北转折，又一颗渤海明珠营口，格外耀眼，这个古来闻名天下的药材集散港，如今已向各种重工业产品的进出口大港迈出了大大的一步。与营口只辽河一水之隔的石油城和稻米之乡盘锦市，也是临海的。盘锦沿海有绵延数十里的红海滩奇观和吸引丹顶鹤等各种珍奇鸟类的国家级自然保护区湿地。从辽河入海口沿渤海北部湾绕一个弧形，渤海西南岸又有一个著名的英雄城市锦州，新中国建立前夜的辽沈大战，最后决胜于此城。眼下，新世纪辽沈振兴的大战，仍在这个锦绣之州进行，捷报频传。从锦州沿海南行不远便是港口城市葫芦岛。民国初期，孙中山先生就在治国方略中提出在该岛建世界意义的港口重镇，这目标今天已成事实。如今环渤海沿线这五大亮点，已通过水陆两线，组合成一条强大的东北沿海经济带了，分外令世人瞩目。

前天清晨，我在营口远眺辽河入海处，鲜红的曙色把辽河和渤海融为壮观的一体，那雄浑的景象，不由得让我想到唐朝诗人沈佺期到辽宁写下的《关山月》诗:“汉月生辽海，曈昽出半晖……将军听晓角，战马欲南归。”开首这句“汉月生辽海”说明，辽宁自古就以辽海作为地理称谓了。改革开放三十年后的今天，辽宁人重提自己的辽海文化符号，而不再固守辽河文化之说，其意义是不言而喻的。因而，我反思自己的同时，也怀着喜悦的心情提醒东南西北的朋友们周知，我们辽宁，是在海边的！

（原载 2007 年 12 月 11 日《人民日报》大地副刊）

第二辑 亲情

母 亲

星期天去公园散步，见一卖花女孩的花篮前立了块木牌，上面歪歪扭扭地写着：“今天是 5 月 12 日母亲节，请为你的母亲买一枝花吧！”我一下就被女孩这幼稚的字、命令式的话打动了，不由得停住了脚步。我在她的花前伫立了良久，很想买上一枝。我母亲真是非常爱花的。可母亲住在遥远的故乡的山坡上，没法给她送花了。卖花女孩仍不时地喊着，买花呀，为你的母亲买一枝花儿呀！我好久不曾汹涌的灵感之水忽然就冲腾起来，竟跑着回到家中写下了这篇文字，权作献给远方母亲的一束鲜花儿吧。

母亲是哪年生的、生日是哪天，我一概不知道。我记忆中从未留有母亲过生日的印象，所以我活到现在几乎也不曾像模像样过一次生日。生我养我的母亲都没过过，我有什么好过的？大概这也是母亲潜移默化对我进行的人生教育之一。奶奶倒是年年过生日，而且每年都杀鸡宰鹅摆了丰盛酒席，聚来儿孙们几十人热热闹闹地过。母亲必得和姑啊娘啊她们忙上两三天。我们小孩光跟着过节似的白吃白喝，巴不得第二天就有谁再过生日，我便带有撺掇性质地问母亲：“妈，你怎么不过生日啊？”母亲好像是说了这类意思的话：“过生日是大人们的事，我过什么生日啊？”

经过同母亲辩论，我才懂了，母亲说的大人是指老人们。老人把儿女养大成人了，有功劳了，过生日儿女们才买了东西来为他们庆功祝寿的。我幼小的心里肯定盼过母亲快快变老，自己快快长大，既能给母亲过生日自己也能过生日。同时小小心田里肯定也无意播下了无功不能受禄、人活着要少给人添麻烦的思想种子。我长大也要用自己的劳动所得为母亲过生日。

遗憾的是（真是死不瞑目的遗憾），我至今也没为母亲过一次生日，记得的只是她的忌日。因那忌日不用记，正好是我的独生儿子她的第一个孙子出生的前一天。人类每天都在生着每天都在死着啊，母爱就伴着生生死死而永存着。

母亲死那年我 26 岁，她才 49 岁。当时母亲比我现在的年龄只大 3 岁。也许活了 49 岁的母亲已经很满足了，她生前已有 3 岁的儿子和 24 岁的女儿先她而逝！

有母亲的生命比着，我从没奢望像有些人那样七老八十地活。再说父亲也只比母亲多活了 10 岁。我能活到五十就已比母亲多活了 1 岁，不遗憾了。若能活到六十，正好到退休年龄就非常满足了。那已比养育我的母亲多活了 11 岁（也比父亲多活了 1 岁）。生命和事业都超过了父母，就算母亲没白生养自己一回。遗憾的是，母亲为我付出了 26 年心血，却没来得及受我一点点报偿，就与我永别了。母亲活着时的生活状况，我在《父亲祭》里已有交代，不再重复那些令人伤心的话了。此时只想将涌上心头的母爱述于纸端。

别看母亲比父亲少活了 10 年，也不像父亲那样“国高”毕业而且当校长教导别人（包括我），母亲一天书没念，但我人生哲学中最牢固的部分多来自母亲。她才是我最重要也最长久的导师。母亲的导师作用都是潜移默化的，也是最及时有力的。

我六岁上的学。当时由于左邻右舍一块玩的一大帮孩子忽然都报名上学了，甩下一个最小的我，成了离群的小狗掉队的孤雁了。我就哭闹着要和他们一同上学。年龄差一岁，是母亲帮我走了父亲的后门才上成的。入学前后我在同伙中一直最小，所以什么事儿总是跟头把式地跟着人家跑，很难独立创造出点成绩来。上山挖药材回来，母亲见挖得很多，就会问一句，自己挖的吗？拿了蝈蝈或什么鸟儿回家了，母亲也要问一问，自己抓的吗？作文或作业得了很高分时母亲肯定也问，自己写的吗？母亲那一回回“自己干的吗”的发问，不就是独立自主、自力更生的人生哲学教育吗？所以时至今日，写了许多公开发表的作品或内部印发的材料，我从不肯靠合作借别人力沾别人的光。但由于小时候同伙里我最小，总是离了别人的帮助很少有成绩突出的时候。母亲虽然从没表示过我无能的意思，我却有了独立干成点事儿让母亲高兴高兴的想法。母亲过日子勤俭朴素，非常爱干净，无论屋子、院子、园子都收拾得不见一根草刺儿。她还爱栽几盆花养几只鸟儿什么的。这几样事除鸟儿母亲自己不能捉到，其他都行。我一心想弄只很好看叫声也很好听的鸟儿给母亲，也算我建一次功业。可浑身解数都使尽了也不可能，因那样的鸟儿只能用扣网扣得、用滚笼滚得。这两样工具我都没有。试着做了好几天，手已受伤流血，也当然不能成功。我那等小孩也能做成扣网、滚笼的话，还能叫小孩吗？后来我在我家大西头老王家后园发现，他家滚笼里新滚了两只苏雀儿，红红的脑门儿，叫声长而清脆，让我动了心。我竟连笼带鸟儿一同偷回家中。记不清是想把鸟儿偷出后再把笼子送回，还是想连笼带鸟一同窃为己有了。我把鸟儿送给母亲时，她惊喜而疑惑地问："自己抓的吗？"我说是。母亲又问："你自己怎么会抓住？"我编了个捉鸟的故事，肯定漏洞百出被母亲发现了问题，她房前屋后转了几圈儿，从柴垛后面发现了鸟笼。母亲虽然没有打我骂我，但原来一脸的喜色全都不翼而飞了。她说："妈不能养这样的鸟儿！"她要亲自领我去老王家送鸟笼，我赖着不去。母亲硬把我拽去了，还让我亲口道了歉。现在分析，母亲这行为等于再次对我进行要靠自己诚实劳动建功立业的教育外，还进行了一次有错必改、敢于做自我批评的教育，以至后来在工作中，不管有了怎样的错误，并且不管那错误犯得多么尴尬，我都想法鼓起勇气当众承认。

整个童年里，记得只有一次因了我自己的力量创了奇迹，受了母亲的当众表扬。那好像是小学四五年级或五六年级的时候，我和一大群伙伴去镇子大西边的少陵河钓鱼。前面说了，这类事离了别人的帮助和施舍，我很难有什么成就的，那次却神了。我用柳条做的鱼竿忽然被咬了钩，咬得很重，柳条竿都拉弯了。我就手忙脚乱一甩，一条我当时看去非常非常大的大鱼刚出水面就脱了钩。我急得一阵拍腿跺脚之后，在钓钩上又下了大大的鱼饵。不一会儿鱼竿又被拉弯了。这回我没敢甩，而是慌忙拉起鱼竿就跑，一条将近一斤重的红尾鲤鱼硬被我拖上岸了。那一次，所有大哥哥们没人钓着一条超过二寸长的鱼。他们欢呼着把我和鱼围在当中，惊叹着总结我的经验，最后一致认为我的成功在于钓饵。他们寻找钓饵的时候，我已被自己童年史上最大的这次功业激动得不能自已了。我急不可耐要向母亲报功，就用帽子装了鱼，鱼竿也扔下不要了，往家飞跑。我知道母亲肯定还在大西边的山坡上捡庄稼，就把鱼放进脸盆里，倒满水，然后又往西山跑。半路上迎到了母亲她们长长的捡庄稼队伍。我拽住母亲的手，叫她低下头，悄悄附她耳畔说："妈，我钓着大鱼了，一斤多沉的大鱼！"母亲抬起头正眼问我："你自己钓着大鱼了？一斤多沉？"我斩钉截铁地说："真的，糊弄妈不是人！"母亲听了我这句悄悄话就领我走到队外，向姨、娘、姑、婶们大声传送着我的小名说："我家宝林钓着大鱼了，放脸盆里还露脊梁骨呢。一会儿都到家去看看哪！"

母亲那是对我多么隆重的表扬啊。现在想来，它的重要性，真不亚于参军后大军区首长在大会上宣读因创作成绩突出而给我记的那个二等功命令。

由于缺医少药和全家人都体弱多病，至今我脑中残留了许多病苦和关于药的记忆。

我看重药并看重病苦时别人对我需要的药的态度，甚至都到了敏感的程度，我几乎把这看成检验爱与真情的试金石了。有回我头疼得厉害，放学回家跟母亲叫苦，说脑袋要疼裂了，想让母亲给钱买止痛片吃。母亲说脑袋疼哪有买药的，你小孩脑袋疼是学习累的，今儿个别写作业了，干点活儿，玩玩就好了。我知道母亲实在是没钱。她自己成天成夜地咳嗽，夜夜都睡不成觉，我们叫她买药，她也说咳嗽不用药，吃点萝卜压压就好了。母亲就哄慰着帮我摘了书包，用热毛巾敷了敷额头，又用热水洗了洗头，然后叫我帮她去井边抬水。母亲让我趴在井沿往深处瞅。几十米深的井底往上冒着瘆人的白气，凉飕飕直冲脑门。抬水的时候母亲把水桶拉到几乎贴了她的身子处，我差不多只起了扛半截扁担的作用。母亲故意一个劲说两人要走齐步子，不然水桶晃悠水溅出来湿衣服。我就全神贯注努力和母亲走齐步子，抬完一缸水后也满头大汗了。肚子饿得咕咕叫，早已忘了头疼的事。母亲便利用饿来继续转移我的注意力，让我抱柴点火帮她烧饭。母亲经常用转移注意力的办法来医治儿女们的一些小病（其实有些一点也不小，放现在有的人身上，早早就住院了），久而久之我们兄妹都养成了有病也不吃药的习惯。一旦想到上医院，那其实已离死不远了。先母亲而去的小弟弟和大妹妹就是往医院送的路上咽气的。就因为这样的原因，有次母亲主动给钱让我买药的印象便永远难以磨灭了。似乎是六年级或初中一年级时的事，我不知为什么拉开了肚子，一会儿一次，夜里也起来拉，拉得脸瘦眼眍直不起腰来。受母亲影响，拉肚子怎么厉害也不算病，只有长了大疥子流脓淌血和受重伤包扎了宽宽的绷带才叫病。所以拉得那般难受我也只是自己撩起上衣，趴热炕头烙烙肚子而已。可那次母亲却意外主动给了两角钱叫我上街买几片合霉素，说合霉素是治拉肚子的好药。少年的我能有两角钱在握，就是一笔不小的款项了。两角钱可以买四个带糖的烧饼，或二十块很好看的糖球，或好几个像样的作业本……我带着对母亲无限的感激，一手攥钱一手捂肚子往药店走，似乎有了买药钱肚子的疼痛就减轻了。途中，当我走过一个香瓜摊时，那纠缠我好几天的疼痛竟忽然被我忘了。走过两步后我的头被香瓜拽转过去，那香瓜太诱人了。我经不住那强大的诱惑，停止了去往药店的脚步，又回到香瓜前。两角钱买的两个大甜瓜只简单擦了擦，就地就进入了病着的肚里，回家后理所当然拉得更重了。母亲埋怨药不管用，又怕是药店糊弄小孩，第二天亲自跑药店买回一袋合霉素片。母亲说吃吧，多吃两片，买了四角钱的呢。母亲说时自己就咳得浑身打战。我很后悔不该买瓜吃而应给母亲买点咳嗽药，就愧疚地叫母亲也一同吃两片合霉素。母亲说合霉素哪管咳嗽呀。我说那你咋不顺便买点咳嗽药哇。母亲还是那句话："咳嗽也买药吃，你家钱多烧的呀？"夜里，母亲那震耳欲聋的咳声叫我好后悔、好后悔！后来听亲戚们说，其实母亲就死于咳嗽。她患了气管炎长年得不到医治，咳成了肺气肿，便日夜更激烈地咳，遇了一次重感冒就咳断气了。母亲去世时我已是军官，在离母亲很远很远的远方，没能见上她一面。母亲啊，当时我怎么不把津贴费都省下来，或者是借些钱多买点药邮给您呢？！我终生都对不住您啊，母亲！

和母亲在一起的日子里，我想有所作为的念头从没受到过母亲的阻止，并且她认为重要的都给予了鼓励。作为一个只字不识的普通母亲，这也是了不起的啊。记得有年我坐在饭桌的炕梢那一边写作业，母亲坐在饭桌的炕头那边纳鞋底儿（是给我纳的），她忽然说："你长大也能当个队长就好了！"母亲指的队长是生产队的队长。那时母亲的二弟我的二舅在镇上的蔬菜生产大队当队长。父亲是个教书匠，母亲是个病婆子，许多事，比如年年一次的扒炕、抹屋、抹院墙、种园田、打烧柴等，都是当队长的二舅叫了亲友来帮干的。因此在母亲眼里，只有当官管事才能帮别人大忙。我家欠亲友们的情分太多了，我只有当了队长才能帮人家大忙，还清那些情分债。母亲这个朴素的愿望不就是盼我能为别人做点事吗？母亲，您虽没能像岳飞母亲那样在儿子背上刺下“尽忠报国”四个字，但你“能当个队长就好了”的期望，就如“为人民服务”五个字刺在了我心头一样。母亲，您去世那年我已是正连职军官了，级别正好就是您所说的队长。可是您没有看见我怎样为亲友或者说为人民办一件事。您看得见我的日子都是我靠病弱的您养育的岁月啊。

为了我能有出息，能成为“队长”，即使母亲后来精神失常，我在最关键时刻也感到了她的鼓励与支援。高中三年级时候，我正狂热地投身史无前例的“文化大革命”。我和十几位同学在全县最先发起徒步大串联。我没同家里商量，擅自迈开了向北京进发的脚步。我们的长征队路过我家所在的镇子时，我担心父母尤其是母亲会把我从队伍中拉出去，因为我家那个镇没一个人参加这样的长征。十六七岁的中学生从未出过远门，忽然就要走着去北京，跋山涉水三四千里的路程不说，身上也没有几个钱，母亲不可能放心的。可出乎我意外，母亲不仅没有阻止我，而且和父亲一同把我们十几个同乡都接到家中，包饺子送行，像战争年代拥军的老百姓送子弟兵上前线似的。那是我人生的第一次远行。走出老远了，回头一望，母亲还站在桥边默默地目送着。没有母亲的目光，我怎能背着行李克服了那么多困难完成刚步入青年时代的长征啊。

在高中度过了第四个年头的我，赶上了“文化大革命”中的第一次征兵，也是第一次从中学生中征兵。我仍没同父母商量自己擅自报名参军了。那一次离家，竟永远离开了故乡，离开了母亲。那是我人生关头最大的一次转折。不少同学都因父母的反对没能如愿参军，而走上了另一条路。我选择的路，不管成功与否，也不管成功大小，毕竟是实现了我的愿望。参军离家那天，母亲坐在窗前用烙铁将窗玻璃上厚厚的霜烫出一个透明的方块来。她送我远去的目光就是从那冷静的方块透出来的。她鬓边两大绺银发在我模糊了的眼里渐渐融入北国皑皑的白雪。我无法得知母亲当时在想什么了，以后的日子里更加无法得知已精神失常了的母亲的心，只是从一次妹妹的来信中知道，母亲曾在多次深夜时披衣而坐，自言自语同远方的我说话……

后来只回家看过一次母亲。第二次探家就是接到母病重速归的电报了。我把积攒下的津贴费和借的几十元钱买了些药品和水果，连夜往家乡奔，到家才知道家里拍给我的电报是母病故速归。我日夜兼程赶回家，见到的只是一座并非我的手堆起的新坟，那坟坐落在我少年时打柴、挖药、抓蝈蝈的少陵山东坡上，四周是漫山遍野的厚雪。我把带回的药品和水果放在坟头，泪流满面跪在坟前，同另一个世界的母亲反复说着一句话："妈妈呀，您的恩情我还一点点也没来得及报答啊！"

默默同到了另一个世界的母亲说过这话无数遍之后，第二天我才又走了三十多里路去看刚刚出生的儿子。出生三天的婴儿其实还不能算人。我就对着还不会说话只能啼哭也没长出人模样对谁都还没有感情的儿子祈祷：将来，你可要爱你的母亲啊！

母亲精神失常，可能跟她自尊心太强而心眼儿不够宽大有关。我上初三那年，有天上学回来母亲已经精神失常了，正被好几个大人按着头针灸。六七根长长的钢针在母亲的五官上颤颤地立着，我吓坏了。母亲怎么会这样呢？小时候我的眼里，疯子、傻子甚至哑巴都不是好人的，而母亲怎么会突然精神失常了呢？究竟怎么回事，我现在也没弄清楚。反正母亲是精神失常了。

母亲是不该精神失常的。不管多大的事儿，没有挺得住就说明母亲还不够坚强。母亲，我会吸取您这不幸的教训，使自己比你百倍坚强起来而且继续坚强下去的。

（原载《人民文学》1996 年 9 月号）

和父亲搏斗

和父亲搏斗是我一生中最为惊心动魄的事了。至于搏斗了多少次，记不清了，也没有细细回忆的时间和计算的勇气，只拣一次说吧。

那次是，父亲刚被我从黑龙江省老家千里迢迢骗到吉林省长春市我的小家不几天。骗的过程很复杂，略了。父亲非要马上去北京，我骗他说等有个会开完了再走。等的时候他就开始狂躁了，发觉我并没开会，就开始骂我 。我便偷偷在他的饭里放了强镇静药，不想又被他发现了。这回他无论如何不信任我了，更加要求连夜就去北京。我实在没有别的办法，就把他住的那间屋门锁死，防止他自己偷跑。他在隔壁骂得更加难听、更加激烈，干扰邻居都无法入睡了。我过去劝他，他夺门要跑，我赶紧又把门锁死。这下更坏了，他推开窗子，探出头去，放开嗓子点着我的名字吼骂：刘兆林虐待他爹呀！刘兆林是杂种啊！

我家住在闹市区人口非常密集的大院里，父亲声嘶力竭的骂声像疾风一样扑向家家户户，许多窗子被刮开了，探出的耳朵不仅有一个大单位的，连院外的行人都向我家的窗子张望。不能容忍父亲再骂下去了。我准备了两个制止他的方案，一是将两支可以口服也可以注射用的强镇静剂分别放进一碗饭里和一碗汤里，二是用注射针抽好了一支强镇静剂。我想先用第一方案，骗他说吃了饭马上去北京。只要他吃了那碗饭或喝了那碗汤，不出一个小时，他就会昏昏睡去的，而且一睡几天。几天后清醒过来，他也就会平静了。可是，我的神机妙算根本没法实现。由于多次骗他，他已能明察秋毫了。他疑惑地接过汤和饭，看也没看，闻也没闻，而是先端给我说，你先吃了，吃完我自己盛！为让他能相信，我宁可自己昏睡几天也是能连那药一起吃了的，但那样的话他就吃不成药了。那将是我昏睡不醒，而他却更加精神百倍地任意骂我。我撒谎说刚吃过，叫他快点吃完好马上出发。他逼视着我说，你是不是我儿子？我说，爸，这还用问吗？他说，不用问你马上给我吃了，不吃就不是我儿子！就是婊子养的杂种！父亲知道我还在骗他，扬手把饭连碗一起扔出窗外，同时扔出好几声更难听的骂声：刘兆林要杀害他爹啦！刘兆林阴谋杀他亲生父亲……

我要去关窗子，父亲哗地把一碗汤向我脸上泼来。我躲不及，汤顺着脸越过脖子，流进心窝处。那汤冰凉冰凉的，我的心突然被冰得铁石一般冷硬，冲父亲大吼道：你再不老实我叫公安局来抓你！父亲愣了一下，马上大骂一声你个杂种，就去抓屋角一块大砖头。他要用砖头砸我！那一砖头下去，我的脑袋会立即开花的。父亲那不识好歹的丑恶形象激得我怒火万丈，我的心要从嘴里冲出来了。我突然一纵身，扑通一声，猝不及防的父亲像堵残墙被我扑倒在墙角。不待父亲缓过神来，我已把他面朝地死死压住。我用双手按着他的双手，一条腿着地，另一条腿的膝盖抵住他的腰。父亲一动不能动了，可怜地骂着，骂得很用力，但声音已不洪亮。他骂的是，你真无耻啊，你把你爹按在地上；你真能耐啊，你能打过你爹啦！

我闭着眼任他骂着，什么也不说，什么也不能说，说什么也没有用。骂的间歇，父亲突然挣扎一下，试探我是否放松了警惕。当他确信不可能挣脱我的压迫了，又求饶说，放开我吧，我不骂了。任父亲怎么说我都不吭声，他又哀求说，放开我吧，爹听儿子的。

我不敢相信父亲的话，多次实践证明，他的话不可信了。后来他叫了一次我的小名，让我放开他。我虽然没放，但他那哀怜的乞求声，使我想到小时候我病了，他给我到野地找甜秆吃的情形，我疲惫的心忽然十分难受。我也累了，有些支持不住了，松手缓口气时，发觉父亲已不挣扎了，似乎已经睡着。我不敢放松警惕，又试探了好一会儿，确信父亲已无力挣扎，才松了手。父亲的样子实在是可恨而可怜，干瘦干瘦的身子卧在水泥地上，死尸一般。我和妻子把他抬上床，盖了被子，让他安睡。等睡了几天完全清醒过来后，我再给父亲端上饭时，父亲十分愧疚地对我说，真是给你添了麻烦，给你媳妇道个歉吧，吓着你们啦！

父亲被药物和多日来不能正常进食折磨着，话说得有气无力。我说，爸，这回饭里没药，放心趁热吃了吧。父亲端过饭说，你们也一块吃吧，吃完给邻居们道个歉。我告诉父亲已给邻居道过歉了，他又说，看你瘦多了，明个就送我回老家吧。

我前几天还硬如铁石的心肠，忽然化成了岩浆似的，热得眼里有滚烫的泪珠往外涌……父亲是怎么患了这种精神分裂症的呢？至今我只知道反右派时他被定为“中右”，解放前他还入过国民党的士官学校。我参军时曾因此而不合格，是向武装部坚决表示了同父亲划清界限，才勉强得以穿上军装的。父亲的病跟我有没有关系我真的一点也弄不清楚，但他确实是在我参军走后的“文化大革命”高潮中患病的。以后，一听见敲锣打鼓喊口号他就犯病。我说的这次犯病已是“文化大革命”结束后了，他忽然看见下乡参加秋收劳动的学生们敲锣打鼓从家门前经过，就以为“文化大革命”又开始了。犯病后他接连给毛主席写了几十封信，没接到回音，他就非要到北京去找毛主席不可，他被幻觉指使着，非说毛主席召他上北京面谈。这次同他的搏斗，就是发生在准备把他骗到精神病院治疗的当口。后来，我还无数次在梦中心惊肉跳地同他搏斗过，比梦中遇到蛇还可怕。

父 亲 祭

你终于死了吗，父亲？你那日夜消耗也经久不衰的生命之灯真的突然熄灭了吗？我不敢相信这喜讯是真的。前天夜里还梦见和你搏斗，我和你厮滚在一起，在一个大江边的悬崖上，你往下推我，我拼命挣扎，挣不脱我就死死拽住你。你不再推了，再推就将同归于尽。可是我爬起来时竟将你撞下悬崖，你便如一块瘦硬的山石带着哨响落入江水。我喊叫着从梦中惊醒了，难道那一刻真就是你停止了呼吸的时间吗？我不信。但一纸电报分明地写着这喜讯：父亡速归。

父亲，你确实是死了！是到山上捡柴滚下悬崖摔死的吗？还是冻死在雪沟里，或是截车死于轮下，也许是触电、掉井……据说家乡已使用了自来水，没有辘轴摇水那种能淹死人的井了。不管怎样，你是死了。

我知道，把你的死说成喜讯，人们在感情上都不会原谅我的，可这就是我的真实心理。没有眼泪，没有留恋，只有你五十九岁的一生百感交集地向我涌来。从你咽气的时间看，遗体怕早已在火葬场的电炉里化作一缕青烟升入家乡浩浩的蓝天啦。我努力想让自己悲伤些，以为多看几眼电文中的“亡”字便能催下泪水来，可平时动不动就暗自流淌的泪水哪儿去了呢！只有你遗体化成的青烟和你如烟的往事在我眼前飞绕。那些往事，那些刻在心上刻出了伤痕的往事啊，我怎么会像法官审理卷宗似的审视着你那些往事！无情岁月何时默默将一个不道德的想法偷偷塞进我心室暗处的潜意识角落：父辈的死亡才会真正加快生活的进步；该死者的死是值得音乐家们谱成颂歌去纵情高唱的。

爸爸啊（是你最先在家乡那地久天长的小镇上让儿女叫你爸爸的，所以我从没像别人那样叫你爹或父亲，还是用爸爸这称呼和你做最后一次长谈吧），完全是为了让我、让兄妹们忘记你，我才奔回遥远的故乡为你送葬的。你的孙子正在读书，我把他从课堂领出来去挤火车。他也一点儿不哭，只是懂事地不在我面前说说笑笑了。火车上他见我和一个人说话时笑了一声，便悄悄问："爸，你说小时候家里狗死了你都伤心地哭，爷爷死了咋还笑哇？"我的心被刺了一下，眼仍干涩干涩的。

是的，爸爸，我十一岁那年咱家养的一只小黄狗死了，我哭得抽抽咽咽，饭都吃不下，你生气地骂我："滚外边哭去，再哭我揍你！"那是非常非常寒冷的冬天，咱家外屋厨房用草帘子包着的水缸几乎冻实了心，如果像现在这样生活过得宽裕，那快要冻实心了的水缸当做一个盆景观赏是再好不过了，但那是盛着须臾不得离开的水的缸啊。"贫寒"二字做何解释用不着查字典，看看咱家当时的水缸就知道了。即使在厨房的小黄狗也冻得直抖，晚上我把它从厨房抱进里屋，想让它在炕上过夜，你却给扔地下了！深夜，里屋也冻人，得把头缩进被窝里才不致冻醒。小黄狗在地下冻得不停地哀叫，扰得全家睡不好觉。我还想把它抱上炕，怕你不让。这时，爸爸，我听见你下地了，抱起了小狗。小狗不叫了，爸爸，你不会知道，当时我是多么高兴，多么感谢你，我认为你也如我想的要把它抱上炕。可你推开门把小狗扔到外屋厨房去了。门吱呀关了，狗的叫声听来是弱小了，但我做了半夜狗叫的梦。早晨起来，那小狗僵硬地躺在水缸旁，永远地不叫了。我不由自主地哭了，哭得抽抽嗒嗒，你却扒了狗皮做帽子，把狗肉煮了让我吃，我哭得更厉害了，于是你怒视着我骂："滚外边哭去，再哭我揍你！"爸爸，你不知道孩子的心。无论怎样回忆，我也想不起你和蔼而疼爱地抚摸过我的头，也想不起你像别的爸爸那样和儿子嬉笑着做过一次游戏。每见别的孩子攀着爸爸的脖子撒娇或骑在爸爸肩上做乘马游戏时心里都酸酸的，我就尽量给儿子些自由和欢乐，有次竟让儿子把我当电动玩具狗骑着。他在背上乐得前仰后合时，我又默默湿了眼睛，那无声的泪是因为自己给你做一回儿子却没得过父爱的委屈浓重得液化了。

火车上我问你的孙子、我的儿子还记不记得爷爷了，他说怎么不记得，记得你脸色吓人地管束他的样子，记得你衣服总是脏脏的，也不愿洗澡，记得你总是一支接一支地抽烟，好像烟里有世界上最丰富的营养。你屋中总是被你吐出的烟云笼罩着，使人一进去就咳嗽不止。我跟你的孙子说，爷爷对你的好处怎么一点不记得呢，爷爷给你买过好多次东西吃！你孙子说那东西他一点都不爱吃，你非让吃，都吃吐了！爸爸啊，你那少有的爱怎么也主观、严厉得让人成为一种负担？

经过一个白天半个夜晚的奔波，我和你的孙子赶回故乡的家，看见了装着你的又高又厚又俗气的大花棺材。啊，爸爸，原来你没火化。家乡不早就实行火化了吗？一直守候着你的小森弟弟说你什么遗嘱也没留，是乡亲们不叫火化的。乡亲们谁死了也不火化，据说头两年要求得紧，土葬过的也都扒出来，可是火化后骨灰又都装进棺材埋进土里。乡亲们说幸好今年管得松，你才得以将身体完整地埋进土坟中。在我看来，那简直是压给你一座大山啊，我的忠厚善良而愚昧的乡亲们！爸爸，也不知你愿意土葬还是火化，你是读过书又教过书的人，你该懂得科学。可是你没有遗嘱，不管你愿意怎样，反正已把你装进了棺材。恐怖的花纹棺前那阴森的灯火就是你不幸一生的缩影吗？不管生前幸与不幸，死都应该是美丽的结束，可你结束得这样丑陋。公元一千九百八十七年了，在挂着“文明镇”牌子的咱们家乡当过教师的你竟还被装进棺材，将要压在土里。

爸爸，我打开了棺盖，和你的孙子一同最后看了看你的遗容。虽然你比我妈多活十一年，也只有五十九岁，那头发、那眼睛、那嘴、那脸竟比一百五十九岁还显苍老。那牙齿、那手指、那腿脚，枯黄干瘦如一具风干了千年的木乃伊，只有嘴唇裂纹里的一丝血痕证明你三天前是活着的。这时我才深信不疑，上帝是没有的，有的话也该诅咒他怎么会让一个父亲那辈中千里挑一读过书教过书的人活得这样惨不忍睹。我这时才流出一阵悲悯的泪来。

爸爸，我的泪滴在你脸上时，乡亲们把棺材盖上了。盖棺论定是中国的一句古语。爸爸啊，作为儿子，我该给你做个怎样的论定？

家乡年年如此的雪依然落着，一片一片，急急忙忙，像鸟飞，像蝶舞，棺盖上掀掉的雪转眼间又落满了，白白的厚厚的，覆严了棺面，四周一片缟素。

你没有向我讲过你的童年。是奶奶说的，一岁那年爷爷用箩筐把你从山东挑到黑龙江。担子的一头是你，另一头是全部家当。你是七个孩子中最小的一个。姑姑伯伯和奶奶跟着爷爷的挑筐走到漫野大雪的西集场落下脚，那儿有地种、有柴烧，干活就有饭吃。春天打了草、脱了坯，借些木头自己就盖了房子。不知西集场是什么时候有的，反正后来人们都说先有西集场后有巴彦县。咱家祖辈都是农民，爷爷奶奶带领姑姑伯伯们用血汗建立的家业就供出你一个念书人。县城的国立高中毕业，那时在咱们镇上你就是最有学问的了，因而让你当教师、当校长。现在咱镇上从职工到镇长凡当年念过书的都是你的学生，可谁的生活都没有你不幸。

大自然的规律应该是年轻人哭老年人，你却亲手埋葬过五岁的小儿子和二十四岁的大女儿，你哭得无声无泪却至今想起来还让我惊心动魄。

我五岁的弟弟你最小的儿子，二十七年前的冬天就死了，死于现在听起来令人难以置信的感冒。感冒会死人吗？那时候你当家长的咱家就会。头两天我还抱着活蹦乱跳的小弟弟玩，玩着玩着弟弟就咳嗽不止，脸烧得如一颗滚烫的红杏，第二天就憋得咳不出声了，脸由红变得青紫，你这才叫我用手推车推上弟弟去医院看病。你没给我拿钱。你手里没钱。你每月不到五十元的工资养着五个孩子和我们没有工作却多有疾病的妈妈。你还要抽烟，苦闷极了还要喝酒，咱家就很少有结余五角钱的时候。你叫我先推去看了再说钱的事，说时嘴里还抽着虽然不贵却是盒装的香烟卷儿。那时候咱镇上抽香烟卷的人没几个，你每月的香烟钱就将近十元，拿余下的不满四十元糊七人之口，细粮和肉蛋甚至荤油是不可能有的。咱家的大米和面都换了别家的粗粮，连国家发的布票也跟别家换粗粮吃了。没带钱，我用手推车推着弟弟去医院。医院离家二里路，还没进门小弟弟就不再呼吸了。不知你是否还记得我小弟弟的名字，他叫小瑞。小瑞没了光泽的死滞了的乌灰色眼睛还睁着，雪花落在眼珠上他也不眨了，青紫的小脸儿承接着一片一片缓缓而落的瑞雪。我就摇着他的小手呼唤：小瑞！小瑞！小瑞啊！小瑞不吱声。我光流泪不敢哭出声来，我怕人们听见哭声都围过来看我们家的死人。泪水有几滴掉在小瑞睁着的乌灰死滞的眼珠上。我用手给他合上眼皮又往家推他。我把落了一身雪没了生命的小瑞弟弟抱到炕上，那是我有生第一次见死人。我的小弟弟，我们家中最有生命力的幼苗变成了死人。那天我感到天低了，地窄了，雪是热的，火是冷的，电杆摇摇晃晃，嗡嗡作响的电线里流淌的是水。那时我还没听过哀乐，也没听说过“哀乐”这个词儿，只觉得风在呜呜咽咽地号。家里人都在默默流泪，没一个出声哭的，咱家的人都被生活压抑得性格过于内向而畸形了，似乎觉得不能把那不幸的哭声丢给人家当热闹听。只有我的胸膛、肺腑和喉咙一起控制不住地起伏作梗而露出抽抽嗒嗒的哽咽。妈妈泪水满面，从没擦过胭脂的带有许多在我看来十分好看的雀斑的脸被泪水冲洗得干净而难看，这是我生来第一次看见大人哭。在我当时的思想里，大人是不能哭也不会哭的，每次我或弟弟妹妹们哭时爸爸不是都说“我看你敢哭，不许哭，哭我揍你”吗？我们便将那由衷的哭声先是压抑得抽抽咽咽而后慢慢弱下去直到最后停止。由于压抑，停止哭泣后嗓子总是又肿又疼。妈妈那天哽咽得嗓子都哑了，眼红肿得像两颗二十年后才见过的水蜜桃儿。

那天我才懂，死人是世界上最悲痛的事了，比死狗令人伤心得多，不然大人怎么会哭呢？爸爸，你没哭，但你烟抽得轻了，对我们说话也和蔼，没有像平时那样可怕地喊“别哭了，滚外边哭去”。我以为最伤心的事男人也是不哭的，哭是女人们的事。我便也减弱了那哭，跟上你，肩着镐，迎着风，踩着雪，到咱家西边的少陵山脚下去给小瑞弟弟挖坟。以前我都是夏天到少陵山上去的，去挖药材，去采野百合花，去打柴。打柴总是你领着，你虽然是教书先生，但买不起柴，就只有自己去打。你总是愿意在坟圈子里打柴，因为那里边有人的尸骨作肥料柴草长得茂盛。坟圈子因柴草茂盛就更加阴森可怖，我总是一边割草一边猜测，防范着坟里会有什么怪物跳出来。那次，我却破天荒在冬天亲自为小瑞弟弟挖坟。大概就是从那次（也许是从小黄狗冻死那次）起我心里播下了悲伤的种子，致使我直到现在还喜欢悲剧。

少陵山尽管夏天有蛇有狼有野蜂有各种虫子，但那挖不完的药哇，柴胡、狼毒、庞风、桔梗、地鱼……那采不完的花儿啊，黄花儿、野百合花、石竹花、山芍药花、耗子花、喇叭花……还有摘不完的野果，山里红、赤玫果、酸葡萄、野核桃、山丁子、托盘果……足以抵消所有令我讨厌的东西而把它当成乐园。而冬天的少陵山真是太残酷无情了。八面山风上下左右横刮斜扫，一踩嘎吱吱响的硬雪把夏天暄松的土捂盖有二尺厚，铁石样硬。我们一锹锹从雪地里铲出一块块土来，你用镐刨，我拿铣挖。我的铣是挖不动的，就像蚊子用腿踢不疼老牛一样，你的镐下去也只能钻一小块土，就像蝈蝈一嘴下去只能咬下一小点点黄瓜肉。我们就这样你刨我挖整整大半天，只鼓捣出个灶锅那么大的圆坑，一只装着小瑞弟弟的六块薄板钉成的小方箱子放进去还露着一半，埋完土四只箱角飞檐似的还露着。我们手也僵了，脸也木了，再也无力把小瑞弟弟的墓穴挖深。爸爸，你说用雪埋一埋，等到春天雪化了土软了再重新挖。我们就用雪把坟培好，培得大大的，那形状我多年后知道了就像全世界有名的日本富士山。修完了埋小瑞弟弟的富士山，爸爸，你什么也不说领着我往回走，你总是什么也不对我说，要做什么就只管带着我默默地做，我有什么想法你也不问，好像我什么想法也没有或什么想法也不该有。往家走时日头快落尽了，冬天不温暖的夕阳照着小瑞弟弟的富士山。我想，太阳总是这样寒冷就好了，小瑞弟弟和他的富士山就会长存。家里少有地做了一顿有肉的晚饭，那肉也不知谁家送来的，奶奶还拿来酒给你喝。你默默喝着酒，我悄悄嚼着饭，奶奶在唉声叹气地叨叨，她总是无休无止地一边干活一边唠叨，把一辈儿一辈儿传下来的神话、真事儿加道听途说的各种故事顽强地不知疲倦地往下传播着，那就是我们家的文化根源吧。那晚奶奶说在山东老家时也有小孩像小瑞弟弟这样咽气的，他爹用嘴卡住喉咙使劲吸就把痰吸出来，小孩又活了。奶奶边唠叨边后悔当时没用嘴给小瑞吸吸痰，说吸一吸兴许死不了。那一夜也不知你睡没睡，爸爸，我是睡了，梦见小瑞弟弟喉咙的痰被我吸出来，他又活了。这个梦我也没对谁说，说它有啥用。妈妈刚做早饭你就把我也叫起来，每天那时我都还睡着。你从柜里拿出一条没舍得用的新毯子叫我抱着，你扛了锹和镐领上我又往小瑞弟弟的坟走去。我以为你要用毯子把小瑞的坟遮一遮，免得无情山风把小瑞坟上的雪吹掉又露出那四只飞檐一样的棺角来。到了山上，你却把小瑞的坟扒开，把小瑞的棺材撬开，把小瑞的衣服脱掉，你用手捂着他的胸口，捂着他的喉咙，捂着他的小脸。爸爸啊，你又俯下身，把嘴贴在小瑞弟弟的嘴上，给他吸痰。山风从八面聚来，上下左右横穿斜跑，看你做着世界上最动人也最为愚蠢的举动。爸爸，那已经是人类历史的公元一千九百多年了，你在中学里当老师，还教过我生物课，你不知道你抱着的是一具在中国的最北方黑龙江冻了一夜已硬如铁石的僵尸吗？你慢慢地、深深地、长久地吸着，用一种宗教式的虔诚。现在我才理解，你一定不是幻想能把儿子吸活，而是在向欠了债的儿子深深地忏悔以求得心灵的解脱和感情的平衡。不管你表现得怎样愚痴，我感动地原谅了你当年冻死小狗扒了狗皮吃了狗肉那种令我憎恨的行为。我把你从地上拖起来，和你一同用那条新毯子把小瑞包好，装进薄棺里，重又为他筑起一座富士山。啊，爸爸，恐怕那是你对儿女们最为辉煌动人的一次壮举了。以后虽然也感动过我几次，但绝没有如此地壮丽。再后来，你就无论如何也没法做出令我感动的壮举了。

爸爸，大芬死那是七几年你还记得吗？你大概不会记得了，因为你的精神已经分裂，只是刚刚出院处于短期的正常状态。我远离家乡当兵四年了，那时你和我妈先后患了精神病，妈妈先患的，你是后患的，什么原因我都不知道。上帝怎么那样狠毒，竟让我的父母都成了疯子而且连致疯的原因都不让儿女知道。小时候我把地主、富农、瞎子、哑巴，后来连富裕中农都算做坏人的，当然疯子也算在坏人之列了。说来幼稚得可笑，我在小学五年级时对一个挺好看的女同学挺有好感，六年级时得知她哥哥就是全镇有名的那个大哑巴，她在我心中的形象便罩上了阴影。轮到我的父母成为全镇著名的疯子了，咱们家在别的孩子眼中会不罩上阴影吗？肯定会的，不然大芬死时我回去埋葬她怎么没一家人上门给我提亲呢？别家的儿子当兵探家时提亲的一个接一个，我那时都当干部挣工资了，还不如一个战士值得人家上门提亲。大芬也是这原因，二十四岁了没人上门求亲，不是因为她没文化也不是因为她没工作。她高中毕业不能到外边去工作，我是老大不在家，两个疯子组成的家庭需要她来承担重担，她没出嫁却得像母亲那样缝衣做饭照料弟弟妹妹们。辛苦劳累不可怕，她守着两个没有正常理智的长辈，青春的苦闷没人诉说，孤独和抑郁何等残虐地无时无刻不在啃噬着她的生命。我虽说在外逃避了家务的重责，还总惦记着大芬。部队有个家乡的战友了解我，理解她，也看重咱家都有文化愿意和大芬定亲，让我写信问她是否同意。我发走信，盼她回复的时候，却收到“芬亡速归”的电报。我不明白上帝为什么对我如此薄情寡恩。我悲伤着为从小和我一起患难没享过一点欢乐便突然死去的大芬妹妹流着泪赶回家乡。

那是一个灼热灼热刮着热风风里带着瓜果味儿的盛夏，我热汗洗湿八次军装又八次晒干赶到家。晚了，大芬已经入棺、入土，新坟就在跷着脚便能望得见的菜社瓜地边儿上。我家在镇子的最边上，扒着柳条障子跷着脚往西一望就瞅见了溜平的绿地里兀地隆起的一座黑坟。爸爸妈妈没掉一滴眼泪，什么事儿也没发生似的，爸爸在炕上安详地抽烟，妈妈在园子里慢腾腾地摘菜。爸爸妈妈四十多岁就一人一头白发，白发隔着窗玻璃互相辉映着，好像大芬妹妹刚刚找到给菜社看瓜的好工作并且新盖了三间大瓦房已经结婚了一样，爸爸你竟慢悠悠吐了一口烟问我：“你大老远跑回来干啥？”我忍不住愈加替大芬悲伤。我没法怪罪你们，我的爸爸妈妈，你们先后失去了正常理智！我不能在家里面对你们为二十四岁的苦命妹妹痛哭。我放下旅行兜就直穿那片很大很大如碧绿湖水似的瓜地走向大芬的新坟。夏天的土松喧好挖，又在平地上，那坟筑得又高又大不像富士山而像大地母亲一只鼓胀的乳房。我在坟旁全身剧烈抽搐着在心里哭诉着她的苦处，忏悔我把重担推给她没尽到当哥哥的责任。哭够了，我又直穿碧绿如湖的瓜地，记不得绊掉了几个瓜了。那瓜地是不许穿行的，看瓜的乡亲理解我的不幸什么都没说。回到家我问你，爸爸，大芬是怎么死的？你竟不很清楚，说死前两天还啥病都没见有，第二天说肚子疼，你们就让她自己到医院去看。爸爸呀，难道你们不知道她性格内向，吃苦耐劳，不到万不得已的时候是不会向你们说病的吗？她自己走到医院，也没喊叫着说疼得要死，医生只给开了几片止疼药。爸爸，你们还以为她没事，叫她挑水做饭。第二天她就又拉又吐，捂着疼得不敢直腰的肚子在地上打滚，你竟说她：“没出息，逮着好吃的就往死里吃，还不自己上医院看看去！”大芬是自己捂着肚子弯着腰挨到医院的。那两天正赶上医生们去水库钓鱼，只有一个医生值班，那医生叫大芬排长队等着，轮到她时她已疼得站不起来了，医生检查时才发现她已生命垂危，马上叫人抬到公共汽车站要往县医院送，公共汽车还没到来，她就惨叫着死了。爸爸，大芬死得那么惨，你们咋安详得没事儿似的呀，问我回来干啥。我惦记着人家向她求亲的事，她什么话也没留，我写的那封信也不知哪儿去了。翻遍她的日记，也没有，只在死的前两天写她又到奶奶的坟上去了，说奶奶的坟头已长了几棵小草。奶奶刚死去不久。奶奶是当时家里唯一能关怀她的人，如果奶奶在，或许她不会死？

大姑来了。大姑继承了奶奶的全部性格和习惯，凡事不管事前事后都要叨叨个没完。大姑说，大芬是个石女，石女是不能提结婚的，一提就得死。到现在我也不知道石女是怎么回事，到现在我也不知道大姑的话是迷信还是科学，反正大芬是在我给她提亲的时候死了。她是石女吗？是根据她死在提亲的当口而判定她是石女呢还是知道她是石女才得出因为提亲她才必死的结论？我们谁都没细细追问就不了了之了。

爸爸啊，好端端的活人，死的死，疯的疯，糊糊涂涂地死了，糊糊涂涂地疯了，面对二十四岁女儿的死，你和妈妈竟能泰然处之，你们得道成仙了吗？我伤心欲绝，晚上独自跑到田野里躺在温暖的黑土上，面对星空纵情大哭。哭透了，平静了，我还躺在地上痴对苍茫夜空不肯起来，那夜空在我看来无论如何都像一座大大的坟墓，生的死的都是墓中人。是的，都是墓中人。爷爷不是头十年就把一口棺材做好了吗？放在外屋，天气好时，阳光射在棺材上，他便坐到棺材旁边去，抑或是择菜，抑或是磨刀，抑或是搓绳，抑或是捉虱子，仿佛生和死都是一样的，不过换个环境罢了，大概就像他当年担着你和衣物、率着妻儿从山东迁到遥远的黑龙江来生活一样。一颗流星在我眼前倏地逝灭了，还不如划根火柴燃得长久，那肯定也是颗极年轻的星星，要不它陨落时该会燃得长久一点。星星都在不停地死灭，只长一颗血肉心脏的人算什么。我忽然理解了爸爸妈妈对生死泰然处之的态度，不去追究你们是坚强还是麻木了，也不必责怪你们失职或是无情了，若不是上帝把你们好端端的脑袋弄失常了，你们怎能承受这太重的打击？也许该怪上帝，不是上帝叫你们双双失常，大芬怎么会抑郁成病，又怎么会有病而得不到及时医治草率死去呢？爸爸，在咱们那个缺少爱的家庭里，什么责任也是追究不清的，就像在这个神秘的世界上无法追究清楚你们糊糊涂涂就变成了疯子的原因一样。小瑞、大芬、奶奶，紧接着就是爷爷相继少先老后离我们去另一个世界了，不过就像远离家乡到遥远的异乡异国去工作不能与亲人见面罢了。爸爸，不要怪我，亲人们一次次的死亡和后来我的同志一个个早逝，使我也如你们一样可以面对死亡而泰然处之了。我的感情已经千锤百炼百折不弯失去了弹力，所以面对你枯如朽木的尸容我仍不悲哀。爸爸，尽管你对大芬的死能泰然处之，可我返回部队后立即就得知你疯病又严重发作的消息，我肯定，那是亲人的死刺激你残病的神经的结果。人非草木孰能无情，疯子也是人。

爸爸，尽管无情的岁月使你我都变得对死亡无所谓了，妈妈的死还是把我悲痛得折去了好几年寿命。妈妈是因为先于你患疯病，所以才先于你与世长辞吗？她比你早故十年，只有四十九岁。对于妈妈的死，我也不知该去怨谁。中国人实在是太多了，因而生活质量就实在太低，就人命如蚁般死得随便。在我童年妈妈还没疯时我就为妈妈的病忍辱向我鄙视的人低过头。记不清妈妈那次是什么病了，反正是实在挺不住了（咱们家的人怎么都这样啊，各自的心事都装在心里，不到万不得已时是不会说的），那时她还没精神失常，她喘息着有气无力地叫着我的小名：“好孩子，你给妈跑一趟，到南街张大夫家请他来给我打一针，叫他张四叔，别啥也不叫！”我从没叫过他张四叔，我不想叫，我鄙视他，因为什么鄙视我记不住了。妈妈病成那样，我不能不听她的话，只好硬着头皮去了。我没叫他四叔只叫张大夫。张大夫正在吃饭，还喝着酒，听了我的话，他没怎么抬头说：“今天忙，过两天再说吧！”我心里非常疼痛，妈妈在家喘呢，张大夫他忙什么？忙喝酒吗？我又带着哭声说：“张四叔，我妈病得起不来炕了！”“回去吧，知道啦！”我回去了，等到吃过晚饭张大夫也没来。爸爸，你吃过我做的晚饭又到学校去了，你怎么也没问一问我妈妈的病，我妈妈怎么不让你去请张大夫哇，大人的面子总比小孩儿大吧。妈妈知道光这样说一声大夫是不会来了，她叫我把屋外箱子里冻着的一个猪肘子送去。我不干，我实在干不了送礼求人尤其是我鄙视的人这种事。妈妈几乎哀求我说：“好孩子听话，你跟张四叔说我下不了炕，你爸又不在家，去！”妈妈那样子实在叫我难过，我忍着莫大屈辱抱上那肘子又去张大夫家。那对于我真比什么事都为难。我硬着头皮，咬着牙，含着泪，把肘子放张大夫家只说了句“我妈叫送的”就走了，像偷了东西似的羞辱地逃走的。一出他家的门我就哭了，我在心里发誓，不管将来干什么工作，有病人求到我我一定尽力而为。张大夫还算有良心，他来了，给我妈妈打了针。可是我不明白，那肘子他能吃得下吗？过了几天，爸爸，咱家来个客人，是你领来的客人，你要烀那肘子和客人喝酒，知道肘子送给了大夫，你就变了脸色，骂妈妈道：“老娘们发贱！”妈妈没敢辩白，掉下一滴泪来。我说：“爸，是我送的！”这一说，妈竟哭了。爸爸，你领着客人到饭馆吃去了，大概又是赊的账。爸爸，不知你在饭馆吃的什么肉喝的什么酒。我给妈妈煮的小米粥，想煮个鸡蛋也没有，只放了几把饭豆。粥煮得烂烂的，又切了一碟白菜心，为了让妈妈吃得香点，我炸酱时比平时多放了些油。我把饭菜端给妈妈时说：“妈，我长大了挣钱都给你买鸡蛋吃，不给爸爸！”妈妈的眼泪噗噗掉进小米粥里，把金黄的粥面砸出一个个小坑，妈妈说：“好孩子，妈不想吃鸡蛋，小米粥好喝。你长大了，说个好媳妇，不能光对妈好，对媳妇也得好，记住了吗？”为了让妈妈高兴，我说：“我一定挣好多钱，说个好媳妇伺候你，你想吃啥就让她给你做啥，你们一块吃！”爸爸呀，我对妈妈的誓言没能实现真是终生遗憾。等我结了婚刚想接妈妈来享享福时她竟与世长辞了。现在我们有了许多钱，她却一分也不能用了。

爸爸，你知道吗？因为你对妈妈无情才使得你在我心中没有一点位置，你伤透了妈妈的心，所以到现在我还恨你。我的心头刻下了多少道妈妈在你面前或是背后流泪的不可磨灭的伤痕啊。记得有一回过年吃饺子，好像是你从饺子里吃出个瓜子皮（或是别的什么），便勃然大怒，一股气把桌子掀翻，饺子撒了一地，把妈妈和我们都吓哭了，我和弟弟妹妹去捡，你不让，还大骂我们。爸爸呀，如果你能再生一次，千万好好想想吧，你该认认真真为妻子和儿女们写一本《忏悔录》。爸爸，妈妈去世时也是冬天。给我拍电报时不知你是否知道，电文是“母病危速归”，那是怕我受不住打击才说病危的，爸爸，电文要是你拟的我该感谢你，你念那么多书，识那么多字，怎么从不给我写封信呢？如果亲手拍了那封电报我也不枉有一个识字的爸爸。那时我已经提了干有了工资，我要实践童年时向妈妈许下的诺言。那是北方冰天雪地的冬天，我却花高价买了金黄的香蕉、鲜红的苹果、水灵灵的鸭梨还有一些我认为贵重的药品，满满装了一大提兜，往家赶得急如星火，分秒必争，以为早到家一刻妈妈便可早一刻恢复健康。我下了火车又下了汽车，扛着重重的提包在通往家园的小路上遇见了邻居的王婶。王婶远远就送给我一声怜悯的叹息："唉，啧啧，你要早回来一天就能看见你妈了，昨儿个出的殡！"爸爸、妈妈这两盏疯狂燃烧却不添油也不给家庭带来光明只增加阴影的灯先熄灭了一盏。母亲这盏灯虽不带来光明，但还给过我们许多温暖啊，哪怕病中的一声叹息和怜爱的话语也都是温暖啊。又仅仅是一个重感冒就把母亲四十九岁的生命之灯吹熄了。爸爸，你正犯着疯病，狂躁型的精神分裂症一发作起来真凶残怕人。你手挥菜刀大骂为母亲送葬的亲友们在闹派性……你看见穿军装的我从部队赶回来，先是问回来干啥，接着便把锋芒转向我，骂我指使闹派性的乡亲向妈妈下了毒手……爸爸，你骂完我又骂妈妈，骂她在家庭内部搞分裂，骂她贱骨头，骂她活该，骂得天花乱坠。爸爸你那天花乱坠的骂声，使我怎么也联想不出竟能出自一个曾是教师曾是校长的人之口。你越骂越凶，我一言一行一举一动都能被你看出不良用心而骂出花儿来，最后你竟用刀逼着我老老实实地写交代材料。妈妈都被埋进土里了，我再也见不到妈妈了，我们悲痛难忍，你却在像野兽一样发疯：刻毒的嘴、讨厌的眼睛、张牙舞爪可恨的形象……你无情，你自私，是你折磨死了妈妈，小瑞弟弟和大芬妹妹的死都有你的直接原因，你是个魔鬼，你是凶妖，我恨不能一把掐死你为妈妈、小瑞和大芬报仇。那一刻我气恨得也几近精神分裂的边缘，我控制着没有去掐你，但我怎么也克制不住飞起一脚踢飞了你手中的菜刀，又暴怒地一推，像推一个残暴的法西斯分子，将你推翻在地，双手按住你的双手，双膝抵住你的双腿。你越挣扎我按得越凶狠。我召来了弟弟，让他解开你的裤带没有消毒就在你屁股上注射了一支强镇静剂。我看那针管就如一柄刻毒的刺刀扎进你的肉里，当时，扎死你我都不会悲痛。药液像百万神兵魔勇攻占了你的全身，把你每个细胞都捉住了、毒打了，打得一个个昏死过去，你整个人便昏死一般大睡，睡了六七天，神志清醒了，理智恢复了正常，你又如一个文明的教师那样说对不起我，见到被你骂过的亲友也赔礼道歉。越是这样，我越心酸，爸爸呀，这个世界谁也无法理解你了，你的痛苦大概要比我深重百倍。

我去给妈妈上坟。咱们家族的坟妈妈是第一个埋在这远远的少陵山腰上的。那年已禁止土葬，非要土葬就得葬在既不能种粮也没栽树的远山坡上。那年的雪也很大，怎么在我的记忆里，一件件不幸的事大多以雪为背景呢？冰冷的雪，无情的雪，美丽洁白但如孝布一样的雪啊，你把我的母亲我最亲的亲人又给裹进了坟墓。我五位亲人的坟不在一条直线上，也不在一个平面上。一座在山腰，一座在山脚，一座在山沟，两座在平平的西瓜地边上。上帝有眼的话在天上俯瞰一下，正月十五送过灯的五座坟在你眼里一定就像我仰望见的天上的北斗星。是的，那点连成线形状就如一把勺子，绝对像北斗星。妈妈的坟就是勺子边沿那颗星。我老远老远就看见了那颗星，那颗漫野皆白中醒目耀眼的一颗黑星。新落的大雪把前几天送葬者踏出的路覆盖了，被新雪覆盖了路的野地里又有一行脚印，那脚印蜿蜒起伏伸向妈妈，不知是谁踏出的。我就沿着那脚印走到妈妈的坟前。爸爸，你不知道那一刻出现在我眼前的情景让我的心苦涩而热烈地颤动了多久啊：坟前的雪上放着我带给妈妈又转送给你的水果和药，香蕉是金黄色的，苹果是鲜红色的，梨则是让早霞染了似的金红色，药瓶是宝葫芦形，就是我拿回来的那瓶。旁边一堆纸灰。是谁来了？我看见纸灰旁边有几支烟头，再看那脚印，明白了，是你，爸爸，你给我妈上坟来了。爸爸，你为什么要那样孤僻、那样内向、那样封闭？一颗小小的心对外封闭着装满了忧郁、痛苦和孤独，这些有毒的东西装得太多了，一点也不往外交流释放，能不鼓胀得破裂吗？一个人封闭就要愚钝，一坑水封闭就要腐臭，一个国家封闭就要落后。不论你的孤僻和封闭是由于清高还是不俗，反正是坑了自己害了亲人。你不好把你的心事跟我们——你的儿女说说吗？如果认为我们听不懂，那你一个朋友也没有吗？一个人若是连个朋友都没有，那还有什么意思？人是各种关系的总和。你把什么关系都堵塞了，把自己封闭成绝对孤独的人，那不是极端自私吗？活着还有什么意思？你当家长的我们家便理所当然地成了缺少爱而盛产不幸的作坊。每次亲人惨死后你在坟前的动人之举不过是出自求得心理解脱的自私目的而已吧！

爸爸，我就是怀着这样复杂的心情为你送葬的。你在家乡的镇上以疯和疯前的教师身份而著名。虽然你给家庭亲友和四邻造成许多不幸，给你送葬却来了几百人，送葬礼的人名就记了一大本子，葬礼钱竟有近五千元。是出于对你的追念缅怀吗？你的儿女们都长大成人了，在亲友们认为不错的岗位上工作。儿女们谁都不像你没有朋友。弟弟妹妹的同志和朋友们见到我都要诉说一通你的仁义，说你虽然是疯子也比有些正常人讲道德，从不偷着或是公开拿别人的东西。到街上买东西不管是小摊上的还是商店里的你分文不少付钱，哪个认识的人出于友好不收或少收你的钱，你丝毫不让常常是把多余的钱扔下就走。还说你尊重妇女，不管病犯得多么严重从未无端辱骂过女人，也从不欺负小孩，还常常把自己的东西给一些小孩吃。你除了不太讲卫生不珍惜自己的身体和对亲人太严酷之外，在乡亲们嘴里你简直成了做人的典型。咱们家西边老李头是个光棍汉是个酒鬼是个无赖，常常喝起酒来就发疯打人就调戏妇女就影响社会治安，人人都怕他，就连公安派出所都有点怵他，唯你不怕他敢骂他敢打他。有一次他发酒疯拦道时你把他打得满街直跑。那些和你同代的叔伯们又免不了当我的面夸你毛笔字写得如何好，课讲得如何明白，穿着如何朴素，艰苦奋斗精神如何如何强等。

虽然我是在外边大城市的大机关里工作、乡亲们眼里的一个不小的“官”，可一切仪式都由乡亲们安排好了，不管我同不同意，他们说多大的官儿也要入乡随俗。我就一概不管，我已十年没回家乡什么也管不了啦，我盼快点送葬完毕好腾出时间来安抚一下受爸爸之苦多年的弟弟妹妹们。

出殡开始了。爸爸，在咱们这个小镇上为你举行的仪式够隆重的了。起棺前那一系列生动有趣体现着生者美好愿望但实际一点用也没有的细节我不想细说了也说不明白。二弟腰扎白孝带，头戴大白孝帽，跪在门口将一只瓦盆摔碎，然后打起灵幡引导着众人把你的棺材抬出咱家的院子。戴孝帽、摔丧盆、打灵幡的事本该长子我做的，一来我不愿做，二来我穿着军服乡亲们认为我是大官儿，三来政府又禁止土葬，大家便让我二弟树生代替我了。

树生也是党员。可乡亲们不管党员不党员，说树生脱胎出生时头上就戴顶白帽，我知道这是真的，说那白帽是不吉祥的孝帽会妨老人，当时就把白帽剥下挂在树上，算作树生的，后来院中的树相继死了，爸爸妈妈还是没逃脱早死。有这么多理由在，树生便没法说一句怨言就扛起灵幡。有两个人搀扶着他，他的前面三十来个晚辈抬着十多个花圈，他的后面是一辆拉棺材的马车、几辆拉送葬人的卡车，还有一辆小吉普车。天太冷，又到远山送葬，在我的制止下才免去了哭天号地的妇女方队。

爸爸，我就站在拉你棺材的马车上，我穿着便服没像别人那样扎孝带，只戴了条黑纱。那天风无端大了起来，忽然又飘起非常大非常大的雪，雪片像漫天纸钱在飞舞。我扶着你的棺材置身于浩浩雪浴中。几个乡亲非拽我坐进小车不可，心中没说的理由一定还是我是“官儿”，该坐小车。如果坐进小车我的心里会更不好受的：自己的父亲死了，凭什么要别人代我受罪而自己坐进小车里？乡亲们的心里，官儿的位置比神比鬼都重要的。爸爸，我还是扶着棺木和乡亲们浴在雪中体会着人的滋味，那感觉此生不会再有了。我听见乡亲们夸赞我是孝子的啧啧声，可是，只有我自己知道，透过漫天飞舞的纸钱似的雪片，我直接看见和想着的是我的亲骨肉弟弟树生。爸爸，树生真是够苦了，生下来就成了咱家院里那棵榆树的儿子。不久榆树死了，你和妈妈都成了疯子，他便从七八岁起过上比没有父母还缺少欢乐的生活。我不知他是怎样熬到十八岁的。那年听说他要参军离家，我特意从部队赶回来送他，赶上他还没换军装，一见他面我就心酸酸地流泪了。他那么瘦一脸营养不良的神色，棉帽破得都没有毛儿了，棉裤不但薄而且补了好几块他自己补的补丁，棉袄稍好些，一问竟是二舅家小友子借他穿的。可是我可怜的二弟树生没说一个苦字，他不知道什么叫甘才不觉得什么叫苦哇，他高兴得像即将去天堂享福一样。那时我在部队已生活了十来年，我知道部队不是享福的地方，因而见树生越乐我的心越酸，暗暗咽进肚里的泪水越苦涩。我尽着我最大的努力给树生买了些糖果带上。爸爸，这事应该由你来做的呀。树生根本没想到你该做这事儿，他还觉得活十八岁了自己还没挣钱给爹妈买点什么是无能是不孝呢。他把我给他买的糖果都悄悄留给了你和妈妈，那是他走后家里人才知道的。咱家人都是这样不愿把任何事张扬，只让想要知道的人在心里知道就行了，再让别人知道干什么呢？树生当兵四年多你没去看过他，不知他那一千五百多个日日夜夜是怎样度过来的。那时我还不知惦念他感情上的疾苦，我只觉得他是个孩子不用愁吃饭穿衣就行了。他很能苦干又忠实可靠竟在服役期间入了党，同时也患下了胃病和动不动就犯的咳嗽，这他在信中从未说过，是复员时路过沈阳看我我才知道的。他长成大人了，但更加瘦，而且脸上长得像妈妈那样的雀斑也分外明显。我开始担心他回家是否能找个称心的妻子，这担心是因为你还在疯并且疯得越来越重。因为你，我必须对弟弟尽着父亲的责任。实际我工作在外是无法尽父亲的责任甚至连哥哥的责任也没尽到。是他自己找的对象自己成的家，举行婚礼时你在精神病院，我也没能赶回去，只寄了不多一点钱。如今他已成了爸爸，也是个不怎么健康的爸爸。

风实在是太无情了，摇着树生弟弟扛的灵幡，刮割着树生弟弟的手和脸。大自然也太残酷了，怎么在地上设置了那些道沟因而人就得造那些道桥，每过一道沟桥树生弟弟就得转过身来跪下朝你的棺车磕头。我不知磕那头有什么意义，反正那是该我做的活儿却推给树生弟弟了。灵幡飘摇，雪片飞舞，长风看押着送葬的队伍。我不敢回头后看，那寒风中的无数目光一定在瞅着我和树生弟弟，我仿佛不是在为你送灵，而是为你站在马车拉着的审判台上受审。我觉得送灵的路太漫长了，不该让树生弟弟扛灵幡走这么漫长而寒冷的送葬之路。那坎坷的雪路连马和汽车司机也跟着活受罪。爸爸，你为什么不在去年夏天死啊，那样，送葬的几百人就免了这多艰苦，弟弟妹妹们的几家人也就能过上一个安乐的新年啦。

因为要把你和妈妈合葬在一起，你的墓穴便挖在了接近山头的山腰上妈妈的坟穴边。坟穴在高处，汽车上不去。人们跳下车来，推拥着、牵引着、呼喊着那马车，驭手嗷嗷地挥着长鞭，驷马欢蹄，众人急跑，雪滑坡大，马失前蹄旋又蹿起，人跌倒了马上又爬起来，往山上的墓穴奔，活像一个加强连用拐子马在强攻几近山头的碉堡，真是艰难而危险极了。坟穴在陡坡上，马车也接近不得，乡亲们使用绳索木杠将你的棺材连抬带拖弄到了穴沿上，抬棺材的人们已经腿肚乱颤了，有个嫩点的小伙子竟然直叫“不行了，不行了”，主持的人仍镇静地指挥大家坚持一会儿，叫过打灵幡的树生弟弟在坟穴上口跪下磕头。爸爸，树生是背朝山头跪在斜坡上的，脸朝下坡磕头时差一点没栽进穴坑里。然后你的棺材才艰难地落进穴坑。妈妈的坟被挖掉了一半，露出条条朽烂的木片，这些木片正好和你的大花棺材挨在一起了。主持人又做了些象征你和妈妈团聚以后吉祥的民俗，说了些我也没听清的这类话，然后开始填土。第一锹土是由我先填的，爸爸，就像某项重大工程破土动工时奠基的第一锹土由最高领导人先填一样。我端的那锹土一扔下去，无数把铁锹便飞动起来，二三十人刨了一天才刨出的土转眼飞向你，飞向妈妈，旋即叠起一座高大的新坟。劳累过后的人们带着仿佛你和妈妈已经有了新屋，已经团聚，从此幸福美满安居乐业似的心情离去了，我却在爸爸妈妈合二为一的新坟前伫立良久。

爸爸，你和妈妈恩爱过，团聚过，幸福过吗？无论怎样努力搜寻记忆仓库的每个角落，我也找不出一件这样的事儿来，相反，你们那些无休止的吵骂、憋气，不是故意而是天生就无法一致的别扭而导致双双精神分裂。爸爸，我几乎没有你在妈妈面前笑过的印象，如果算有一次的话，我记得那是我姨来咱家找你补课。她好像是在六年级，不知那时候的学校怎么回事，我记得姨六年级时好像就有十六七岁。那时候咱们家乡，读过六年书大概就是妇女中的最高文化水平了。我姨在我印象中很俊。那次可能是星期天你休息，给我姨补完课咱家又包饺子。记得你、我妈、我姨都有笑容，并且都有笑声，我当然高兴得过年似的，一会扳姨的脖子一会搂妈妈的腰，所以连那天饺子的馅儿我都记住了，韭菜馅儿的，窗台上还有一盆月季花。爸爸，我至今弄不明白你在妈妈面前为什么总没笑脸却只有那次笑了。天长日久从妈妈嘴里片片断断地知道了一些你的经历。妈说你虽然念大书没干过地里活儿，但念书时也挺苦，吃的穿的也很不像样子。能在国高念书的绝大多数是地主富农和官绅们的子弟，爷爷奶奶是靠十二分的省吃俭用供了你念书的。日本人办的学校，军事化要求，可严酷了。

冬天叫你们去野外大雪里围猎兔子，你没有好鞋穿，脚冻化了脓。不管怎么苦，读了书就开始与父母有隔膜，读得越多隔膜越深越互相不好理解。也不知你在外边有没有心上人，也不问你喜欢什么样的人，爷爷奶奶在家给你包办了妈妈这门亲事。妈妈不了解你，你也不了解妈妈，你很少回家来看妈妈，妈妈在家等着你毕业好结婚。刚要毕业那年日本鬼子投降了，学校一时乱作一团没人管理，你拿了两箱子学校没人管的书回家，匆匆把书埋在园中，也没和妈妈结婚就与一帮同学跑到当时的国统区长春，你说当时的目的是继续上学。

待了一个月没上成学，你又回到家乡，爷爷奶奶忙着硬把你的婚事办了。婚后你脾气变得坏了，我妈妈一个字不识，你和她没话说，常常跑到赌场去耍钱。那一段时间你还没参加工作，年轻轻有的是精力没处用，有的是想法没人说，赌场便成了你的发泄所。妈妈不敢去叫你让奶奶去叫，你不敢违抗我奶奶的意志，离开了赌场却把一厚沓钱撕得粉碎，以至妈妈和奶奶共同往一起粘都没法子。你肯定是不喜欢妈妈，不然为啥总是没有笑容总是脾气暴躁哇。后来家乡办学校，你就从事起教育工作，先是在小学后来又到中学。学校的老师有男有女，有说有笑，妈妈多羡慕，妈妈多难过，怎么在学校高高兴兴的一来家就没好脸子，是因为自己不识字吧？妈妈就开始买看图识字书，妈妈就开始带着我和妹妹去上夜校。妈妈有了两个孩子，还有许多家务活儿，生活也不富裕，妈妈又得做家务以外的不少劳动如侍弄菜园、捡柴等，所以妈妈就没法坚持识字了，因而最终，还是个睁眼瞎，还是没法和你知道的一样多，还是和你没共同语言，还是没法使你脸上有笑容。天长日久妈妈就开始恨你、嫌你、不关心你。你便更加脸色不好、更加暴躁，为一点小事就大发脾气，你不愿见她，她不想看你，盼你到学校去值宿，盼你外出开会，我们当然是感情用事站在妈妈一边。我们和妈妈不能从你那儿得到爱，你也无法从家里得到温暖。你喝酒，你抽烟，你欠债，你穿破衣烂衫，你和妈妈就愈加无法和睦。你气她，她气你，气是有毒的，天天在伤害着你们的五脏六腑和心灵，你们便日渐多病、日见苍老，每个人都比实际年龄老上二十岁，三十多岁的人都银丝缕缕啦。你们用一支支恨的刀、气的箭在互相射杀，伤得好惨。你们受伤后不能相互照顾，祸水便流向了儿女。我们在感情上都站在妈妈一边，行动上又不能不把大部分精力和时间消耗在你身上。你经常犯病，一犯病我们就得像对付既敏锐得惊人又勇敢得惊人的敌人那样同你斗智斗勇。你智勇双全，奈何不得你时就得借用外界力量镇压你。妈妈坐家看斗，只是含糊不清地叨叨些什么，脸上毫无喜怒之情。你们的婚姻生活恶劣到这种程度，怨你还是怨我妈，还是怨我爷爷奶奶，还是怨别的什么我不得而知，只知你俩生前在一起是那么不幸，是妈妈的早死才使你们得以分离和安宁。如今你死了又要给你们合坟，我恨不能就地将那合坟扒开分成两座。你们互相射杀了一生，难道还要关进一个死牢里再互相射杀下一辈子吗？爸爸，你我都无能为力将这合坟分开了，既然分不开，你和我妈就和好吧，你们能在另一个世界过得幸福，等我们也到那个世界时以往的伤疤就不再隐隐作痛了。爸爸，但愿你能这样吧，过几天我再为这合坟添土，添得严严实实的，一丝缝儿没有。

爸爸，三天后我又去给你和妈妈的坟添土了，带着我的两个弟弟和你的孙儿还有晚辈亲友。亲友们预备了许多黄纸让我们带上为你烧掉，说是给你送钱。我十一岁的儿子问为什么不拿上一叠十元的真钱给你烧哇，大人向他解释说真钱在地下不好用，只有把钱印砸在黄纸上才好用。我的儿子便伏在你生前用的床上，用铅笔和黄纸为你画了洗衣机、电冰箱、彩色电视、录音机，还有一台电话，我们家目前有的贵重东西他都画上了，只有那台钢琴没画上，他不爱学钢琴，学得太累，他不认为那是好东西。大人们为你烧纸时，他也跪在火堆旁，虔诚地将那张画纸烧给你了，盼你以后能用孙子送的录音机和电话把你和妈妈幸福生活的情况告诉我们吧。

爸爸，尽管我是不主张土葬的，我还是和大家一块把你的坟添得高大庄严，上面盖满了花圈。当年妈妈的坟是孤零零的，如今已坟头一片了，但山坡上还秃秃的没有树。政府禁止土葬禁不住，为什么不规定谁家土葬必须在坟边栽种几棵树呢？那样的话，这片布满坟头的山坡岂不是一片密密的树林了吗？爸爸，我会嘱咐弟弟妹妹们在你坟边种上一圈树的。我想你一定会同意在这儿栽树的。你不应该忘记了自然灾害那年挨饿，咱家在山上开了几片荒地种高粱。为了往山上送粪、往回拉粮拉柴，你自己装了一辆胶轮手推车，什么都齐了，只缺一根轴木，你想了好几天办法也没想出来，最后你无可奈何地说，犯一次错误吧！你带我上山砍了一棵碗口粗的榆树。车轴是装上了，可你不安得几个夜晚睡不好觉。尽管乡亲们装手推车的轴木都是从山上偷砍的，你却感叹说自己是国家干部、人民教师，怎么能偷砍国家的树哇。那是你一生唯一一次占了点国家便宜。我们做儿女的为你坟上栽些树来加倍偿还这笔债吧。

我要离开故乡返回部队了，大弟弟小森把乡亲们送的葬礼单子给我看，葬礼钱去了安葬所用的一切花费还剩两三千元，加上爸爸剩下的几百元存折，弟弟们让我主持处理完再走。我按各家情况做了处理。弟弟妹妹们非要把那几百元存折归我，一是这笔钱是在我这边储蓄所存的，二是我为爸爸操了许多心，不要不行，非要不可。那七八张存折是七八年前存的，已变了颜色。夹存折的小本子记载着他每天的收支数目和为攒这几百元所订的劳动计划，其中有几首他写的诗。我从来不知他还写诗：为着五百节衣食，/ 糠菜充腹香烟忌。/ 孤静勤劳真情趣，/ 胜似古刹一僧侣。/ 公元八七春风日，/ 病体复康归故里。/ 严控零嘴缩用菜，少抽烟，/ 穿破烂，/ 为儿女。

爸爸，今年正是你诗中说要归故里的日子，不想却归天了，看着你的存折和诗，我的内心又酸涩地激动起来。爸爸，我恨你也好，爱你也好，还在母腹中时就注定了我们的这种关系，“没有你哪有我”，我的气质、我的性格、我的事业都源于你的恩赐。

爸爸，你的粗暴严厉我决不会去赞美，但我做事严肃认真的态度绝对和你的影响有关。小时候，每当你从学校回家拿起我的作业本一翻，我就紧张得不行，想自己是否有些微马虎的地方。还是小学三四年级的时候，有次我作业写得不整洁，你看了看叫我重写，写完还是不十分整洁，你不容分说飞起一掌，啪地将我手中的铅笔横着打到窗外，击中了十几米外的一根黄瓜，那根刺穿了黄瓜的铅笔一直刺激着我一生不敢马虎。

爸爸，不管怎么说你给家庭带来了不幸，可是现在每每记者们、朋友和文学爱好者们问起我喜爱的格言时，我竟总也忘不了这一句：“不幸是一所最好的大学。”在你办的“不幸”这所大学里三十多年，我学会了吃苦，学会了顽强，学会了坚韧不拔，学会了奋斗，学会了独立自主，尤其你用连绵不断的磨难使我养成了什么环境都能生存的能屈能伸的性格。还有，“不幸”这所学校使我饱尝缺少爱的滋味，所以我又学会了同情人、爱人、平等待人，还懂得了“有爱才能有才华”这句格言。从打考入高中住宿读书开始，我就养成了不依赖父母的习惯，凡事自己做主，完全靠自己的努力达到目的，有了困难或犹豫不决之事找自己的朋友。“文化大革命”中我和几位同学相约去徒步“长征”串联。那是我第一次出远门。外面到处兵荒马乱，我们几个中学生要走着去“长征”，我跟你连招呼都没打自己就决定了，从学校出发走几十里路过咱家时你才知道。那时你还没患精神分裂症，你仅仅感到很意外竟没阻止也没批评，还亲自动手为我们“长征”队全体同学做了顿饭送行。爸爸，那次我真感激你。作为一个高中没毕业的孩子，我能在严冬里自己背着行李和炊具苦不堪言地一天又一天行走几千里，没有你培养的吃苦能力是不可能的。那次我多少对你有了点感情，“长征”途中还时常想到你，想到出生十八年来你跟我说过的有数几句话中我并没接受的一句。那是“长征”串联前不久一次回家你对我说的。你说：“眼看快填大学志愿了，你千万不能报文科，考理工科吧，将来当个技术员、工程师什么的最好！”你自己是教文科的，却叫我学理科，我当时不理解为什么，不过我在内心已经坚决否定了你的意见，到时我一定偷偷报文科。想起来，这决心和后来走上文学道路仍然与你有不可分割的原因。是你对家人毫无感情却每夜躺在油灯下看的一本又一本小说吸引了我。你不爱妈妈，不爱我们却半宿半宿和那厚厚的小说说话。我也偷偷看那小说，看不着你的，我就自己去借。你自己的那些书我也都偷偷地翻过。不是你让我们读书，假如你的书里没有出现过萧红这个名字，我怎么会早早就知道咱家西边不远的呼兰出过一个了不起的女作家呀。青少年的心田不管怎么贫瘠都是一片土壤，播下什么种子就会长出什么秧苗。你读的小说和萧红的名字都是当时无意掉在我心田的文学种子吧。爸爸，正好相反，“长征”路上想着你反对我考文科的话我反而更想考文科了。当然，后来什么科的学校都不招生了，我便投笔从戎。

爸爸，一说起投笔从戎我心里就有点内疚，似乎对不起你。我说了，由于你，我早就养成了独立自主的习惯，天大的事我自作主张，不与你商量，因为你很少有什么事跟家人商量，更没有同家人说过心事。我自己在学校报了名，满腔热情等穿了军装去干革命，没想到晴天霹雳响，政审不合格。我这才知道你是“中右”，你有历史问题（说你在日本投降后跑到国统区长春那个月考入了国民党的士官学校，还可能参加了三青团或国民党）。这在“文化大革命”当中，对于我这样无知、幼稚、热心革命的中学生是无法形容的沉重打击。我在父子感情上恨你却从来没有想到你会有什么政治问题，以至我连参加革命队伍的资格也没有了。我简直变了一个人，觉得天地翻了个个儿，太阳是黑的了，天昏地暗，原来我连参军的资格都没有哇！我在学校住宿，整天躺在床上解不开你这个可怕的谜。在感情上我可以说你不好，在政治上，无论如何我也看不出你是敌人。你给我们讲共产党伟大，讲社会主义救中国，讲人民公社好，讲要一心为集体……你工作埋头苦干，当过模范教师，怎么会是敌人呢？这个谜太大，我想不清楚，我又不甘心被排除在革命队伍之外，我哭着找接兵部队首长，讲重在本人表现的道理。我的眼泪我的血书打动了首长，首长同意接收我入伍，但首长明确指出我得同父亲在政治上划清界限。我不懂得怎样才能划清界限，我表示听党的话，我得到了入伍通知书。临出发我才回到离学校三十里路的家，说了我当兵要走的事，其中那曲折的经过我只字没提，爸爸你当然就无从知道。当时妈妈已患了精神病，对我离家当兵漠不关心，你肺病手术后在家休息，精神还是好好的。对于我去参军，如同我去长征一样，你没有表示惊讶，没有表示责怪，也没赞扬，只嘱咐一句话：“当兵也别忘带几本书去，抽空学习，回来也许还有机会考大学。”你的话是语重心长的，我知道是为我好，而且以前你从没这样有感情地对我说过话。越是如此，我心里越矛盾重重，五味翻滚，一句同你划清界限的话也说不出口。我鼓了半天勇气想跟你说句严肃的话，可出口又变得充满了父子之情。我说：“爸，我不能帮家里干活了，好在少了一个吃闲饭的。我当兵一走，咱家就是军属了，你是国家干部，有什么问题千万别隐瞒。”你说你的那点问题已向党多次交代过了，什么组织也没参加。我管不了许多了，耳边响着首长划清界限的话只身离家去县城集合。在全县的欢送大会上，我代表全体新兵讲话，咱们家里没一个人听得见，也没一个亲人像别家那样哭哭啼啼难舍难分去送我。汽车拉着我们上路了，欢送的人如河如海，有的哭着喊别想家，有的跑着追车扔东西，牵肠挂肚，催人泪下。相比之下，我心里涌起一股浓烈的苦味。

我多么盼望能看见人群里出现妈妈或是弟弟妹妹的面容啊，即使不是面带泪水跑着追车，哪怕笑着也能令我的感情平衡些。我努力高兴些使劲朝同学和老师们摇手，使劲摇，谁知道我是想通过用力摇手把浓重的酸苦二字甩掉哇。

汽车缓缓驶出古老的城门，城楼飞檐上风铃轻轻抛下一串低回留恋的道别声，送行的人们被城墙划开了界线。这时城门外路边忽然有人喊我的小名，我一看是你，爸爸，你独自一人站在城门外的雪地里，随着喊声你向我挥动胳膊，一团东西朝我飞来，“拿——着——!”东西落到别人手里，传给我后我看清是一双毛袜子一双毛手套还裹着十元钱，我再回头向风雪弥漫的城门看你时，眼中充盈的泪水和风雪已使我看不清了，我忽然站起来哽咽着嗓子朝城门喊了一声：“爸——爸——”我就这样告别了你。

到部队一直没给你写信，信都是写给妈妈弟弟妹妹们的。这不是因为你从没给我写过信，而是我记着首长“要划清界限”的话。一年后家里来信，说你疯了，我也没能回去看你。爸爸，那几年人们真是统统疯了，人人都在狂热地干着疯事傻事。为了忘掉家中的事，我拼命工作，训练、劳动之余读书、写稿、搞各种活动，常常深夜不睡，累得连梦都没精力做。有天你忽然来部队看我。弟弟妹妹们都小，是我二表哥陪你来的。远在他乡见到亲人应该是怎样欢喜呀，可我不知该怎样对待你。指导员和蔼的话至今让我感动得不能忘掉。“划清界限是指政治思想上。你父亲有病，老远来看你，你陪他玩两天吧！”指导员的话暖得我眼睛湿润了。我陪你在营房周围的山上转了不到一天就让你走。没什么可玩的不说，首长的话在耳边响着，陪你玩时间长了怎么能算划清界限呢？爸爸，让你走的话我说不出口，你已经不再是以前的正常人，一旦受到刺激发作起来怎么办？我说我要外出执行任务，并让班长配合我去说。你信了，答应当天晚上走。我又假装在你走之前离开连队，我背着挎包走出营房，漫无目的地往前走，只是骗你相信我是外出走了。你又扔给我二十元钱，叫我买东西吃，还一直站在营房外边的山脚下看我沿着稻田埂小路往西走。夕阳血红血红正要落下去，我脚下的田埂路是那么难走。我不时掉进水里。水里有二寸长的鱼儿游来游去，我也不敢细看那鱼儿。稻田里的鱼游得多不自由。夕阳已有半边落下地平线，我想爸爸该回营房了，因为你要乘晚饭后的火车走。我把脸从夕阳那边扭过来一看，爸爸你咋还站在那儿不走哇，双手抄在一起，一动不动仿佛一尊紫红的望儿石立在营房门口，二表哥也还在你身旁站着。我的心颤动了一下，泪囊像突然被刺破，泪水奔涌而出。我喊了一声爸爸，可嗓子胀疼得只传出一点点声音，爸爸你不可能听见。一股不可扼制的冲动激使我想奔向你，我要把你送上车，但我刚跑一步便滑倒在稻田里，鱼儿在我身边乱蹦，我几乎全身湿透，脸上也满是泥水。等我从泥水里爬出来，一阵阵冷战把我刚才还不可扼制的冲动抖掉了。我冷静下来。把爸爸刺激犯病怎么办？爸爸不走怎么办？我又慢慢转回身，沿着窄窄的稻田埂一步一步朝落尽了的夕阳走，身上的泥水滴滴答答和我的眼泪一块儿掉……

爸爸，你只来部队看过我一次，那一次便成了我们父子关系的里程碑，立在分水岭上的里程碑。那以前我恨你，似乎同你毫无感情。我长大了，成了公民，当了军人，你对我有感情，我们却又开始划清界限。那时我真盼望你能像从前那样无情，我能像从前那样恨你，那我跟你划清界限也就不会使我心里有说不出的矛盾和痛苦了。

以后我们的感情真就沿着这个趋势疾速向前发展。爸爸，因为家里没人理解你也就没人照料得了你，你的病频繁发作，屡屡入精神病院，一次比一次重的药物摧残，令你的神志每况愈下不可挽救，家里谁也管不了你，谁都怕你，镇上的人都怕你。从那以后最使我心惊肉跳的事就是接家里的来信或电报。你的病一发作得谁也管不了啦，就拍电报叫我回去送你入精神病院。每次所消耗的精力怕是比三年的工作量还大。我第一次回去送你住院是十五年前，我还没进家门就在小镇的街上遇见你。你一手提把斧子一手提只绿铁皮信箱往家走，信箱上留着斧头砸砍的伤痕，显然你是在邮局门口用武力摘取的。不知这信箱怎么惹着了你。看我瞧着你手中的信箱，你愤怒的眼里闪出酒精灯似的蓝火苗警惕地问我：“你回来干啥？谁让你回来的？”我说：“爸，我休探亲假，回来看你！”“放屁！搞阴谋诡计骗我，我是火眼金睛孙悟空他祖宗，你那两根黑肠子爬着几条蛔虫我看得一清二楚。你说，你眼睛瞅着我说，你把我给至高无上英明无比光芒万丈的党中央的信送哪儿去了？你敢放半个谎屁不是你爹的生殖器甩出来的，杂种！”你眼里的凶光和手中的斧子逼着我，稍有不慎，怕你真会朝我抡起斧子的。我心里响起一声悲叹：爸爸怎么会变成这样啊！我就地放下提包，掏出军人通行证用对付疯子的话跟你说：“爸，这上边不是写着探亲嘛，你看这军印！”你接过通行证左看右看，忽然又问：“探亲为啥带枪、带子弹？你个杂种，快给我交出来！”你指着通行证上“携带手枪//支，子弹//发”中两条“一”似的斜线。我解释说，你指的那两个“一”字是代表“无”，若是“一”应该大写成“壹”。你又搜了我的衣兜，确信没有枪才说：“走吧，回家去吧，帮我查查派性分子怎么断绝我和光芒万丈的伟大太阳毛泽东主席的联系！”我莫名其妙和你回到家，进门你就撬开信箱一封封查信。我悄悄脱身问弟弟才知道，这回犯病你总骂派性分子搞阴谋，一封接一封给毛主席写信上告，邮局知是疯子的信便退给家里，你不知道，日夜盼着毛主席回信，接不着回信，你认为是邮票贴得少，第二次就贴两张，第三次贴三张，等到第三十封信时，三十张邮票把信封贴得无处再贴了，你才怀疑可能是邮局的问题。你想大概这邮箱是废了不开的，也许三十封信还都在邮箱里没动，你便摘来邮箱。查看过后你勃然大怒，骂我道：“你要不是杂种痛快给我查办邮电局去，他个派性分子阴谋小爪牙如不从实招来，老子亲自去取他的首级，然后无线电报告党中央，光芒万丈的伟大太阳毛泽东同志曾授予我对派性阴谋分子先斩后奏的权力，老子有尚方宝剑在手！”你晃起手中柴斧：“你是不是杂种？快说，是不是？”听我说不是，你不容分说命令我一分钟内出发，否则斩首。我不敢跟你儿戏，提了你砸坏的邮箱往邮局走。路上我焦灼地想着把你骗去住院的计策，急得像家里有大火在烧房子。一进邮局的门，忽然一个灵感闯入我的脑子，我找到邮局领导，详细说了你的情况和我的想法。邮局谁都了解你，他们积极配合了我。我找了一张白纸，又找了一个大点的牛皮纸信封，用毛笔模仿毛主席的字体以毛主席的名义给你写了一封回信：“×××（父亲名）同志：因外出私访月余，回京方见你三十余封信，甚为感动，迟复为歉。你信所言情况至关重要，务请从速来京面谈。致革命敬礼　毛泽东　×月×日”。那几年，毛主席的笔体极为流行，我成天没事就模仿毛主席的草书。关键的字，尤其“毛泽东”三字仿得像极了，封好后又在前后各打一个邮戳，并把北京邮局那个戳弄模糊了。

我拿了伪造信，心怀野鹿样往家走，真怕你那冒蓝火苗似的毒眼睛识破我的阴谋。快进家门时我跑将起来佯装气喘吁吁一脸惊喜之色，见面不容你分说我便慌忙报喜：“爸爸，党中央给你来信了，快看是不是毛主席的！”爸爸日夜想着毛主席的回信鬼迷心窍了，见状毫不怀疑便信以为真。拆信前你朝着北京方向恭恭敬敬鞠了一躬，口中又念念有词一番：“至高无上的绝对英明的中国共产党中央委员会，中华人民共和国公民×××(你自己的名字)先生向党中央致以崇高敬礼，礼毕，隆重接旨开始！”你又在脸盆中洗了手方用剪刀裁开信封小心翼翼抖开信纸。爸爸，我真难以形容你看见信的表情，既像古时赶考中了状元的读书人接到喜报，又像梦中做了皇上的阿Q，还有点像装疯卖傻的小丑。你面对屋里的毛主席像敬了三个举手礼，鞠了三次躬又磕了三回头，跪在地上捧信一字一顿诵读一遍。然后，你起身把信让我看了一遍，之后把信要回装进贴胸衣兜，直呼我的全名吩咐道：“你是军人，不用我多吩咐，该懂得落实最高指示不过夜的道理，随我星夜出发。”这是我没料到的突发情况。入院手续、钱粮衣物和看送人等都没找好，真要连夜出发一切全措手不及。我便进一步哄骗你说：“今天已经没有车了，无法出发。这是进京去见毛主席，你衣衫褴褛是对毛主席的不敬。该理理头发、洗洗澡、换上干净衣服，还需起些粮票带上等等！”你认为我的话极有道理，便一件件认真办起来。一办这些具体小事，你又变成平时没犯病的你了，小心谨慎，扎扎实实，钱粮该带多少算得精精细细。自己刮的胡子，让我给你理的发，换上我以前邮给弟弟的军装。这样一打扮，爸爸你那一身苍老和疯子气没了，年轻得侧面看去像我们连的二排长，既高兴又严肃，跟常人一样。跟我说话从来没有那样和蔼过，所有的警戒全放弃了，说大政方针定了一切由我具体安排。爸爸，你对我的欺骗给以那种真诚的信任实在让我心里难过，我真不理解骗子们骗了可怜的好人时怎么会吃得下饭睡得着觉。我不得不赎罪似的把探家带回的水果一个劲给你吃，好像你吃一个水果就是吃去我的一分不安。你只吃了两个，其余全分给弟弟妹妹们，妈妈也分到了，这在你的犯病史上是没有的。一纸假信竟胜似所有灵丹妙药。

爸爸，我计算好了车次，一切准备停当之后，咱俩先乘汽车出发，弟弟和你学校的陪送老师乘后边的汽车，对此你全然不知道。我们在火车站等车时你忽然发现他们，他们像捉迷藏样想躲，我看要露马脚，忙上前和他们打招呼，演戏一样说着骗你的谎话："你们去哪儿？咋没跟我们同车走哇？"弟弟随机应变答得也一样成功："我们单位忽然接到沈阳的长途电话，齿轮厂的订货出来了，厂长派我去发货！"我又问爸爸学校的老师，他说到沈阳一所有名的中学学习教育革命经验。爸爸一点儿没怀疑，还给他们烟抽，很高兴地说："正好咱们是个伴儿，凑手打扑克吧！"你掏钱在火车站售货亭买了盒扑克，在车站就要打。我穿军装在车站不好玩扑克，你不答应，我怕坏了大事只好同你玩。我不时出错牌，因为我在琢磨买完车票以后的谎话怎么说，主要是怎样才能使你同意在我的部队驻地沈阳下车而不是去北京。沈阳的精神病院我有办法联系住上，其他地方的实在难。精神病人竟多得提前几个月预约而住不上院，各地的精神病院都是如此。那几年，中国怕是精神病人最多的国家了，听弟弟说以前爸爸住过的一所精神病院，旁边一个粮库失火，全体精神病人奋不顾身争先恐后没用消防队来人就把大火扑灭了，不少病人烧伤了，若论表现起码有几个该记二等功的，可他们是疯子，没有正常理智，没有被记功的资格，他们的事迹只是被当作笑谈传传了事。

我忽然想出了计策，假托上厕所时溜进售票室，同售票员讲明情况请她配合。爸爸，买票时我故意让你听见要买的是北京票，售票员也故意让你听见大声说："进北京要省以上机关介绍信！"我装模作样拿出通行证，售票员看后扔出来说："上面只写沈阳就只能买到沈阳！"你都听见了，因此我跟你说必须先到沈阳下车换了通行证才能进京时你欣然同意了，并且补充理由说："那可不，北京当然不是什么人都随便进的！"所以一路顺利，在火车上谁也没看出你是精神病人。我产生了幻想，觉得精神病没什么可怕的，一切不是都很顺利吗？下了火车，是你主动打招呼让弟弟和你单位的老师到我家去一块吃饭的，这就更顺利了。你安安稳稳过了一夜。夜里我就要好了车，第二天顺顺当当吃了早饭，我又骗你说通行证已经换好，车送我们到火车站去。我又说叫弟弟他们一块儿到车站送一送，你非常高兴，以为晚上就可以到北京了，可是车却朝精神病院开去。你轻轻松松愉愉快快，我们却紧张得心要跳出来了。我们早就分好了工，一旦你发现车开进精神病院突然大怒要逃跑时我们便一齐扑上去，我抓你的胳膊，弟弟抱你的腿，老师按你的头，那时不管你怎样挣扎也无济于事了。车开到精神病院门口，你眼里蓝光一闪时，我们仨突然将你抓住，你的脸像绷紧的鼓皮，嘴却说不出话来，只是绝望地鄙视地哀哀地叨叨几声："哎呀！哎呀！哎呀！真卑鄙！真卑鄙！真卑鄙！你们难道还懂得世界上有羞耻二字吗？欺骗光芒万丈的红太阳伟大领袖毛泽东主席罪该万死！罪该万死！罪该万死！……"你用全身力气骂了十几声罪该万死，肺肯定气炸了，车窗的塑料玻璃被震得嗡嗡直动，你气得吓人的眼珠几乎要飞离眼窝了，瞪着我说："你倒吱声啊，你是你爹揍的吗？你还有什么脸吱声，算了吧，丑死了……"我不看你，也不吱声。我心如烧热的铁石，滚烫而坚硬。我不害怕也不发愁，因为精神病院就如监狱一样，你是病人，你的一切叫骂和疯狂在那里都习以为常。我从容地为你办理着入院手续，一切都停当了，最后检查有无传染病时透视出你正患肺结核。传染病患者精神病院是不能收的，医院非叫把结核病治疗到无传染的程度再来住院。这至少要在我的家里闹半个月！这真如晴天一声霹雳。我跟医院好说歹说，千求万拜，医院总算答应注射一星期青链霉素后再送去。

我们把你绑架着拉回家中，从此我说什么话也无法取得你的信任。你狂暴地发泄、肆虐地怒骂，窗玻璃砸了，灯泡也打碎了，我的话你一句也不再听。为了给你用药，我费尽了心机。第一次还比较顺利，我把安眠药片放进饭里，因为放得少，你吃得又狼吞虎咽没有发现。可是少量的安眠药无法使你入睡，你整夜都不合眼，不住地骂卑鄙卑鄙丑死了丑死了，骂得四邻不安。早饭我便多加了几片安眠药，这次被你发现了，你把吞进嘴里的苦药吐出来，一碗饭全扬在我脸上。从此你不吃家里做的饭，总到街里买点心吃，吃前一定要反复查看十几遍，看是否放了药。不给你吃药你就无法安静，不安静也就无法给你注射青链霉素，不注射七天青链霉素你就无法入院，你不入院我就没法生活。真愁死我了，几夜工夫便生出许多白发。我便求助我的妻子你的儿媳妇，她是家里唯一没参与对你行骗的人，她的话你还能将信将疑。我让她把药包进饺子里。她端给你一碗饺子。包了药的那个放在碗尖上，如果按顺序吃，第一个准是包了药的那个。她说她过生日没工夫做别的只包了几个饺子请你尝尝。你很感谢她，说只此一回下不为例。你伸手拿碗中的饺子吃，却偏不拿最尖端上那一个。我急得心尖儿突突地抖，盼上帝能暗中将你的手移向包药那个饺子，然而你只吃了一个便再不吃了。妻子花言巧语好容易说动你又拿起一个饺子，正好是包了药那个。

我惊喜得几乎要停止呼吸了，可饺子送到嘴边你忽然又被一句多余的话惹恼，饺子嗖地飞到南墙上碎落在地。我的心机又枉费了，只能颓然躺到隔壁听你语无伦次地乱骂。骂声时起时伏，时断时续，忽而自言自语，忽而咬牙切齿捶胸顿足，像用一片锋利的玻璃刮割着我的神经。绝望中你胡言乱语说道：“毛主席说以预防为主，预防为主，预防预防防御防御防御一切坏蛋！”我忽然得到启示，又跑到机关门诊部，请我认识的一个医生帮忙。我到街里买了几支氟奋乃静癸酸酯注射液交给他，让他戴上红十字袖标，装扮成流行病防疫人员到我家去打预防针。按约定好的时间医生到了家，我正若无其事在看书，他一进屋我佯装不认识问他干什么，他遵照我的嘱咐并有所发挥说：“最近发现流行性霍乱，党中央国务院非常重视，周总理亲自指示人人都要注射预防疫苗一周，每天两次！”爸爸，你问医生：“毛主席有没有指示？”“毛主席批示‘同意’！”你又上当了。爸爸，你问你是外地来的用不用交钱，医生说免费，你连连谢着医生撸起衣袖。当医生取出药刚要注射时，你发现药名是治精神病的氟奋乃静癸酸酯注射液。你用过这种药，你知道被这种药摧残的难受滋味，你立即勃然大怒，一掌将药瓶打碎在地，用最仇恨的语言骂着医生。无辜替我挨了骂的医生真令我感动，他竟能赔着笑脸向你道歉说拿错了药（他是想先给你注射氟奋乃静，待你精神恢复正常后再打青链霉素），连忙拿出青链霉素来。你看后仍骂着不肯打：“你是哪国的医生，青链霉素治什么病你不知道吗？我一刀宰了你个兔崽子医生！”医生仍赔着笑哄骗说：“大叔，这是国务院卫生部新推广的，经过实验证明青链霉素兼有预防霍乱的效能。”“那你们先打，你们不打就是阴谋陷害！”本来我和医生已事先商量好，为让爸爸信以为真，先给我打维生素 B2 之类的营养药然后再给你打的，你的眼睛扫瞄激光一样盯着医生的手和针，我只好亲手拿过青链霉素药瓶让医生先给我注射。这真是一种残酷而艰难的欺骗，欺骗的代价就是心灵和肉体的双倍折磨。好好的身体每天陪着注射三次青链霉素，我能支持得了吗？当时顾不得考虑这些，忍痛挨了针，你才愤愤地跟着把药打了。消炎药只能消炎啊，于精神分裂毫无补益，我就时刻琢磨着阴谋和各种小诡计哄骗着你，盼着快点过完七天。每天费尽了心机。我还有我的工作、事业和将来，我不能任意糟害我的身体。我便和医生一起将青链霉素和蒸馏水瓶上的字弄掉，注射时我用蒸馏水，你用药液。如果氟奋乃静不是黄色的油脂而是无色的水质就好了，就可以骗过你注射而达到镇静。可是我们国家还没有这样的药，我只有用对我的心灵和肉体的双倍折磨作代价度日如年地煎熬。当然你更在煎熬，你几乎是用刀子在切削着生命。你日夜不合眼地咒骂，精力耗损得太大，眼窝深陷如井，里面放射着恶毒的蓝光。冷不丁见到我的人也都吃惊地问我是否得了癌症面无人色瘦削可怖。

第五天我就熬不住了，因为你日夜捶胸顿足声嘶力竭地骂，不但面对我时这样，而且专门在夜深人静时推开窗子点着我的名向外广播着骂。不知详情的人以为咱家里儿子虐待老人，告到街道公安派出所。民警找上门来教训我，我又从民警身上得到启示。我请求他们协助我，装成查户口的，说没有户口的一律拘留审查，尤其扰乱社会治安者。我替你“讲情”，说你是临时来部队探亲并替你保证不再吵骂了，民警得了你的保证才离去。你果真不吵骂了，那一夜只是吃烟一样连连吸烟，在屋子里打转。我以为你是真被吓住才不吵闹了，我便实在无法支持地睡去。第二天早晨我还在死一般的睡梦中，弟弟将我摇了又摇才摇醒过来，说爸爸不知哪儿去了。从几天几夜未睡后的酣睡中被叫醒过来，那不好受的滋味是难以言传的，我和弟弟四处去找你，爸爸。先是厕所，后是饭店，再是副食品店，都说没见你去过。我们又跑到火车站，也没找见你的踪影，查遍列车时刻表，这段时间既没有发往家乡的列车也没有去往北京的。我们又找了一家公用电话，往全市所有派出所都问过了，嗓子都说哑了，没有找到你。我们又尽全力寻找了附近容易出危险的地方，直找到万家灯火齐明家家都在灯前愉快地用晚餐了。在两个角落里我们无意看见两对恋人在拥抱，人家认为我们在寻无聊，被小声骂了两回缺德后我们只好返回家。爸爸，你哪儿去啦？我心急如煎，七八天来精心编造的谎言和希望犹如气泡噗地破灭，心机统统枉费了。火烤一样的焦虑中我分析了一下情况，存在两种可能：一是回家了，二是去北京了。去北京你没钱买车票，即使去了，北京治安严密你会被遣送回来。所以我叫弟弟和老师赶回家乡去，如果见到你给我拍电报我再回去。暂时我还得上班工作。弟弟和老师一走，我已无法上班了，一气睡了两天一夜，接着便病倒在床。高烧、胡话、有气无力，噩梦连绵不断，一会梦见你被汽车撞死，一会梦见你从火车上跳河身亡，还梦见你在北京见到毛主席，毛主席亲自送你住进医院，精神分裂和肺结核全治好了。可那都是黄粱一梦。弟弟一封长信述说了你徒步跑回家乡的经过。你没钱买车票，即使有钱你也怕被人截住而不能买票乘火车。你仓皇跑到郊区，沿着铁路线往家走，渴了吃把雪或吞块冰，饿了嚼两块饼干。日夜走，不知你困了在哪儿睡过觉没有，还是你像红军长征似的边走边睡了。鞋磨破了，掉底儿了，冰雪中不能光脚走，你脱掉背心撕成布条缠在两脚上，两脚都打了紫黑紫黑的血泡。不知你是躺在哪儿还是风雪中脱下贴身背心的，反正你走了一千好几百里，到哈尔滨时饿极了，把全身总共五块钱拿出来到饭店买了一盘饺子，找你的钱也顾不得要，端了饺子到墙角狼吞虎咽活像一个逃犯，饭店的人真以为你是逃犯报告给民兵。民兵们不容分说把你抓到指挥部，你骂他们有眼不识泰山，结果遭好长时间毒打。他们又从你身上搜出我伪造的那封毛主席来信，当即把你当现行反革命关押起来，给咱们镇革委会打长途电话后才知道你是疯子，最后由镇革委会派人到哈尔滨将你送入当地精神病院。一场灾难暂时过去了，可我好像跨越了十年，头发纷纷白了。以后你每犯病一次我和弟弟们就要遭一次这样的罪，而你三五个月准犯一次的，顶多也挺不过半年。这些年来你一共犯了多少次啊，我三十多岁的满头白发就是证明。后来经不起你这样一次次的折腾，就把你接到我部队的家里，一住就是六七年。六七年啊，中间多少离奇曲折难以让人相信的悲惨故事，写两本《天方夜谭》也写不完的。一九八二年，你又犯病，闹得邻居忍无可忍告到派出所，告到我们部队，我才不得不把你送回老家。你和我同住这段生活我曾写过一篇小说《爸爸啊爸爸》，读者纷纷写信说写得真实感人，还得了当年的优秀文学作品奖，我却只字没敢向你提过我写了你，我深知你一旦看了肯定又要犯一次重病的。你至今都不会知道你年轻却白发苍苍的儿子独自滴落着泪水面对稿纸无可奈何地默默呼喊着爸爸啊爸爸。那篇《爸爸啊爸爸》也算这篇祭文的一部分吧。

爸爸啊爸爸，我不知道你的生日是哪天，你也没举行过生日酒宴让我们给你拜过寿，我也不知道你是否知道我的生日，反正我的记忆里没有点蜡烛吃蛋糕等过生日的印象。也许你我一生都太不幸都不值得过什么生日吧。今天在我为你书写这篇为了忘却的祭文时又迎来了我第三十八个生日，生日这天我不敢也不能有欢乐。我坐在家里整整一天续写了这篇祭文的三四千字。爸爸，我恨你，但我的生日毕竟是你给的，生日这天，我还是想起了你的几件好事。小时候也记不清是几岁了，有一回我病了，什么病也记不清了，好像是腿上长了个大疖子，不能走路，炎症引起发烧，好像是春天田野里的雪半化没化的时候，我嘴唇烧裂出一道道口子，口渴就想吃什么清凉而且甜的东西。说真的，那时我还想不到橘子苹果之类的水果，所谓清凉而且甜的东西无非是胡萝卜、西瓜、甜秆儿，顶多也就是梨了。春天菜窖里的胡萝卜已经吃完，西瓜是不可能有的，梨一是得花钱买二是小镇的副食品商店当时也没有了。或许秋天晚熟的苞米秆儿刚割倒就冻了那种“甜秆儿”还能找到，但也不会有多少水分了。妈妈跟你说了我这个小小的愿望，叫你到少陵山脚下水库边的洼玉米地去找找看。爸爸，你看看我，还摸了摸我的额头说有点烫手便出去了。我知道要在平时你是不会去的。你在水库边的洼地里转了好长时间，好不容易才找到一根冻在冰里很细的甜秆儿。你用镰刀一点儿一点儿将冰琢破，取出那根还显着绿色的玉米秆儿，一尝，清凉倒是很清凉但是不甜。你带着它，又到另一片黄豆地里，用手一颗一颗拨拉着残雪下面的黄豆。黄豆已被黑黑的湿土泡涨了，你捡了满满一衣兜泡涨的黄豆粒带回家中。那正是闹自然灾害第二年的春天，家家都挨饿，见到一兜儿黄豆简直就像什么高级点心了。

你把黄豆和玉米秆儿拿回家时天已黑了，你让妈妈把黄豆一颗颗洗净，然后亲自用家里仅有的一点儿麻子油为我炸酥豆儿吃。那时咱们镇还没有电，照明用的是煤油灯。你左手擎着一盏煤油灯，右手攥一柄小铁铲不住掀着锅里的豆儿。我躺在炕上听你手中的铲儿嚓嚓啦啦好听地响着，不时还唰地爆出一声豆儿熟了的脆响。你让妈妈把不甜的甜秆儿一节一节砍好，剥了皮儿，放在盘里，说等一会儿就着甜豆儿一块儿吃。豆子噼噼啪啪地挨个响了一遍之后熟了，放了点白糖你又一铲一铲儿盛到簸箕里。你说豆子是甜的，玉米秆儿是凉的，一块儿吃下去就是清凉的甜东西了。你正兴冲冲往我面前端时，脚下一个东西把你绊个趔趄，左手的灯一下掉在簸箕里，一灯煤油全洒在黄豆上了。当时我还不知道，急着要甜豆儿吃，这可真扫了你的兴，妈妈气得直说你没用、废物。要在平时你准会和妈妈发火的，那次你却没发火。你翻出一条干净毛巾把豆子几乎是挨个细擦了一遍，一尝煤油味儿还是难以下咽，你用热水洗了好几遍，又重新放进锅里炒。你手中的铲子在灯影下嚓嚓啦啦又响了好久，直到洗湿的豆子又重新噼啪地响开了，爸爸你一定累坏了。你尝了尝说煤油味儿是没多少了，可甜味也一点儿没了，就那点儿白糖已都用上了，你向我道歉说："没糖了，就这么吃吧，也挺香的。"我真感激你，爸爸，我吃几颗豆子就嚼几口冰凉的玉米秆儿，在我儿时的记忆里，那是最甜最美的一次吃食了，因为那是你摸过我的额头后亲自到老远的地方捡来又亲手为我弄好送到嘴里的啊。还有一次，是你患精神病后到部队和我一起住的时候。你刚从医院出来，精神正常，每天除了做我们两个人的饭无事可做，不像在老家可以做许多活儿。你是读书人，有事没事儿都要关心国家大事，每天听广播新闻、看报纸。我就怕你关心国家大事。那几年国家大事瞬息万变，变一次你就想不通一次，想不通你还硬想，想着想着就犯了病。你好多次犯病都是这样的。为了让你有事干而不去关心国家大事，我就每天让你帮我抄写稿子。为了让你抄得慢些，不至于抄完了又没事干，我就要求你一笔一画工工整整地抄。你抄得那样精心，每一笔下去嘴角和眉梢都要随之认真地一动，身子也微微地摆，你是像在老家每逢春节用毛笔写对联时那样用心用力写的，钢笔字每格一个，笔笔按书法要求，尽管是用钢笔，经过严格基本功训练的柳公权体还是丰满有力地显出风骨。五百字一页的稿纸每天只抄两页。看着你抄得字帖一样的稿纸我心里十分不安，不值得这样费神去抄啊，寄到编辑部不知是否能用，即使用了七砍八砍排完铅字也就一扔了事。没办法，我权当给你治精神病的一种疗法了。尽管你抄得极慢，但经不住天长日久，加上你又以为我急用便总是长夜灯下奋笔，不久便没什么可供你抄的了。我就想法搜罗以前的废稿或是机关经我手写的一些过时公文材料让你抄。你就像有了意义重大的工作一样天天忘我地从事着你的抄写事业。我省心多了，只需找些可抄的废料就行，实在找不到时我就找本杂志来，指定某某篇文章说需要抄，你便埋头抄。

我以为你这样埋头抄下去便可以疗好精神分裂症。不想有天中午回去见你只抄了几个字，饭也没做，眼直瞪着废稿上的标题喘粗气。我问你怎么了，你眼里又冒出蓝火愤怒地质问我："你身为国家干部，为什么现在还坚持派性观点？你党性哪里去啦？你们还想搞分裂不成？"我一看那份材料傻眼了，原来那是一份"四人帮"当政时搞的材料，我上班时走得匆忙，没来得及翻看一眼就扔给你了，你大概猜疑气愤了整整一个上午吧。我连忙解释说拿错了材料，可是已经晚了，你的精神分裂症又发作了……

爸爸，我没有勇气再继续往下写你的祭文了，要想写尽你苦辣酸甜、令人啼笑皆非的一生，没有一部上百万字的长篇小说是完不成的。目前我的时间我的精力都不允许我再写下去。

爸爸，写了洋洋上万言我还是没法给你下个结论。那就不要写什么结论吧，岁月会洗去一切幸与不幸的。只是我要最后问你几句话。爸爸，你的葬礼太隆重了，你配享受这样隆重的礼遇吗？

作为家长，你没创造一个幸福哪怕只是平安的家庭呢，我认为你是不配享受这等葬礼的！不错，你生了一个咱们县志记有一笔的“名人”，可是仅仅生个可怜的名人这点功德就能对得起你的家庭吗，爸爸？不过，还是愿你安息吧。在我临离开家乡的告别聚餐会上，我的四十多位同学你的四十多位学生已把四十多杯美酒洒在地上祝你灵魂安息啦。

安息吧，我的可怜的灵魂被撕扯了五十九年已经分裂为分子分裂为原子分裂为中子、质子、电子的爸爸啊……

1987 年夏写于丹东五龙背

（原载《东北作家》1988 年第 3 期）

和妻子处关系

和妻子处关系，是一门艺术，也是一种大美，这种美甚至具有比音乐、美术更高的价值。一首极优雅的歌曲、一幅异常出色的油画展现出来时，你刚和妻子互相恶毒地中伤完，正在恶狠狠地生气，你还能品出韵味来吗？没心思品味了。我这点体会是酸甜苦辣遍尝之后得出来的。

我以前总以为自己的事业比妻子的事业重要，成绩也比她大，而她又甘心服从于我，甘愿为家庭利益做出种种牺牲，我就渐渐忽视了她的存在。我俩在一起时总是谈我的事情，亲戚朋友来了还是谈我的事情，很少问问她的事。她有时主动谈谈，我又不屑一听，以为一个中学老师有什么大不了的事好谈，我只想着领自己的朋友到家，让她做吃喝招待，从不问问她有没有朋友需要招待。有时她的朋友来了我也不重视。我自己因为工作需要交了女性朋友认为理所当然，压根就没想她会不会有男性朋友。吃饭也是，总是她做我吃。做得可口了，我就多吃却没有赞扬，不愿吃的便不停地批评。不在一起时，我给朋友写信很多，给她写信不多且缺乏热情，以为妻子嘛，自家人啰啰唆唆说废话有什么用？久而久之，双方感情淡漠了，有了病相互都不怎么觉察，有什么事有什么话多去找孩子或别人，致使有一天突然矛盾爆发，她写下最后通牒携孩子不告而别，回老家去了。受了几次震动后，我才开始反思：我是拿自己太当回事，拿妻子太不当回事了，必须加以改正，不然要酿成大不幸了。

有一年我在中俄边境体验生活，忽然接单位电话说，妻子腰间盘突出住院了，叫我立即返回。我体验生活那地方离沈阳千里迢迢，需换几次火车汽车，又赶上快过国庆节了，中俄边防军有个联谊会，我体验生活好几十天最重要的目的就是想参加联谊会，眼瞅要开了，却叫我回去。若在以前我连想都不想肯定不回去了，这回却星夜赶回沈阳。

妻子看到我回来了，非常高兴，疼痛也减轻了。我在病房陪她，闲聊时我看她很高兴，不像离了我就不行的样子，就当着同病房的人试探地提出想赶回中俄边境去。我说："你这病不算太重，我参加完联谊会马上就回来。"她说："不重我能住院吗？"我说："没重到你想象的程度。你越想得很重就越重！"

她气得忽然大哭起来，当着病房其他人哭诉我以前拿她不当回事儿的种种罪责，引来医护人员围了一大帮。她越说越气，我知她委屈不轻，就静下心来让她说个痛快。她连更难听的话都说出来了："我知道那儿有女的恋着啦，要不怎么连我的死活都不顾非要再回去——"医护人员和病友都看不下去了，劝她："你看你丈夫多好啊，一个电话千里迢迢就回来了，你怎么能这样说他？"我说："让她说吧，我是对她关心不够，她受了委屈，说透了就好了。"她又趁势说了我一通，直到消停了。

我到厕所委屈得流了好几把泪，洗洗脸，又回病房，对她说："走，咱们到饭店吃饭去。"她说："你这儿不送饭了吗？"我说："凉了，吃热的去。”到饭店我挑了好菜点，她又不好意思了。我说你有病，我又没在医院天天陪你，吃顿饭你又舍不得了。我给她斟酒，给她夹菜，就像对待恋人那样。她高兴了，也反过来给我斟酒夹菜。我就学她在病房哭诉时的样子，学得她忽然破涕为笑，说：“得了得了，今晚你就上火车走吧，不然赶不上联谊会了！”我说不走了，她又好说歹说劝我走，我这才感激地说：“那我开完会立即就回来！”

从那时起，我们的关系越处越好。我做什么事都事先征求一下她的意见，甚至连最隐秘的那种事，只要她没兴趣我也不做。看电视选台共同商量一下，她愿意看而我不想看的，我就到一边看书去。我读了好书，也推荐她一块儿读读，她没时间也要跟她谈谈书的内容及体会。有了高兴事儿苦恼事儿尽量向她说说。这样一来，共同语言就越来越多，挺复杂的事说一两句就全明白了，也不大容易产生误解。我们还达成一些默契，她的信我不偷拆，她的电话我不偷听，也不刨根问底。她的朋友我也一定当朋友对待。我的爱好她尽力支持， 她的爱好我也尽心理解。比如，她爱跳舞，我没时间陪她，就帮她弄些票让她自己去。有时也主动让她请几个朋友来家做客，我下厨房做菜当招待。这一点很重要，一定真心实意把她的朋友当自己的朋友。再有，她不愿干的事我就多干点，比如给在外地读书的儿子写信，这事我不打怵就多干点儿，落款把她的名字放在前边。这样，误解和猜忌越来越少，反而越愿意共同做事了。

为增加生活情趣，我工作时间跟外地来的朋友聚餐或聚会后，再单独和她补一次。有个星期天，天气非常好，我说：“你不是爱吃野菜吗？”她说：“那还问啥，街上都有卖的了，买就是了。”我说：“买的没意思，我上野外给你挖去。”她说：“我陪你去吧？”我说：“那最好不过了！”

我俩就一同骑自行车跑到浑河大桥南的田野里挖苣菜去了。野菜挖得很开心，消除了一周脑力劳动的疲劳不说，晚上吃光野菜后，我还趁兴写了这篇文章。

感 谢 跳 舞

先离题说几句废话。我想，傲岸地站于高山或天上藐视他人的文字固然易像大手笔，但勇于剖析自身的卑微，以求改进和焕发的文字未必就是小手笔。我还想，种土豆和捡土豆，两者的功绩是不一样的。我的跳舞属于捡土豆之类，虽也有收获，但于种土豆类的跳舞远逊一筹。废话少说，言归正传。

我曾好长一段时间蔑视过跳舞。我妻子比我更长久地鄙视过这一行为（她是鄙视，比蔑视还要甚之）。那时的我怎么也不会想到，十多年后（多么可怕的漫长），蔑视和鄙视跳舞的人却先后成了热情的舞者。这里无须声明，无论过去现在和将来，我和妻子都成不了舞迷，因为这既需天赋又要精力，我们都不具备。我只是想由衷地感谢跳舞为我的生命增添了活力，并且改善了夫妻关系。这感谢之情是在犹犹豫豫矛矛盾盾战战兢兢的漫长实践中深重地发自内心的，就像海洋里山一般的大涌是深深厚厚的水体逐渐酝积所成，而不似水皮上轻薄的浪花随意而生转瞬即逝的。这里还得说句废话，我只是想感谢感谢跳舞，并没歌颂说每个跳舞者都多么多么光荣甚或伟大，也不是针对部队不许军人到营业性舞厅跳舞的规定而言。说来话长。

1979 年末的我国，舞事正如太阳初升前的晨星般寥落呢，我有幸参加了拨乱反正的十一届三中全会后第一次盛大文学艺术工作者会议（全国第四次文代会），文艺观念方面的更新之见连篇累牍，令我开心得忽如自己驾了国产的解放牌汽车在中国大地上奔驰起来，可是却还没见过跳舞（指交谊娱乐性的舞蹈，别种艺术性演出的舞蹈如芭蕾舞、自由舞等是见过的）为何物。会间，好像是团中央（记不准了）在国际俱乐部举办了一次大型舞会。文代会只三十岁以下的代表发了舞票，而我是解放军代表团里两名得票者之一，另一个我不认得。当时拿着舞票真不亚于得了一张出访资本主义国家的通知书样忐忑不安。以前在各种批判会上听说跳舞是诸种不健康生活方式之一，现在我却被邀请了，去还是不去？独自去参加名声不好的活动，领导和其他同志会对我有看法的；不去呢，票又是大会办公室发的，扔了而跟大伙去看那些平时也很容易看到的电影或京剧什么的，不就失去了一次开眼界的机会吗？犹豫再三，我还是拿了票去请示领导。经历过坎坷的领导看看票和请柬说："禁了多年的东西又出来了。不过你可以去看看，正好有客人想要今晚的戏票还没着落。"

我就带着审视不轨行为的眼光惶惑着极不自然地走进舞厅。如果从发自内心的审美感觉说，无论舞厅的建筑风格还是舞者们的衣着姿容都是美的，但我总以为这外表美里隐藏着不洁动机。周长百多米的一圈座席上只我一人满眼问号在东张西望。这都是些什么人呢？女的有丈夫吗？男的有妻子吗？没有妻子或丈夫的有称为对象的那种朋友吗？他们是在和自己妻子、丈夫或朋友跳吗？如果不是，那为什么呢？我忽然发现一对年轻女子同跳。全场只这一对同性相舞者，我当即盯住她俩并与那些异性相舞者比较研究，同时掏出小本子记录印象。不想舞曲停时她俩一左一右坐我身边了，还同我搭了句话："你是记者执行任务啊？"我说记着玩的，便乘机想探问她们的工作单位、职务，是否为党团员。她们马上反问我："不是记者查什么户口？请我们跳舞吧！"我忽然紧张起来，连说不会。因为跟我说话，她们耽误了一支曲子。再奏一曲时有位起码五十岁的秃顶胖男人将她俩中更漂亮的一位请去跳华尔兹了。他们的舞步快速而优美，神情极轻松愉悦，丝毫看不出别的什么来。但我还是疑心，要不怎么专请年轻漂亮的？我身边这个也很端庄，只是与被秃顶请走的那个比稍逊一点。这反而使我有点好感和安全感，敢于壮胆坐那里向她讨问关于跳舞的事了，也许因为没了伴，有人说说话也比独自坐着好些，她竟挺愿意跟我聊的。这样别人以为我俩是同伴，就没人再来请她。中间她和她的同伴曾非常热情友好地硬把我拉下舞池，一人带我走了几步。和年轻漂亮的女子面对面搭腰握手，窘得我脸红口讷手足无措，身子也抖。她们直笑我说解放军跳个舞就吓成这样，上了战场还不得叫敌人吓趴了哇。她们见我不可救药，只好招呼组织舞会的几个男同志来带我。男同志也极热心，仿佛跳舞是项伟大的事业，他们在为事业而宣传群众培养骨干发展队伍似的。我虽仍不理解跳舞究竟是为什么，但此情此景忽觉不会跳舞给军人丢了面子。舞会就在我这念头诞生之时结束了。那两位女伴同我握手道着再见，有个还给我留了家庭地址和电话号码。

回到会议驻地，同志们都猜说我有了什么喜事，要不咋会满面春风，我才发觉心情确实少有地好，以致夜里长久不能入眠，直到梦中还与那留了电话号码的漂亮女子握手搭腰学舞。醒来后，我又不时将梦中的情景加以回味，那留下的电话号码时时带着铃响和她的音容怂恿我坐到电话机旁。

房间里就有电话，但我总觉得电话号码与梦境一样都是假的，不然她为什么给我留电话呢，我又不会跳舞。挨到会议临近尾声，我终于鼓足勇气将那号码拨了出去，正是她接电话，而且离我很近。她十分高兴，约我到她家去玩。那一刻被她坦诚的笑声感染，我竟答应马上过去。可走到她家门口我又犹豫了。她是好人吗？她说去玩是指学舞还是别的什么？一想到梦中学舞的情景我又退缩了，转身想走时她已开了门来迎我。我便叮咛自己，一旦发现不良苗头一定当机立断毅然离去。

她把我领进一道朱红大门，又进一道朱红中门，第三道朱红小门才是她家的独栋楼门。举行三四十人舞会不成问题的大厅里，她的公公婆婆在会客。我这才大吃一惊，她的公公是中央某重要部门有名的大首长，会的客是某省要员。她把我向她的公公婆婆作了介绍后领到楼上她的住室。她丈夫正教儿子写字。原来她已是两岁孩子的母亲，丈夫是比我英俊许多、工作岗位比我重要许多、各方面都不逊于我的好男人，而且夫妇俩都是中央机关的共产党员。

她的丈夫十分热情，好像来了自己的朋友一样，亲手削了苹果，冲了咖啡，陪坐一会儿后说孩子闹人，便抱了到别屋去，让我们好好聊。我内心那层封闭他人保护自己的小家子气硬壳，忽然在宽松大度的气氛中被自身内在的压力胀裂，心灵深处卑微的小人之念随着一阵热烘烘的脸红偷偷溜掉，整个身心沐浴着纯洁气息，心被净化了。

我们聊到了各自的经历，聊到了事业和业余爱好。当聊到家庭生活时，她说她的丈夫原来跳舞比我还笨，是她请那位女伴硬把他教会的。她那位女同伴就是她丈夫的舞伴。那晚因轮到丈夫家庭值日带孩子，才她俩去的。她说她丈夫三十来岁就发胖了，睡眠也不好，不跳舞哪行。她丈夫哄好了孩子又过来和我们一块聊。那天聊得非常愉快，我要走时她丈夫非要留我吃饭，可是孩子又闹。两人商量后，决定由妻子陪我上街吃去（那天又该丈夫家庭值日，他说定好的制度不能轻易破坏）。送我和他妻子出门时他说：“朋友了，初次来家还能不吃顿饭！”

不消说，那顿饭后我对生活有了新的理解和憧憬，我羡慕她的家庭关系和生活方式，尤其赞叹他们别具一格的家庭生活制度。封闭或开放自己，得失多么不同！如果我死死封闭自己，再过十年也不会有这些新鲜感觉。可一离开首都回家气氛就不一样了，我不敢把这样一个朋友跟妻子说，只试探着先讲了跳舞的事。果然妻子正告我：“出息了，敢上舞场了，不定哪天还敢交女朋友呢。以后少出去参加乱七八糟的会！”当时我真庆幸没说出请吃饭的事，不然非吵一架不可。

不管怎么说，从此我不认为跳舞的没好东西了（当然跳舞的里头出了坏东西我也不负责。什么好事里不出几个坏人呢）。跳舞以其神秘的诱惑力藏进我心里，但我仍然不敢问津。好几年后去北大荒采访，同单位一个学过舞蹈的朋友一路利用间歇教大家跳舞。我本来就笨，又装了妻子的警告在心，愈发笨得恨人。那朋友直恨我说：“太没出息！大胆学，怕什么呀？”后来看过她给找的《邓肯自传》，跳舞才终于以美好形象在我心中矗立起来，我不但开始遗憾自己不会跳舞，而且强烈慨叹：什么时候全中国人民都会跳舞就好啦！

又过了一年（已距我第一次进舞场六年啦），地方作家协会要同我们军区笔会全体同志跳舞联欢。大多数同志还不会呢，领导不得不临时组织集体学舞。既然是领导组织，回家好和妻子交代了，才暂时没了顾虑。白天写作累得头昏脑涨，跑步、掰腕子、撞拐、散步……什么活动都改换不了思路，一学跳舞不一样了，汗流浃背，身子轻松脑子也轻松。有晚正鱼游水般欢畅，自觉动作也如邓肯一样美好，一个反对跳舞的朋友探头看见我的舞姿，兜头一盆凉水："我的妈呀，难看死了，不是那块料痛快干点别的得了！"我的自尊心自信心一下遭受挫伤，冲那朋友好一顿发火："你太可恨了，好心办坏事！你太残酷了，嫩苗地上驰马！封建卫道士！"他也火了："你冠冕堂皇什么呀，说到实质跳舞不就是男女调情吗？"我不示弱："对，就是男女调情——调解情绪，有什么不好？你看你，就会抽烟，一天两包，抽得面黄唇黑嘴臭，屋里成天失火似的烟气不绝，呛得同屋人看不进书写不了字睡不着觉——损人又不利己！国家提倡戒烟可没提倡戒舞。你戒了烟，靠跳舞调整情绪不好吗？"

那朋友没想到我会这般发火，我也没想到凡事斗则进的他竟被说服了。第二天晚上他陪我到学舞那屋，边看边鼓励我舞姿有进步等，从此不再说跳舞的坏话。那次联欢会我第一次下场请人了，舞姿照样难看是不消说的，难得的是完成了一次飞跃。我学舞的信心自此树立起来。

和妻子的经历差距越大，看问题便越容易产生分歧。这分歧不解决便容易增加隔阂。因而我越是在外面学了舞心情高兴，回到家便越苦恼。如实说跳舞了必得吵架，不说或说谎又实在难过，长此下去不闹大矛盾才怪！

又过了一年，朋友们好心将我和妻子一块邀去舞厅。那天我也有向妻子显显舞姿让她高兴高兴的意思，开场一曲就请人。正跳到得意处见妻子愤然拂袖而去，我立即像断了电的机器人停住舞动，好歹追上妻子，却怎么解释也不管用。她也认准说跳舞就是调情："愿调你自己调吧，别让老婆也跟别人调！"

好心做的事不被妻子理解真是太痛苦了。我的心像被她一尖刀横戳进去，左右的伤口都在流血，像流尽了，脸色苍白，无精打采，精神上打下一个结结实实的"跳舞情结"。为家庭太平计，我决心不再越舞池一步。但我们之间笼罩着的阴影却没消散，弄得她精神不好，日益多病，我也情绪不佳神经衰弱。一旦我偶有高兴时候她便以为肯定是偷着跳舞了。精神可以变物质这说法很深刻。精神出了毛病真的可导致身体出毛病。有天妻子骑车上班，平平坦坦的大马路上忽然就摔了一跤，造下腰腿病，三天两头疼得不能上班。然后物质又变精神，腰腿坏了使得精神愈坏。我整天无可奈何，谁见了都以为在患病。

直到去年春天(1990 年 4 月)，我们单位在大连办笔会，听说大连某疗养院治疗妻子那种腰腿病有好办法，领导亲自帮助联系把妻子接去治疗。笔会结束时又是联欢舞会。领导考虑让我能顺心参加，特意做工作把我的妻子请了去。我虽然"跳舞情结"尚在，但是不敢也没情绪跳，默默陪妻子坐在那里。不想领导带头，笔会上所有的男同志都来请妻子跳舞。见安排治病的好意加邀请跳舞的盛情不好推辞，她终于走进舞池。十来支曲子下来妻子竟忘了腰疼，后来还督促我：“跳哇，这回你反倒不跳了！”

我简直想当场蹦个高为妻子的初舞欢呼万岁啦，恰巧一支迪斯科曲奏起。我是不会迪斯科的，却突然心血来潮冲进舞池中央，狂跳起来。也不知跳得像什么，反正大家说简直不敢相信是我在跳。我自己也不相信。那是生来头一回狂跳啊，下来后袜子都汗湿了。妻子上前祝贺说跳得挺好，我说为她而跳。她激动地递给我一杯饮料，我举杯一饮而尽。啊啊啊，万岁！妻子跳舞啦！

疗养院专门有个“舞疗厅”。刚入院时妻子从不光顾，那次舞后，妻子开始每晚提醒我带她去了。先是看，继而学，出院后病也见好，舞也入门，每天坚持早起跳上一场，精神日见愉快。

现在，她反倒嫌我一天也不出屋，光死囚在家里看书写作，脸捂蜡黄了。她不时跟我谈体会说：“跳舞是好，人变勤快了，讲卫生爱美了，言谈举止也文明了。不然谁请你跳哇？”目前，我倒是必得听妻子讲讲才知道市面舞事如何了。前几天她说：“有些人舞风不正，就会跳感情步。”她把贴得较近的那种慢步叫感情步。我就刺激她：“你不爱跳感情步就静心跳你的理智步得了，老干涉别人干啥？说不定哪天你也要那么跳。想想当初，对喇叭裤、牛仔裤，你不是反对一通最后也穿起来了吗？”

这几天她什么也不骂了，一心在提高舞技和选择舞伴上下功夫，舞技越高对舞伴越挑剔，并一再说：“快步也好，慢步也好，交谊舞也好，迪斯科也好，喜欢哪种跟性格有关，不必强求一律。哪种舞都是生命的朋友。”还说，“一个人封闭就自我折磨，一个家庭封闭就相互折磨。跳舞使我性格开放了！”

感谢跳舞——这篇文章就是妻子叫我写的，写于 3 月 8 日国际妇女节沈阳家中。

（原载《解放军文艺》1991 年 6 月号）

和儿子交朋友

儿子小学三年级时，一次吃饭我忽然心血来潮问他："假如咱家失火，你先抢什么？"

儿子只眨了一下眼就说先抢电视。我又问第二第三抢什么，他说第二抢妈妈，第三抢小人书。当我盯住他又追问两遍第三到底抢什么时（追问的眼光里明显带着启发和暗示），他才眨巴半天眼改说第三抢爸爸。

我受了极大的触动，看来自己在儿子心中位置不重要啊。我嘴里嚼着馒头不是滋味了。孩子，在家庭乃至社会中几乎是什么权力也没有的，然而一旦给他们一次掌握尺度的权力，大人们也会因在他们尺下显短而愧疚的。

我在哪方面使儿子积淀下不如他妈妈和小人书值得抢救的潜意识呢？显然主要是疼爱方面。在管教问题上，他妈妈总是循循善诱地说服引导，还多加以物质奖励。而我在严厉的权威之外还使用过武力。印象最深的是二年级时他遭到过我一顿毒打，原因是他对老师布置的家庭作业采取了偷懒耍滑的态度。我偶尔认真检查他的家庭作业，发现他擅自扔掉了五六道题。我严厉警告他："明天还检查你作业，如果发现扔题决不轻饶。"第二天他果然做得很认真，也没出去疯玩。我说："今天相信你，作业就不检查了。”他收拾好书包看电视时，我忽然觉得还是检查一下为好，言而有信对他也是个影响。不想一检查，他竟胆大包天又故意扔了好几道题。刚严厉正告过的事，他揣想我肯定不会检查了，便又钻了空子，这是我万万没想到的事，我不由得火起，抡起巴掌牢牢实实抽他屁股，抽得很心疼是不必说了，但借着当时的火气一遭打够打服算了，抽了有十多巴掌，我的手心和他的屁股都紫了，最后他妈妈看不下去骂着将我推走，方才罢了手。睡觉时我在他床头讲我为什么如此狠打他的道理，还让他亲口说出我打得很对才让他合眼。从那，他作业是不偷工减料了，但明显地惧怕和疏淡我。本来我对他寄予厚望，因为那毒打也是爱的一种表现方式，不想却在他心中丢了位置。

心生感触之下，我急于挽回和儿子的感情，便接着考问他妈。他妈说第一抢电冰箱，第二抢儿子，第三抢电视机。轮到我时，我郑重说，第一抢儿子，第二抢妻子，第三抢稿子。因为儿子是我生命的延续，是我最珍贵的作品，妻子是唯一能帮我完成这部珍贵作品的人，而稿子是我生命的记录——儿子听懂了这番话，既出乎意料又大为感动，忽然与我加深了一层感情，当即从他自己碗里夹出一块鱼肉给我。我把鱼肉吃了半块又拨给他。我们父子俩咀嚼着那鱼肉，也同时咀嚼着一年前发生的那次毒打和刚才的问答，心里都滋生了相依为命之爱。

从那以后， 我注意和他以朋友相待，一家三口一同做游戏。记得最让儿子高兴的游戏是开追悼会。我们三人轮流躺在床上装死，然后听别人给自己致悼词。我对儿子的“悼词”常常比他妈的细致动人，多是表扬他近期新表现出的优点。有时我对他的优点说得过分了，他会忽然活过来纠正说如何如何。而对他给我致的“悼词”，我也特别注意听，好从中发现他对我的新看法。平时，对他自觉做出的好事和成绩我也给以认真的赞扬和奖励，对他的过错，虽不姑息迁就，但也特别注重以情感动他。我们搬了新家，添了家用电器，偏巧我的门钥匙不知弄哪里去了。以前儿子丢过两次门钥匙，都被我教训了。这次轮到我丢了，想问儿子，却不好意思。儿子只微笑着说：“你也有丢钥匙的时候哇？”我反复问几遍他都说没看见，我只好决定重新买个门锁换上。

原来的门锁很牢，实在是难换，当我面对旧锁长叹倒霉时，儿子忽然说：“爸爸，你的难题有答案了。”他叫我到写字台电话旁的号码本第一面找，翻开电话号码第一页，夹着的纸条上写着：“你的心事请到《辞海》一百页找。”我找到《辞海》一百页，又是一张纸条：“你的心事冰箱冷冻格能帮你解决！”我耐着性子在冰箱冷冻格翻了一阵，失踪两天让我担心两昼夜的一串钥匙竟然在鱼肉堆里出来了。我又喜又气，这孩子，将钥匙藏起来折磨我两天，现在还有心思开玩笑，又想打他几下，却忍住了。不管怎样，省了我费事重换之苦。我心平气和地问：“你怎么这样不懂事呢？我急了两天，心神不宁，再三问你，你为什么说不知道？”

儿子说：“为的是给你打个烙印。你已经好几个晚上回来把钥匙忘在门外的锁孔里了，不教训你一下，你以后还得忘上面，一旦夜里让谁拔走不坏了？就像你打我那次，我就再也忘不了！”

我被儿子的良苦用心和幽默感动了，表扬他一番之后，让他妈作陪，请他上街吃了次西餐。

儿子后来成了班上的学习委员，考试总在前几名，不但对我的严格要求他真心理解了，而且养成了严格要求自己的自觉性，有时还对妈妈的过分疼爱表现出男子汉的姿态:“哎呀,用不着哇，多余！”而对我提出的高严要求却很感兴趣，很重视。后来他考上大学离家到外地去了，我借出差机会去看他，不仅给他带好吃的，还和他谈自己的生活和心情。他不像小时候把日记锁住不让我看，而是把他十分秘密只给自己看的日记当生日礼物寄回家让我看。我想，如果我家失火的话，他起码抢完他妈就会马上抢我的，说不定还会将他妈和我一块抢出来呢！

（原载《新少年》1992 年第 8 期）

给儿子的信

西元你好!

你的好多信都没回了，只是电话里回复几句，这半年多实在是忙累。去年秋天以前的 50 多年岁月，只因眼病住过一次院，可去年秋到今年上半年，仅半年就在医院待了两次。主要因为从去年初当了单位主要领导，班子人却不齐，忽然一下子事太多，又由于新鲜感不知累，就累着了。而今年的五一和十一两个节日长假，也没抽出一点闲暇，连日记都停记三四个月了。我从中学时就记日记一直坚持了三十多年，今年却中断了，近来必不可拖的事忙过去了，打算恢复起来，看来也得十一月份才能恢复。跟你说这些是忽然感到，经历了一年多生活及工作变化之后，生命的阶段似乎也变了，原来的不少欲望和冲动现在平静了许多，虽然有些还在，也是心有余而力不足，或心也无余力也不足了。说这是向你解释没给你写信的原因，不是让你分心想家里的事，家里没有值得你分心的事。你一心干好工作读好你的书就是了。你在外地有好处也有不好处。好处在于独自认识和闯荡生活，不好处在于，我和你妈每天积累的人生体验不能及时有效地交流给你，白浪费了。

你妈惦念你的婚事，免不了着急，做些不周到让你不高兴的傻事，这你不用怪她。我倒不太为你的婚事着急，但有时感到，你是不是与女人交往方面的能力不强啊，或是不重视这方面啊？其实会不会和女人交往与相处，也是很重要的能力和素养，应该重视。一个男人能在优秀女人眼里留下美好印象，是很了不起的事情，靠赌气发火来硬的都不行。男人既要有阳刚之气，又要有胸怀和自我牺牲精神，还要能善解人意。不懂心理学，不会感悟女人心理的男人也不能算优秀男人，也许该算低能男人呢！当然最重要的是事业方面的才能。女人往往是男人的镜子，你喜欢什么样的女人往往可以照见你的形象。形象有外在部分和内在部分。太封闭的人，尽管他内在很优秀，但不会分寸得当地展示自己，那也不容易博得优秀女人的好印象。对才貌双全的女人，要想方设法（当然不包括卑鄙与邪恶的方法）去接近和交流，这需要勇气，也需要才能。光有勇气和真诚是不行的！有时匆促的勇气加过分的诚挚反而会坏事。你有许多优点，比如能吃苦，能忍辱负重，能不张扬不动声色地埋头做出许多不寻常的事来，尤其事业方面的进取心和能力都很强，这我和你妈都放心。就是接触女孩子方面，部队里机会少，做出来让人家刮目相看的事需要时间，可能在这段时间里，好多机遇已失之交臂了。你应锻炼在短暂的时间里通过机智、幽默、活泼等一般人都喜欢的素质来让对方了解你，这很重要。一个男人是否机智幽默活泼有趣，是否能随时给人带来乐趣，确实很重要。如果太严肃、太孤独，男人女人和他相处都感到累的话，人家就不爱和他相处。会关心人也很重要，尤其你们这些独生子女，不怎么会不由自主地想到关心人……行了，不多说了。道理都很简单，但只有在日常的实践中才能真正领会。

我和你妈不在你身边，你这么多年都是和人怎么具体交往的我们都不知道，情节和细节都不知道，所以有时就着急，也无法具体帮助你，你注意在生活中加强锻炼就是了。

再就是关于学习的事。我知道你对读中国人民大学不太满意，对此，我也多少有点同感。若从我本意想，北京大学和解放军艺术学院文学系较好，比较开放，能造就优秀作家。清华不是文科学校，但治学严谨又是名牌。可我们得面对现实。真正优秀的人才并不一定都是名牌学校造就的。你能考上中国人大读硕士，已给我们争了面子，就一般意义讲，我们已很满足了。但你并不满足，想去北大读博，说明你有大志向，这很好。但事已至此，两全其美的办法就是，心情愉快地在人大读下去，人大的优势是出领导人才，但文学方面和自然环境逊色。你可注意利用人大的优势，同时借鉴北大的长处来完善自己。你可以每月到北大转一次或听一次北大的课（通过熟人找到听课的办法，交一个北大的学生朋友也是办法）等，那就可以身在人大心在北大了，将来自己就可成为集人大和北大优点于一身的人了。将来还可找机会读读北大的博士，便可彻底弥补了。

遇事有了愿望而没好办法时，就想想你所认识的人里谁可帮你实现。实际可借力实现你的想法的人很多……你能写信给伯伯汇报你的情况，也是很有出息的行为，但关键是你的信一定要写得有水平，让他感到你身心健康，有志向，想有作为，而不是给他添事找麻烦。哪个领导不希望手下出几个像样的人才啊！

还要注意锻炼身体，学会休息和娱乐，这也极其重要。身体没有活力再一旦有大病，志向也会逐渐变小，且无法实现……没

时间多写了！匆此 祝好

爸爸 10月23日草于沈阳

附儿子的信——

爸：

回北京有四五天了，大体已安顿下来。心里一直想着快点把看过你长篇小说《不悔录》二稿的想法写出来。经过一周的时间反复想，对自己逐渐成熟的一些观点也有了信心。这需要时间，要知道，对一个作品的看法一旦说了出来，就要做到轻易不改。

看过《不悔录》的第一个印象是，爸爸运用语言的能力比十年前更加简练、准确。不多的描写和熟练的对话语言，使所有人物生动而且准确地展现了出来。小说更少了抒情和机智，却多了入骨的冷静观察，这是非有生活阅历的深沉积淀而做不到的。如此看来，经过十年的时间，爸爸的写作进入了另一个阶段，是进步，而且是大的进步。

第二，关于这部长篇小说的主旨，不知父亲察觉了没有，实际上，《不悔录》的主旨是中国文学一个非常重要的母题。以儒家传统为主流的中国文学传统里面，普遍有“普济苍生”“兼济天下”的文人理想。文人们有着把自己的道德理想实践于社会现实的强烈愿望。即使在乱世不能实现自己的道德理想，也会做到独善其身，不同流合污。也许，在小说的前半部，爸爸的心态和《废都》差不多，抱着失望、迷惘的心境描写了作协机关，而从下半部开始，则有了一种精神力量，它不是道家的出世思想，也不是一种寸步不让的尖酸文人心态，而是抱着务实的态度，竭尽自己最大的力量争取实现“济世”的理想——把作协机关的大楼盖好，把作协机关的混乱整治好，让作家们有一个好的生存发展环境，也是希望自己和所有作家甚至所有人都有个和谐的生活与工作环境。在“济世”的同时，也努力坚持自己的道德理想，如“君子不党”，不参与领导之间的权力斗争，努力寻求掌权者之间的宽容与和解。我一直觉得这种“君子理想”和“济世情怀”是整个小说的精神力量所在。

第三，逼真的纪实性使该小说具有成为一部独特的甚至是重要小说的潜质。《红日》《红岩》《林海雪原》《红旗谱》，这些小说尽管有着概念化的缺陷，可是，它们都展现出作者深厚而且不可多得的生活经验。这一点使它们成了经典之作。尽管不可多得的生活阅历并不是使小说成功的唯一因素，但我预感到《不悔录》会因为这样的生活经历而成为经得起考验的不同寻常的作品。尽管可能有人会认为小说的社会批判力量还不够强烈，但我认为小说的精神力量在于一种道德理想和济世情怀。再有意增加批判功能只会使小说显得做作，并伤害小说时时处处表现出来的真诚，这种真诚对小说的成功来说，是非常重要的，真诚的态度会使小说包容进来连作者可能都意识不到的东西，正是这些东西使小说经得起考验。

我认为最重要的是，小说无意中在寻求实现一种文人理想，这种实现不是尖酸的不包括自己只针对他人的批判，而是务实的、身体力行的自我牺牲以达到济世的目的。这种文人理想的实践更像《日瓦戈医生》，从气质上很像。

这部作品，从写作技巧、语言功力、生活经历的丰富和独特性，及对作协机关描写的大胆方面，甚至小说的结构都无可挑剔。

尽管为了发表这部作品还要作这样或那样的技术性处理，避免引起这样或那样的争议，但这在我看来是微不足道的。过了几十年，人们不会再为这些地方来质疑小说的地位（甚至必要的争议也是小说成功的一个标志）。

从我自己的阅读经验来看，这部作品并不完美。小说从头到尾绝不缺少吸引人的、新鲜的、起伏跌宕的、刺激的、紧张的故事情节。可是我在后半部才渐渐体会到内在的精神力量带动着故事情节的发展。问题出在哪里呢？我想，也许出在小说前半部分写作，爸爸并不知要怎样写，或者一直在《废都》的影响下，没有发现自己内心的真正冲动在哪里。而后半部，甚至是快结尾了才逐渐接近了自己长期以来所认同的道德理想。

想法大体说到这里。具体细节问题就不谈了。小说的成就目前已经不小了。我觉得这部小说有成为《废都》那样经典作品的潜质，甚至会比《废都》更可能占据正统地位。

小说还需要一以贯之而又强烈的气。气有了，小说就成功了。而靠零打碎敲是无法获得这种气的。那么独特而宝贵的材料都在你肚里，而且经过了写作实践的检验，为什么不再敛敛气，把这部书修改成一本能传世的书呢？这可是别人没有的机会呀！

祝爸爸成功并身体健康！

西元

草于北京

清明烧纸

几年前，我远房从没见过面也从没听说过的一个姨，千里迢迢从老家黑龙江到沈阳求我办个事。她怕我不给办，也没打个招呼就把我七十多岁的岳父同路给搬来了。

这使我心里很不痛快。岳父也真是的，既不是亲姨，又不是多么重要的一件事，你这么大年纪了，折腾出个好歹谁负责？想是想，我还是二话没说，当天就把事给办了，剩下的就是陪他们喝酒聊聊家常。

老姨家住农村，岳父住县城，相隔也有百八十里路。老姨是那种半巫半仙没文化的劳动妇女，挺能干也挺能取巧同时也挺迷信的。几口酒下肚她就相相我和我爱人的面，号号脉，又神神叨叨发气功似的测巴了一阵子说，你们俩都有病啊，好像是头疼和心疼。今天是清明节，鬼节，你们没给爹妈和别的亲人烧纸吧？好像好几年没烧了。这不行，得烧啊，当多大官儿也不能忘了爹娘祖宗。总不烧纸还能不得病？

有头疼和心疼病及好多年没给父母等故去的亲人烧纸这两件事儿都叫老姨说着了，但我根本不相信这两者有什么联系，也根本不相信老姨能掐会算。城里人尤其当干部的有几个磕头烧纸的？倒是她的提醒和岳父的帮腔使我想起了故去的父母和其他亲人。离开故乡多年，生活越来越好了，渐渐忘却了和父母在一起的艰难日子，也渐渐忘记了父母和父母当年的教诲，变得人情世故越来越淡漠，甚至连家乡活着的亲人们也漠不关心，过着孤独寂寞不太与人往来的城里人的封闭日子，不求人也不愿帮人。

几杯酒勾起了许多乡情。借着酒劲儿，我说烧就烧吧。一点儿都不是相信九泉之下的亲人能收到钱什么的，就当开追悼会或向烈士墓献花圈那样，完全是为了提醒和教育自己。

岳父和老姨见我真的同意了烧纸，竟受了莫大感动，说我是党员干部，亲自去烧纸叫同事看见不好，想叫我买来纸他们替我去烧。中国老百姓的心好赢得，你只要真心实意和他们一道办两件他们要办的事，威信马上就有了。烧纸这事我不能在长辈面前搞特殊化，再说，给自己父母烧纸的事怎能由别人代替？我真的买了黄纸还有印着冥王府银行副行长关羽像的大面值阴曹纸钱及纸香，一一分好写了已故亲人的名字。岳父年纪太大，我没让他下楼，只由老姨指点着到楼外选择地点去烧。

老姨领我到了大街上，她说烧纸必得在路口才行。

夜色下，大大小小的路口燃着无数纸火。那跳跳跃跃的无数火焰映着跪着的蹲着的无数烧者，也把我被酒兴刺激起的乡情撩拨得更加浓烈。我按老姨说的规矩也选了一处路口蹲下，将纸钱一一摆好。老姨认真地划定方位，又弄过小小的仪式，让我烧一份就叨念一下收钱人的名字，再磕个头。她说不叨念一下名字会被别人收去的。

我仍不可能把老姨的话当真，不过受了她虔诚劲儿的感染，想起了小时候奶奶领我们上坟的情景，不免愈加激动。父母生前的样子和嘱咐过我的话历历在目声声在耳，他们真像站在我眼前了一样。我父母都很不幸，死得也都很早。他们生前受过亲友们许多帮助，但因无力回报而生出许多亏欠和遗憾。记得小时候不识字的母亲曾对我说，你长大了能当个队长就好了，咱家就也能帮别家办点事了。母亲说的队长其实指的不过是生产队的队长。我家住在一个镇上，亲友们大多是镇里蔬菜生产大队的社员。我家的许多困难都是蔬菜队的社员尤其是队长帮助解决的，队长是我二舅，母亲的弟弟。母亲说的能当个队长就好了，就是期望我能出息得管点事，像二舅那样有能力帮大家做点事。父亲是教书先生，他没有说出当家庭妇女的母亲的话，他的嘱咐是一定要读好书，考大学，有出息。蔬菜社的人们生活都很富裕，但不重视读书，因而没出过什么像样的人物。父亲和母亲虽然说法不一样，但目的都是期望我能出息成个有用的人，不光自家有用，而是对大家也能有用。现在我在家乡人眼里算是出息成个人物了，不然怎么会千里迢迢搬了岳父来求我办事呢？现在我能办点事了，却越来越不愿替人办事了。想想小时候家里日子艰难求人的难处和得到人帮助时的感激之情，现在真是有点辜负了父母的教诲和期望，且不说党和国家的要求了。本来生活上比一般吃住都犯愁的老百姓已好得许多，但还总是发牢骚，不肯尽全力为大家做事，真是有点忘本有点对不起父母，要得病呢！

面对烧给父母的纸钱这样一想，既悔又悟，还突发出一个奇想：这么多烧纸的有没有人想到给雷锋烧点呢？他可是没有亲人和后人了。他一生做了那么多好事，若烧纸的人里没一个想到给他烧点儿，那有多悲哀呀。

于是我把已划着了的火柴又吹熄了。我从那些分叠好了的纸钱里又分出一份，再用笔写上雷锋收，然后才一一烧了，并且一一叨念了请他们收钱的话，还给他们磕了头。我无意恢复什么迷信礼仪，只是为了展示一下自己的诚心而已。我还想，给雷锋磕头也是应该的，他60年代去世时就二十二岁了，到现在也是长辈了。

老姨边烧边说我心眼好，还赞同说真是该给雷锋这样的好人烧烧纸了，来沈阳的火车上那些青年人就瞪两眼看我们这么大岁数的人站了一路。

我没再说什么，也不想说什么了，只是默默反思着自己。父母活着的时候盼我有出息，用古人的话诠释一下不就是期望我“生当为人杰”吗？为人杰而不为人民做更多的事情，你这人杰有什么用呢？

清明节那夜的纸，我烧得十分虔诚。之后我回了趟故乡……

（原载2014年4月6日《解放日报》朝花时文副刊）

过 年

过年，就是把周而复始的漫长日子，集中几天，过成最隆重的日子。漫长日子中，最值得隆重一过的，是冬天和春天相交的节点，从这节点开始，春天来了！所以，过年就是过春节！！这与由西方人过出来的那个不咸不淡后来我们也跟着马马虎虎过一过的新年不同，这是中华文明最富希望的日子，谁不欢欢喜喜地盼！！！

孔子却曰：“君子有三戒……及其老也，血气既衰，戒之在得。”“得”之戒，于诸事多已力不从心的我，圣人不提醒也早开始自戒了，唯过年团聚这一“得”念，怎么也戒不了。我家是典型的独生子女之家，儿子儿媳都是独苗，我和老伴都上无老人，下只有一个幼儿园小班的毛童孙子，我们天各一方，过着最简单家庭的清静日子，有能力不戒之得，也只有以独生孙子为核心的“三国四方”过年团聚了。眼下中国，到处是六颗行星绕一颗恒星转的独子家庭圈，圆满实现这一团聚，并非易事。

比如蛇年（前年）春节，我高姿态精心拟定了个团聚方案，让儿子一家三口先到岳父家过年三十，初三再回我家拜年，初四“三国四方”到饭店大团聚。可亲家母年三十就说了我儿子：“年夜饭哪有在岳母家吃的？！”儿子初一早饭没吃就留下妻儿只身回到我家。我老伴又说儿子："大年初一回家，哪有不领媳妇的？"初三过后，以独生孙子为核心的"三国四方"到饭店团聚，两家管钱女长辈又都抢着结账，实际是抢单生第三代的所属权。老伴说："怎么着孙子是跟爷爷姓，这钱该奶奶掏！"亲家母则说："人家香港兴双姓了，姥姥掏奶奶掏都一样！"

"三国四方"聚过后，儿媳才领孩子到我家拜年。人际关系尚属蒙昧的小孙子，在母亲指导下给爷奶磕过头，老伴麻溜递上红包说："大孙磕个头奶奶给一千元，明年早点来磕，奶奶给两千！"儿媳比婆婆心灵嘴巧："妈，这一千也别给了，他姥已给了两千，小孩崽子，太惯了不好！"

老伴觉得儿媳明显是在表扬亲妈，岂甘示弱："姥姥给两千，奶奶咋也得给两千五啊！"我怕婆媳俩的弦外之音弄坏了过年气氛，忙从中和稀泥："两千五，就是十个二百五，多难听，干脆奶奶姥姥都两千得了，省得分出亲疏！"老伴多添了一千，却落了个后进，过后叨咕好几回，嫌儿媳占了婆婆的便宜又抢了上风。

去年（马年）团聚方案我不得不又有修改：年三十和大年初一，以老人为主，子女都在各自父母家团聚，孙子随母亲先在姥姥家；初二孙子和母亲一同到我家团聚，初四再随父母到姥姥家团聚；最后是初五的"三国四方"大团聚。

此番修改，虽略显我家高姿态，却并无上下风之嫌，所以"三国四方"顺利通过。万没料到，初二一见面，我家养的那只比猫大不了多少的小黄狗，和小孙子隔门槛就打起来了。孙子是奶奶的掌上明珠，可更是妈妈的掌上明珠。而我老伴真正的掌上明珠，已是退休那年一直养到今天的小狗了。

老伴早我退休好几年，难挨的孤寂中，小狗成了她亲儿子，两个真是相依为命了，吃饭、散步、看电视、听收音机、接电话，连上厕所都形影不离。养个狗不比养个孩子省多少事，喂，遛，洗澡，按摩，病了送医院打针吃药。她病了，它也乖乖趴床边给舔手舔脚，还不错眼珠相互瞅着哼哈说话，不禁令我自责：女同志退休早，我又常出差，刚养狗时儿子还没成婚，不然她定会把狗叫成孙子的。待有了孙子，她想改口，一怕儿媳怪罪，二是已被她叫得让改也改不了了。我退休后，跟着叫来叫去，也成了狗爹，旺旺在哪儿受一点屈我也心疼。

马年初二那天上午，满院红毯似的爆竹屑没扫完，小孙子一只脚还在门外，刚迈进门里的另一只脚瞬间被扑上前的旺旺摁住，旺旺大吼着不许陌生人进屋。儿媳以为儿子被咬着了呢，抬腿踢了小旺旺一大脚。这下有戏了，婆媳俩都爱憎分明抱起自己儿子看伤。其实两个皮实儿子都毫发无损，不过色厉内荏认真争宠罢了，却使两位母亲露了馅。

先是儿媳脱口骂了旺旺："这狗崽太霸道啦，看咬破没有，破了赶紧上医院打狂犬疫苗！"儿媳骂狗不看主人，刺激老伴也一箭双雕："现在这些独生孩子和狗一样，都不懂事，一点都不让份儿！"然后才抱过孙子说："旺旺从没咬过人，谁惹着了才叫几声，不过等于骂两句是了！"我摸着孙子的脚和头，殷勤献儿歌："摸摸脚，没咬着，摸摸毛，没吓着，宝贝孙子春节快乐！笑！笑！笑！"然后把孙子举上脖梗让他当马骑："马年到，老虎笑（孙子属虎），孙子骑着牛魔爷（我属牛）跑，不用扬鞭自奋蹄噫啊呀呀乐滔滔！"

孙子破啼为笑，狗儿子却又一蹿老高与牛脖上的孙子大叫争宠。儿媳乐得话不得体了："真像大家说的，一有了孙子，爷爷也成孙子啦！"儿子连忙批评暗含女权思想的媳妇："别瞎幽默了，你生个儿子倒变爹了似的！"

我和老伴违心将狗关进早已不用的铁笼子，怕它继续争宠乱叫，多放了几块羊肝（旺旺最爱吃羊肝），一家人才消停下来，开始弄饭。老伴私下没少跟我埋怨，孙子快三岁了，还没闻过儿媳做的饭味儿。所以我悄悄让儿子叫上媳妇包饺子，而让老伴哄孙子玩。老伴怕儿媳腹诽她摆谱，哄了一小会儿孙子就扔给我，给儿媳打下手去了，不仅主动往饺子里给孙子包福币，还特意烧了一盘儿媳最爱吃的海鱼。人怕敬，不怕横，儿媳也炒了一盘婆婆特爱吃的竹笋。我一边看他们忙活，一边给孙子讲老人与狗的故事，气氛慢慢变得其乐融融。我讲一条小狗每天到车站迎送主人上下班，风雨不误。老人死在外边了，小狗不知道，仍趴在车站等，直到自己也死在车站。人们在车站为小狗立了一座碑。

孙子听得流泪了，问我："旺旺也天天送爷爷上班吗？"我说："爷奶都不上班了，旺旺给爷奶做伴儿！"孙子问："爷奶咋不让儿子做伴呢？"我说："爷奶的儿子是你爸！你爸和你做伴，爷奶只能和旺旺做伴儿了！"我又问："旺旺和你爸都管爷爷叫爸，你爸管旺旺叫啥呢？""叫儿子！""不对。旺旺七岁了，等于人五十岁了，你爸该管旺旺叫哥哥！""那我也叫它旺哥！""你该叫旺叔！""它咬我，我不叫旺叔！""你好好和它玩，它就会和你好，不咬你！"

一桌子饭菜摆好时，老伴喊我和孙子吃饭，笼子里的旺旺又嗷嗷叫起来。每天一说吃饭它就跳到桌前，和我们同吃的。此时老伴想放狗出笼，奈于儿媳没开口，没敢发话。儿媳想到老人与狗的故事，又想到我和老伴的身体，忙问婆婆：“妈，把狗放出来吧？！”孙子纠正他妈：“旺旺是我旺叔，不许叫狗！”老伴激动得捧起孙子的脸，亲出了一串响。儿媳亲手放出旺旺，孙子抓了一把羊肝，叫着旺叔迎上去。旺旺受宠若惊，尾巴摇得被旋风卷了一般，叼了羊肝蹲到桌边。我提议干杯时，孙子特意往他旺叔的肝碗里倒了口红酒，喜得老伴也端起酒杯，先敬起儿媳来。

马年春节过后，常听老伴指着床头孙子的大照片反复和她的旺儿子谈心：“妈的旺宝听明白没，你北京虎侄，羊年还会回来给他旺叔拜年，会给妈的旺宝儿带好多羊肝儿呢！羊年有的是羊肝，盼不？”旺儿子像真听懂了，尾巴又像被旋风卷起来，使劲向上摇晃。我童心勃发，早忘了孔圣人的戒示，忙不迭替狗儿子作答：“盼！盼得我把上海文艺出版社新出的红彤彤的《日历诗》都翻卷啦！”我是讽刺老伴，是她把红宝书似的红皮《日历诗》放于床头，没事就翻开念一遍，当然是念那首《农历春节·兔年》，她的北京儿子属兔，她一个心窝里装了大小好几个“动物”呢！儿媳也给婆婆打过电话，说孙子总叨念，盼羊年快点到，好回沈阳给旺叔和爷爷奶奶拜年。

2015年1月17日写于沈阳听雪书屋

（原载2015年2月18日《解放日报》朝花时文副刊）

孙子的旺叔

清早的梦刚萌生几片醒芽儿，一只小爪便开始轻轻挠我耳朵。是旺旺悄无声息跳上床叫早了，这既是在行使我赋予的权利，又是在完成它自己的任务，也是我俩之间微妙的默契。家里总共三条生命，经长期磨合，已默认了这样一条规则：旺旺每天两次出楼解便并健身，早晨这次由我陪伴，因我的晨练计划也可一并完成，傍晚那次则归妻子，几乎雷打不动了。所以旺旺会每天早上在我将醒没醒时，耳语般把我哼唧醒，不奏效才用爪轻轻地挠，仍不醒再用舌尖舔我鼻孔，还不醒则换为以脸相蹭。今天旺旺舌尖刚触到我的鼻尖，我就醒透了，细嫩鲜毛尖茶似的醒芽儿迅速毛峰般蓬勃到全身。我会终生感激小东西与我心有灵犀一点通的默契，不然自己后半生的健身计划，会因意志不坚强而落空的。因此旺旺既成了和我为伴儿的小儿子，又是我落实健身计划的监督员，更难得，旺旺比衬出我灵魂深处不如狗的某种东西，比如忠诚和责任感。这一点，我不能违心全然赞成自己非常敬仰的鲁迅先生，狗在先生嘴中基本是贬义词。我却觉得，狗对主人或朋友的忠诚，比人强。当然，旺旺对我和它狗友的忠诚，也是牢牢混凝着自己的利益和感情的，不如此，怕是伟人和圣徒也无法忠诚。无论人还是狗，危及到我了，旺旺必定奋不顾身冲上前，同样，我也为保护它而注射过四次狂犬疫苗呢。

见我睁开眼，旺旺立即摇动那束满街难得一见的尾巴。那尾巴，有点像法国或俄罗斯金发女郎的垂肩发，但要比她们的垂肩发更飘逸。其实旺旺的尾骨只有两寸，而尾毛却有一尺多，在屁股上打个半环形弯，再垂下来，站着不动时，很像画中黄河壶口某条瀑布静止着，而一抖动起来，远看则像真的壶口某条瀑布了。不仅头回见到它的要惊叹一声，就是常见它的，仍是每见一次还要不由自主赞美一番。

我刚穿好外衣，旺旺已把袜子和鞋叼到脚边，刚走出卧室，旺旺又把牵它的狗绳叼给我。我接了绳，它又叼了门口的垃圾袋，准备带下楼，这是它自己揽去的任务，坚持多年了。在助主人为乐方面，旺旺甚至和邻居家叫有俩名的来福并闹闹有点比赛较劲儿的意思。我家旺旺身子太小，只能叼点不超过它体重三分之一的垃圾袋类的小东西，见来福并闹闹竟能拉一辆小车帮主人上早市买回一二十斤菜，不免眼馋也想干点拉车买菜类大事，终不能，我便买了辆买粮菜用的小手拖车，把旺旺和米菜都放车上拉着，才为它争回一点自豪感来。但它听过几次路人评价它坐车的口气并不像评价来福并闹闹拉车那口气满含褒义时，便不再坐了。

天还没大亮。窗外下雪了！日历提示，今天星期六，立冬。

立冬当天的头场雪，与双休日凑在了一块，这就像春头的雨和阳光凑在一块了，水灵灵暖烘烘把我一身蓬勃醒芽催成漫山遍野的花儿，强烈地想要伸展和盛开。加上外面车和行人极少，我索性不给旺旺拴它叼起的狗绳了，也不让它叼垃圾袋了。让我俩尽兴过个立冬节吧。

还没起床的妻子迷糊着叮嘱我，别忘拴狗绳牵着旺旺走哇！

我没按妻子的吩咐给旺旺拴狗绳，而是抱起只有五斤多重的旺儿子，噔噔噔跑下楼。楼门一开，没拴狗绳的旺旺蹭地从我怀里飞进雪地。金黄矫健的小身子，一下就拖直了那束飘逸的长尾巴，一艘金色小艇拖着一尾黄浪似的，在白海上直线飞驰。我被这精灵般射出去的箭艇牵引着，飞机样跟着俯冲出去。

雪地像一天白云。飞机追随箭艇，一忽儿冲出大院。

院外的雪海只极少的车痕和脚印，我便既没像每天那样按妻子叮嘱牵着旺旺慢慢走过马路，也没下达精心训练出的那句“跟跟”口令，就由它心情，先我飞过马路，到了洮昌河边很长的带状公园。公园还没脱光叶子的丁香、白杨、皂荚、榆、枫、垂柳和迎春，都格外兴奋地压抑着自己，风来了也不动，似怕抖落难得的一身雪。旺旺急忙钻进林间树下的草丛，匆匆解便。它已养成习惯，不在屋里撒尿，也不在院里院外的路上解大便，实在憋不住了，在路边或谁家门前偶尔为之，也会哼叫几声或直接拽我裤角，催促把它的粪便清除。它身材瘦小粪便也瘦小，收拾一下，不过撕块纸头摘片树叶的举手之劳，再加弯一弯腰的事，许多养狗者却不肯弯一下自己高贵的腰，卑贱的腰也有不肯弯的。因而，旺旺这一小小举动，每每令人感动。有时它还会对凶巴巴的大狗趾高气扬随地大便不满，生气地吼吠几声，也让我们一些狗主人不好意思随地吐痰了。

旺旺在林间草丛解完手，我俩一同顺河床斜坡下到河边人行道上。河边小道比大马路诱人多了，残疾老人也常来这里遛弯。平日，遍是花草的斜坡上，有觅花粉的蝴蝶，有寻草籽的鸟，坡下的路上，也有遛鸟老头并闲看河中游鱼的老太太，还有往河里放生鱼鳖的教徒，以及什么教也不信的随放随捞者。所以，路边的草坡更为诱狗。旺旺被诱惑得在雪盖的草坡上拐着曲曲折折的Ｓ形弯，头几乎不抬地嗅着雪下的味道，不用问，肯定是它同类尤其异性的尿味，无疑那是它心中最美的味儿。旺旺弯弯曲曲欢快地嗅着，还没忘不时回头看看，与我保持着不超过十米的距离。这让我十分放心，没车，没狗，没人，也少有地没霾，丝毫没啥可担心的。我只管尽情深深呼吸清新空气，频频伸展四肢，不时一次次下蹲起跳，偶尔纵情吼上一嗓子，不觉到了每天必经的一座公路桥下。要是平时，我一定喊着“跟跟”，带旺旺通过大桥到河对岸去，那是这一带最好的林荫散步路，由并行的高铁线路和洮昌河夹着，十分幽静，也特别安全。今天却正好赶上与大桥垂直交叉的高铁路被拦住，高铁马上要开过来了，桥上积了些车辆，我便喊住旺旺：“回来，不去河那边啦！”旺旺一下就转过头来，乐颠颠低头往回嗅。也许，这正是它盼望的，因快到桥头时雪坡上出现两行狗脚印，一行小狗的，一行大狗的，只是脚印，没见狗影。狗脚印下必有狗味儿，旺旺顺着那趟小狗脚印认真往前嗅着，看那兴奋劲，肯定是它认识的小母狗。有狗友的味道吸引着，旺旺更会嘴不离地，用不着担心它乱跑了。过了一会儿我还特意回头看了看，旺旺仍专心致志嗅着。我忽然眼睛一亮，惊喜地发现，旺旺埋头而嗅的那块草坡上面，有一簇树木掩映的迎春花开着。今天立冬啊，满地白雪，迎春花怎么会开？年年都是初春时候顺着长长河岸，一条金色长龙似的开向远方，怎么偏这一簇开在冬雪里？几时开的？怎么会开呢？

旺旺金黄的小身子，也像一束黄色的野百合花，移动着开向那簇蓬勃的雪迎春了。我骄傲旺旺那一身美极了的金黄色，甚至觉得雪中那簇迎春就是为迎合它而开的。这小东西与我远方的小孙子同样可爱。小孙子头回来我家过夏天时，两个小家伙都不懂对方在主人心中的地位，互相争宠。小孙子乐乐，要踢被我和妻子叫了多年小儿子的旺旺，七岁的旺旺龇起牙，冲三岁的乐乐发怒，一时弄乱了家里的生活秩序。我和妻子不得不当即论辈立法，让乐乐管旺旺叫旺叔。但睡觉时叔叔却没有侄儿待遇高了，乐乐跟奶奶睡，旺旺却改跟我睡，这让旺旺难过了好些天。但由此加深了我和旺旺的感情，也促使旺旺开始以旺叔姿态，克制自己，再不与乐侄儿争宠。带他们两个一块玩时，旺旺凡事都让着点，感动得我和妻子常抱起它亲不够。

已运动出一身热汗，该回家了，却不见旺旺的身影。我喊了好多声，仍不见。旺旺是最最普通的狗名，所以起这种名，图的是随俗好养。若在平常，尤其是夏天，当街一喊，准会同时有不少只旺旺向你张望，但眼前，连自家的旺旺也没应一声。我爬上坡顶张望了一会儿，仍不见影，以为它顺路往家的方向走了，以前有过这种情况。我便顺来路走走喊喊，到了院门口，还是没见影儿，我又顺路往回找。往返两趟，仍没影。后来这趟，快到开着那簇迎春花的地段了，我想可能是回到屋门口等我去了。刚要转头回家，我的眼睛突然被前面有人捧起的一团黄光刺中，我不由遭电击般喊了一声旺旺。

没有回音。

我狂奔过去。

真的是旺旺！

旺旺被一男子捧着，那束比金发女郎垂肩发还飘逸的尾巴垂下来，丝毫也不摆动了。一绿头巾少女跟在后面，他们一同向林边那簇迎春花走去。

我没有勇气细看已闭上眼停止了呼吸的旺旺。男子说他是环卫工人，亲见一辆摩托车撞飞了旺旺。绿头巾少女哭得满脸是泪，抽噎着告诉我，旺旺和她家也叫旺旺的小母狗是朋友，是我妻子遛狗时认识的。她刚遛完自家旺旺进了大院，遇一大恶狗拦截行凶，我家旺旺立即奔过去打抱不平，被大凶狗粗暴追咬，她家旺旺幸免于难，我家旺旺才惨遭车祸。我深信少女的话。我家旺旺以前就因替同院小狗友打抱不平，遭一大凶狗咬住肚皮甩出好远。那次，受伤的旺旺二十多天没能下楼。

旺旺啊，北京的乐乐还盼着过春节来给你拜年，和你玩呢……我终于控制不住哭出声来。

我不怪罪旺旺为了另一个旺旺而丧生，也不敢抱旺旺回家让它“妈妈”再看上一眼，只痛悔自己，光顾锻炼而忽视了对它的监护。我哽咽着，在绿头巾少女和环卫工人帮助下把旺旺葬在那簇迎春花下了。环卫工人说他信佛，执意为旺旺挖了墓坑，并用他自己的上衣为旺旺裹严了身子。少女把自己鲜绿的头巾盖在了旺旺身上。我们一同为旺旺培好坟土。少女说，旺旺是烈士，明年开春，她要在坟前再植一簇迎春花。我也在心里说，那时，我也要领上远来的小孙子乐乐，一同到花前看看与他争过宠的旺叔。

2015 年 12 月 25 日　圣诞节　于沈阳洮昌花园听雪书屋

（原载《散文百家》2016 年 8 月号）

第三辑 风情

听雪书屋

我没敢把自己的书房叫成斋，是觉着斋学究味浓了点，感到自己不配。古学底子不厚，又热爱新生活，干吗叫文绉绉的斋呀。若直接叫成书房，又觉过于没味道，于是便按自己的情调命名为听雪书屋了。

可以说我有恋雪情结。小时候生长在黑龙江省，参加工作到了吉林省，尔后一直在辽宁，都是多雪的东北。这几年雪少了，越是如此我便越珍惜从前雪留给我的记忆。我长这么大，性格中有多少雪的营养真是说不清了。所以我的不少作品也下意识涉及到雪，甚至连文章名都带了雪字：《雪夜童话》《因为无雪》《雪国热闹镇》《风雪撩人》《雪黑雪白》等。

多大的雪我都喜欢。雪下着的时候我愿出去走走，仰脸看雪往不怎么干净的人间来时那美丽的姿容，尽情让雪落在脸上，落进脖领里嘴里还有眼里。那是全身心欢迎雪呢！雪后我更愿意长久地散步，那既是检阅雪又是在用雪涤洗自己的心境。我一看大雪蝶舞着飘落时，身和心便都激动不已。雪停了，整个世界都被它笼罩出一派高洁。用心地看一看那朴素清白自信的大雪，你浮躁污浊低俗了的心境能不宁静下来圣洁起来吗？

听雄健大风时的呼啸雪声，固然是种享受，但能听见无风时的落雪声，那才是一种修养一种锻炼一种功夫，非有一种很高的境界不可。看雪浴雪踏雪吃雪玩雪都不难，唯有听雪太难。听雪其实是一种寻求和期盼，不是爱到极处绝对听不到的。一般听到的也不是雪声，而多是与雪捣乱的风声。世风太嘈杂利欲太熏心了，能听见雪声的人才能潜心读书写作。为此我挂了听雪书屋的招牌来告诫自己，一定要修炼听雪的功夫。雪实在是太美了，她的哪种状态没有诗意呢？落时静时白时黑时都应听见她的呼吸声。我现在还没有做到。我应该做到。我相信我能够做到。我正在努力做着。其实我曾偶尔听见过的，不仅在夜深人静时，有时就在嘈嘈杂杂的青天白日下。所以我才敢把听雪书屋这几个字叫人题了正式挂出。

我的书屋就这一个名字，没变过，房子倒是随着搬家变动了几次。1978 年我因工作调动，家从长春搬到沈阳。一个远离故乡又调动了好几个驻地的军人，身边没有多少书，也不可能有个专门书房。到沈阳已是粉碎“四人帮”后了，我又从文化部调到创作室当了专业创作员，便把两间同等面积的屋子腾出一间专门做书房了。专业创作员就是现在所说的专业作家，坐家里写作就是上班，那书房就等于我的写作办公室了。先是两个书柜，后来一次买了五个新的，自己又请人个个接上一截，便顶天立地排了满满一面墙。另一面放了张大写字台，再最节省面积地放了一张床。窗台养一盆不开花的花，只看它富有生机的绿叶就行了，开花的花都不好养，我没那么多闲心伺候。

1989 年春天搬到一套三间的房子了，我就挑了最大且通阳台的一间当了书房。房里的布局和原来大致相同。略有不同的是，原来是长方形，五个书柜正好排满一面墙。这回是正方形的，有个书柜就拐了个弯儿。还有一个不同是，原来住二楼且没有阳台，这回是六楼高高在上又有了阳台，读书写作累了不用下楼就可到室外透透气望望风蹦跶一会儿，黑天白夜都不影响别人。因此我在通阳台那侧窗下放了一对小沙发和一只小茶几，自己读书时舒服，朋友来了也方便。这样就显得比原来紧巴了。我因地制宜搞了一次“改革”，把原来过于宽大的制式写字台桌面扔掉，留其两只箱腿，横放在拐弯那书柜一侧的空墙处，再把一张腿可折叠的木床折了腿放于其上，便成了占地面积虽大，屋子却显宽敞，而且可以当床的一张既独特又大方、既节约了空间又很实用的特大书桌。上面压张两米长的千人合影照片都可以，写起东西来顿觉心胸格外开阔舒展。再就是比原来那间屋子又多养了一盆花，仍是不爱开花的那种花。从外在变化看，就是自制的特大书桌旁又多了台电脑。

1993 年，我既转换了工作环境又转变了生活环境，转业到地方作家协会工作，但四间带厅的新房子仍是部队分给的。我图站得高看得远心里敞亮，特意选择了既不顶天又不立地还高高在上的七楼。站在窗前一望，瞭望塔似的，眼界好开阔啊。深夜灯还不熄的话，我那屋简直就是灯塔嘛。我选了面南通连阳台那间我认为最好的房间做了书房。房里布局基本没变，连一应用具也都没变，只是书房的方位由原来朝东的厢房变为朝南的正房了。还有，因儿子已不弹钢琴，我把钢琴放于书房了。我不会弹琴，但放了它似乎屋里添了琴韵。再把电话放在琴上，琴离电脑桌很近，铃声一响犹如琴声响了。我曾在书屋楼下拍过一张沈阳下大雪的照片，那雪大得把自行车轮埋住多半截。即使这落地的雪，潜心听来也能听出吱吱的叫声来。我于听雪书屋编辑出版的第一本散文集，便是《高窗听雪》。

1998 年 3 月 21 日写于沈阳听雪书屋

（原载《时代文学》1998 年 10 月号）

冰峪的山羊

冰峪山上的羊长没长胡子我并没看清，但第一眼看见它在云朵之上立陡立陡的山崖间壁挂着的叫人仰慕的身姿时，我却立即惊呼着认定了，那才是真正的山羊。以前我见到的所谓山羊，都是在平原的田头河沟，或草原的草间，顶多也是在大、小兴安岭啊长白山啊还有电影里陕北黄土高原那缓缓的山坡上，我只是从它们长着老人似的胡子而区分开它们是山羊的，其他感觉一点也没有了。而冰峪的山羊长没长胡子我都认为它是真正的山羊，关键在于，它是真正生活在山上，而且是生活在真正的山上。

冰峪是辽宁庄河市的一个国家级自然风景区（当地人叫它冰峪沟），它的风光之独特，在北方当数一流。山姿有点像张家界，又有点像桂林，水色则有点像九寨沟，但整体又谁都不像。辽宁人尤其当地人便号称它“北方小桂林”。对这说法我不认为高看了冰峪，反倒觉得小瞧了它。它的山姿水色尤其林木，独特得简直无处可比。冰峪就是冰峪，它有全国最大的美人松林，有亚洲独有的树种，还有震旦纪冰川运动形成的世界第一的独立斜岩（比比萨斜塔倾斜度还大）等。这就足够了，何苦拜倒在南方一些山川脚下叫什么“北方小 × ×”呢。就堂堂正正自自豪豪骄骄傲傲叫自己的名字就是了。可是当地一些人却缺乏自信心，非把广告做成了“北方小桂林”，并据此把个天天然然独秀无二的山水进行了一番装点。如人一样，轻妆淡抹地稍事打扮一下是会增加美感的，但若装点得过分或减弱了特色，那是不合算的。这次我们是傍晚乘船驶进冰峪的，霓虹灯把夜冰峪装点得梦幻迷离，闪闪烁烁有如大都市的灯火。入梦前还恍恍惚惚想到“装点此关山，今朝更好看”呢，第二天醒来寻觅八年前第一次来的记忆与眷恋时，发觉多少有点失落感。失落了什么呢？不见了山上壁挂着觅食的山羊。那是张家界山上没有，桂林山上也没有，而冰峪山上独有并独具价值的山羊啊。那壁挂在云崖上的山羊本身就是发人思考的一道景观。

进冰峪必须乘船在英那河上航行一段，而被英那河缠绕着的那些山几乎都是垂直而立的，腰板拔得又直又硬，任多么伟大的人物来了她也不会躬躬身折折腰。要想亲近她爱抚她，请你自己俯下身来去努力吧。可我想，除了当地个别居民，没有哪个游人会去攀援她。她实在是太陡了，不仅陡，有的甚至是上粗下细，山崖是向外悬出的，一身铮铮硬骨几乎没有肌肤似的土，小树和疏草只生在石缝间。人都奔妩媚的山水和柔美的草地去嬉戏游乐了，哪有谁爬那高高的陡陡的山崖石缝去寻觅什么珍稀之物呢？都是用眼望一望，叹两声真美真美拉倒了。可是山羊却专拣那高陡的山壁爬，上去找入云经雾精美而高贵的草，那种草肯定饱腹而不肥身。那究竟是什么草我不得而知，但肯定山下没有，不然那羊怎么偏爬到山上去找呢？在那样的山上行走锻炼，吃那样山上的净草，山羊才比绵羊苗条健美，它的脂肪不高人吃了它的肉也不会增高血脂，它的绒也又柔又直。用它五脏做的羊汤也便成了一道名菜。山羊因不同凡响的追求而具有了超凡脱俗的魅力，才使我八年前初见它碧水白云之上的身影时不由自主地惊呼起来——山羊！真正的山羊！那水是太美了，那山是太陡了，因而那山羊是太令人敬佩了。我们人呢，明明是在平原大道上舒适地活着，却不停地感叹坎坷啊坎坷。与冰峪的山羊比比，坎坷什么呀！而且山羊的一切追求最终都是为了奉献于人呢。它到高山上去吃难寻的草，生出那么精美的羊肉、羊绒，最后都给人吃了用了。不像绵羊们，因为反正是被人吃用，就不到高山上去费力了，懒散地在平原的花草间闲逛，混吃等死。

可是，冰峪的山上见不到山羊啦。一打听，原来是人为驱逐的，说山羊破坏植被。冰峪临水的山上遍是嶙峋的裸石，所谓植被不过是石缝间少有的小树小草之类，本来就当不了衣裳遮盖山体的，何况冰峪临水的山有如绝色美女，她的美不是靠花枝招展的植被装扮出来的，是靠天然风骨傲美起来的，遮不遮体照样美，并且她的美不会因缺乏植被保护而被山洪冲毁，山洪是冲不毁她的。那山羊也不是十年二十年了，那山不是照美着吗？如果内蒙古大草原上没了牛羊，她的美也会减色的，而且草原的羊啃草也破坏植被呐。想想别的办法呗。

这次没见到山羊，却见了几回羊汤。主人介绍了羊汤的许多优点之后，我反而一口也喝不下了，我在怀念山上壁挂着的山羊。冰峪很美，冰峪的山羊则为那美增添了思想，于是冰峪才美得深刻、美得真实了。

桓仁秋色

两次到桓仁，来去匆匆也不过三日，却由衷喜爱上了这地方。这么说吧，看没看过日本画家东山魁夷作品的朋友，都该到桓仁走一趟。看过的可以重新领略东山的画境之美；没看过的，在惊叹桓仁之美的同时也可大略揣度东山的画境了。桓仁秋色之美真就颇似东山的不少画，或者说东山的不少画真就颇似桓仁的秋色。

出得城来，灿烂、透明爽快而温柔的阳光，陪你沿浑江的防洪柏油大路走了多半个圆形，就开始把你往桓龙湖引了。蓝湛湛的既不肤浅又不胸怀狭窄正容纳着淘金船和不少白鸥的浑江，这么大大方方地一绕，桓仁便被打扮成三面环水一面临山的不俗之城。山有男人的英气，水有女人的柔情，桓仁便理所当然成了男人女人都喜欢的所在。桓仁的百姓人家也因此而分为两种，一种是开门见山的户，一种是凭窗眺水的户，若是有南北两个门或南北两个阳台的高楼人家，说不定既可开门见山又可凭窗眺水呢。

乘车只二十几分钟，就到由浑江截蓄而成的桓龙湖了。桓龙湖是辽宁最大的水库，四周皆五色斑斓长满名贵树木的山峦，形成了一个阔大而美不胜收的国家级森林公园。登上快艇往上巡游，立刻就用得着心旷神怡这个词了。置身澄碧平静的湖上纵目极望，以全国名山五女山为首的彩色群峦逶迤而来，这是长白山的余脉。

虽为余脉，毕竟是长白山系，所以山姿免不了带有大家气度。远看五女山主峰，酷似伟人列宁安卧于天地之间，山的最高处便是列宁宽大的额头。据说当年杨靖宇将军的抗日联军曾在这一带活动过。杨将军登没登过五女山去抚摸一下他所敬仰并按其思想而战斗的列宁的额头呢?

在船上，让人最感亲切的是那看不见却触摸得着的透明的风了。正好早上刚读过同行的丁宗皓君《阳光照耀七奶》中的《风吹过》，那是一篇美文，正余韵在口，便不时诵一句。“我逆风或顺风时，仿佛置身于河流之中，我想风和水一样，这时，风经过我时被分成两半。在我背后，它们再合而为一。风和水不同的是它比水更清澈，它的道路比水更宽广……”妙哉此言。此时令人更感谢的是通行之路比水更广阔的长风。船下的水只通行在水库里，而风，满天都是它的路啊！何况水上的风要比其他地方的风清白湿润许多。桓龙湖上的风比那些看得见的美景更令我感动。有人开玩笑说办个桓龙湖净气销售公司吧，把这醉人的新鲜空气装运到大城市去，会供不应求的。

登上湖心万乐岛的远眺楼俯瞰，小岛真的呈“万”字形。四面绿水推接远山，八面清风扑来万字小岛，深深吐纳几口清新的空气，病者忘病，愁者不知愁滋味矣。万乐岛，当用万般风姿等待着知己。从岛上远望，可见远处还有孤岛、半岛、连接岛，及楼、亭、塔、舟等，没来得及去，大概更有乐趣的。时间所限，我们不得不返回湖边吃鱼宴。

不必说满满一桌鱼宴如何了，那餐厅两侧窗口望见的秀色比名鱼更加可餐。餐厅西窗依山，看出去是一幅山林画，窗框即是画框，框中三层景色：近一层是一截泛青的粗大树干，中一层是一排大树根，远一层是一条山路。而东窗则傍水，窗口望见的也是三层景色：底层是碧水，中层是斑斓的树林（一部分树的根，一部分树的干，一部分树的梢儿），上层是蓝色的天空。我们围桌而坐的吃鱼者便是画中人。鱼中最小者为池沼公鱼，只有手指长短，但却最为名贵，远销日本，供不应求。

酒酣鱼饱之后，我们蓄足了力气去爬五女山。远看只觉这山像安息的列宁，近攀才领略了它的陡峭奇拔来。我爬过黄山、长白山、兴安岭诸山、千山、医巫闾山及九寨沟、张家界的名胜之山，但五女山都与之不同。山不在高，有仙则名。五女山有座高句丽时的古城遗址，是国家重点文物保护单位，还有关于五女仙的传说故事，此山遂成为北方名山。

时值深秋十月，五女山的满山红叶再次使我心醉了。那叶是风、霜、气温和天公一同染红的。如果用饱眼福来表达红叶带给你的美感，未免太俗了。那比火焰生动活泼许多的红叶，在黄叶、紫叶、绿叶的陪衬下，展露出无限风采，使并不出色的我们也自我感觉良好了许多。这便是近朱者赤、近墨者黑的道理吧。近美者也不能不美。

去东极迎日出

中国最先迎来日出的地方，在雄鸡样版图的鸡冠上，叫乌苏镇。这个中国东极第一镇的夏季，凌晨两点多钟，太阳就烧红的圆铁样从大地的炉膛涌动出来了。那壮观动人的情景，我已去看过三次了，所以特别想劝亲友们，也抽空去那里迎迎日出吧，做一回把太阳最先迎进祖国的人。

东极乌苏镇，在中国与俄罗斯的界江黑龙江和乌苏里江所夹抚远三角洲边上，为佳木斯市所辖。外省市的朋友不管乘飞机、火车还是轮船，都得先在美丽的佳木斯停一下。佳木斯位于松花江、黑龙江、乌苏里江汇流而成的三江大平原腹地，名字由古时的满语音译而来，意为松花江通往黑龙江口的驿站官屯。到了这座黑龙江省东部中心城市，乘船前往乌苏镇，可以慢悠悠地领略松花江沿岸的平原风光。但我觉得最好是乘汽车，因为从中国海南的三亚市直通黑龙江岸的同江市的国家级公路——同三公路正好途经佳木斯。乘车驱驰，一是快，二是你顺便也就弄懂辽阔无边这个词的真正含义了。此次跟我同行的一位诗人不时惊叹，边儿在哪儿呢，哪儿是边呢！无边无际无遮无拦的大平原一直往天边绿去，遍野豪迈地绿着的，是那些著名的大豆、大麦和小麦，还有一条一条绿带子似的白杨树。大平原长时间为你展示着她的坦荡和平阔时，还会忽然为你推出一片小山来。这小山不但没有煞风景，而且带给你一个大大的惊奇：没见一个来移山的愚公，却见被智叟建在山上的一座座巨大的白色发电风车悠悠地转着，方知道，三江平原的风力资源也相当丰富啊，可以发许许多多的电呢。车子再奔驰半晌后，你会发现，无边无际的锦绣平原仍然无边无际绿着，但方方正正的田垄不翼而飞了。迎上来的已是虽仍辽阔无边，却没了一丝人工耕种痕迹的自然保护湿地了。这是全国最大的淡水沼泽湿地，也是世界少有的原始湿地之一，珍稀鸟类和植物很多很多。

到达同三公路的起点同江市后，最好是改为在黑龙江上乘船。因为同江至东极抚远的水道，可以一路沿江北望，真真切切地饱览近在咫尺的俄罗斯风光。异国风光和边塞赫哲族风情让你饱过眼福之后，最好趁天不太黑就在抚远休息，因为这里日出得早，日落得自然就晚，等天黑透了再休息，怕要误了第二天早起看日出的。

凌晨两点钟，就得登上乌苏镇的江边哨塔了。此时太阳虽没出来，但东方已经明亮，从望远镜里可以清清楚楚望见我国东北部的极角——抚远三角洲（当地称为黑瞎子岛）了。

这个三角洲岛由 93 个岛屿和沙洲组成，面积约 327 平方公里，和岛国马耳他大小相近，相当于香港面积的三分之一、澳门面积的 12 倍。如果你是怀着把太阳最先迎进祖国的心情来看日出的，那就有必要知道一下中国的东极点到底是哪里。据抚远县志记载，1886 年中俄第二次勘界时，俄方“饰同欺异，误通为同，指通江即为混同江（黑龙江）”，另立界碑于小通江子东口，紧邻抚远水道北岸，后20余年界碑被水冲倒，俄人复潜自移于小通江东口以南距江三丈余高岸。至此，俄国已将界碑向我国境内移动90余里，立于抚远水道入乌苏里江处，黑瞎子岛因此成为“俄国领土”。1929年“中东路事变”后，苏联乘势占领该岛，造成日后中俄之间最难解决的问题之一。直至2005年6月2日，中俄两国外长才通过互换国界东段补充协定批准书，将该岛大约一半的面积归还给中国。如果按中俄现在这个补充协定批准书为准，中国的东极点该在黑瞎子岛上。但是，目前岛上的所有建筑设施和居民还都是俄国的，中国正在抓紧筹建自己的港口、旅游、边贸、房地产、休闲等开发项目，所以我们暂且只能在乌苏镇迎接日出。

二十多年前我第一次来时，曾以该镇为背景写过一篇小说《雪国热闹镇》，其中有一段是这样说的：“热闹镇！唉，怎么说好呢？自豪点说，可以叫它祖国东方第一镇——再往东一点就是外国的村镇了……从自然风光讲，热闹镇称得上全国最美的镇。这不是吹，哪个镇出门就是江——两国共有的大江！鲑鱼是全世界稀有之物，而这里秋天一网就能打上十几条，其他鱼更不在话下了。夏天在江汊子上并排插两根棍儿，不出半天保证就能夹住一条。镇子就在大江和江汊合拢成的柳叶形小岛上。岛后边的柳荫下有成对的鸳鸯和野鸭子，岛上的树林里还能采蘑菇、木耳，花儿可海了，到处都是。离岛不远有山，獐、狍、鹿、熊都有。到了冬天，壮观的雪景则更是无与伦比。从军民比例情况讲，这个镇大概是全国驻军比例最大的镇——全镇每个居民竟平均有五个士兵保卫。如果从居民人数讲，热闹镇恐怕是全国最小的镇了，不然镇长女儿的诞生怎么会使全镇人口增长了百分之五十呢……说明白点吧，热闹镇驻军最高首长只是一个班长。大概谁也想象不到，全镇除了这一班兵外，只有一户居民，两口人，不仅‘热闹’二字徒有虚名，‘镇’字也是滑天下之大稽。所谓镇长，就是寂寞透顶的战士对那一家之主的戏称……”

可一百多年前的乌苏镇却不是这样的。据史料记载，民国初年，这里十分繁华，有八九家商号、十余个杂货店，还有邮局一所，烟馆、妓院多处，住有 1500 多人，以与对岸俄罗斯人进行货物贸易为主，而且这里集散的货物品种十分丰富。1929 年“中东路事变”爆发后，东北军三营 100 多名将士为保卫该镇全部壮烈牺牲，镇子被苏联占领。现在的乌苏镇又热闹起来了。我那篇小说《雪国热闹镇》在全国获奖，多少为乌苏镇提高了一点知名度。最主要是后来我国的改革开放政策，尤其是胡耀邦同志到黑龙江边防视察，为乌苏镇哨所题写下“英雄的东方第一哨”并立了石碑后，这里通了高等级公路，逐渐成了热闹并且有特色的旅游点。

现在，凌晨两点十五分多了，让我们和哨兵一同迎接太阳吧。看，江东岸山梁上出现了一条微红的彩带。不一会儿彩带之上慢慢鼓起一个红红的半圆。半圆越来越大，很快就变成一个粉红粉红的火球了。霎时，山下的江里映出一根通红通红的火柱，好似孙悟空的金箍棒被烧红后从山头直插下去，而从江底露出长长一截来，那一截红色的火棒似直立在江中，好壮观噢。过了一大会儿，太阳跳离开山顶了，便有光芒朝我们四射而来。于是太阳便被我们用火辣辣的目光迎进了祖国。

黑 龙 江 漫 游 日 记

可以说黑龙江是全世界最令我着迷的流水了。不是因为它的清澈、纯洁、冷静、内向和稳重，也不是因为它的高贵和富有，就因为它连着我的家乡和一大片原本属于自己现在却属于异国的黑土。

由于黑龙江是这样一条江，我上学时的外语课本才得以是俄语，我最喜爱的外国文学才得以是苏俄文学，我唱得最动情的外国歌也才得以是俄罗斯的。由此我曾多次奔到黑龙江边漫游，并无数次站在江边的某一处向神秘的对岸眺望。这几则不按时间而按地点顺序连缀起来的短文就是从几次漫游黑龙江的日记中摘出的。

两岸鸟声啼不住

1978 年 6 月 7 日　星期三　吴八老岛

早三点多钟起来到吴八老岛上看日出。江对岸正好是东。江东透出微红曙色，低空云下方已镶上金红的边儿，说明太阳离地平线不远了。江上是乳白色的浓雾，宽阔的大江被雾遮得严严实实，那雾又弥漫了岸边的树林和一块块庄稼地边才停下。

三点半钟，太阳像烧红的圆铁在雾蒙蒙的林子上面露出头，起初像一牙儿没有籽的红西瓜瓤，三两分钟后升高，上边被云遮住，下边被地平线挡住，两头齐，像平面里望去的一面红鼓。五分钟后，下边圆，上边齐。五分半钟，一条带子似的蓝黑的云拦腰把太阳分成两块。六分钟时只剩上半块。七分钟时像只金红色的圆灯笼。八分钟时便整个跳出来了，上面只绕着缕缕暗纱样的云，下面是粉红的霞。那霞极柔和，没有成道的光线。九分钟时太阳十分地圆，十分钟后就不怎么圆了。

就在太阳有点不圆的时候，苏联那边一头牛叫了几声，哞——哞——哞——！狗也跟着叫了。不一会儿，我国这一边也有牛、狗和鸡呼应着叫开了。

两岸畜禽激动的叫声中，太阳下面的林子渐渐显现出层次。江岸的墨绿，远一层的灰黑，再远一层的灰白。十五六分钟之后太阳已升起几丈高，变成耀眼的金色，又被薄薄的云罩上，像是中秋节的月亮，并清晰地有着边缘，非常圆，不一会儿又隐进云雾中一点儿看不见了，江岸的雾随之变成粉红的纱，林子的层次也没了，林子也没了。苏联那一岸的天空变成烟灰色。烟灰色的云都在那一边，吴八老岛上空只挂了个边。回头往我们这边看，远天的云彩镶了金边。

近四点时，南边过来了浓厚的黑雾，不一会儿就扑上吴八老岛，把南端的那座木头房子和房子附近的航标、麦地都遮住了。

江水比昨天涨了许多。一只蛙的叫声好长时间响一下，传得很远，很脆，听来真像喉咙里含了水。一只老鸦不好听的叫声时而响一下。

就在我边看边记的时候，“小咬”不停地咬我脸，划拉下去一群又上来一群。

四点十多分时雾更重了，江对面什么也看不见，连我站的岛也只能看出不远，身后的山也被吞没了。我只好注意看眼前。一只特别大的长腿鸟在麦地里走，身影像野鸡，却比野鸡大好几倍，嘴和头又有点像鸭子。一飞，翅膀又像老鹰。眼下草丛里花儿太多了，芍药、狼毒、马兰、黄百合、红百合、水耗子花，还有不知名的白花……

四点半钟太阳就很高很高啦。太阳一照便可清楚看到，雾浓得像下绵绵细雨，不一会儿就把我手里的本子浸得潮软了。

五点多钟，苏联那边的拖拉机声传了过来，他们已有人下地干活了。看来人家干活比我们起得早哇!

中国籍的苏联老太太

1978年6月8日　星期四　三合村

没睡午觉又到江边去。江水缓缓地流着，没有浪花也不汹涌，但是细看发现水流还是很急的，只是表面特别平稳罢了。

一个样子很像苏联人的老太太在江边钓鱼，我蹲在旁边看。

她围一条黑纱巾，穿黑裤子、蓝褂子，额头很高，眼窝很深，大高鼻梁。我跟她攀谈起来。她说话有点像男人，非常爽朗，言语也简洁有劲。她用一根整棵的小松树当鱼竿，上面拴三个钩，一会儿一条，有时一下两条三条，都是小鱼儿。很快我就和她熟了。她是苏联哥萨克人，71岁，17岁时因家穷用三匹布换到中国，与一从河北到当地来淘金的男人结婚，婚后一直生活在中国，就成了中国人。男人死了，女儿嫁到内地去了，她不愿离开江边，把一个侄儿迁到身边落户陪伴她。她说她既想念江那边的亲人又恨他们，恨他们不该在挨饿的年月把她卖到中国来，使她现在一根肠子扯两国。两边都有亲人啊！

正钓着，两艘苏联的巡逻艇驶过来，逆流而上照样飞快。老太太赶忙站起来拎了鱼罐说："快起来，一会儿浪就上来了！"艇一过，浪果然一阵阵卷来，差点打湿了鞋。

第一艘巡逻艇上站着个年轻军官，穿救生衣戴邮差绿色的大盖帽。他发现我用望远镜看他便转过身背朝我方。后边艇上一大一小都没戴帽子，小的光着膀子，黄头发，直往这边看。艇在主航道中心线那边行驶，马达声很大，不一会儿就远去了。待波浪平息后下江游了一会儿泳，6月初了水还很凉，但实在太清澈了，扎个猛子能在水底看得很远。

晚饭前到哥萨克老太太家串门。她和上海、天津来的知识青年集体户住邻居，集体户是高大的红砖房，她家是整根整根的大红松盖的木克楞房，比砖房要暖和。屋子收拾得十分干净，红漆地板擦得闪亮，房子也非常宽敞。窗台摆了十几盆花，有月季、菊花、君子兰等。墙用画报糊得很亮堂，对着里屋门的正墙上挂着彩色毛主席像，一台很大的收音机正播着歌曲。看来老太太日子过得不错。她正用一台手摇缝纫机在做衣服。手摇缝纫机已经不多见了，她说是中苏友好时候有一年去苏联那边看她姐姐带回来的。问她姐现在咋样了，她说三十多年没音信了，活着的话也八十多岁了。怕是累死了吧。

哨所有条母狗叫莎莎

1978 年 6 月 10 日　星期六　边防哨所

哨所在山头上。里面有架四十倍望远镜，对岸看得非常清楚。哨兵说对岸观察哨是用五十倍望远镜看我们，更清楚。我就附在望远镜前看。

对岸是个十几座木房子的小农庄，有四台拖拉机和康拜因。村旁边林子里有苏联边防军营房和瞭望塔。五个士兵在江边弄木头，三个士兵往南沿江巡逻，跟着条狗。两所漂亮的房子有电视天线，其中一所旁边有小汽车库。哨兵说这是农庄主席的家，小汽车是他自己的，还有一台摩托车。另一台小汽车大概是公家的。不一会儿农庄主席骑摩托带条狗到江边钓鱼。一座木房子里出来个围白纱巾、红上衣、蓝裙子的女人到屋后劈柴，又出来个蓝上衣黑裙子的女人到井边用桶提水。一小女孩迎着拖拉机跑，她披块黄塑料布。江边有五六个人在钓鱼。还有一对青年男女挨坐得很紧，大概是在恋爱。

江边三条巡逻艇上有五六个士兵在忙活什么。从他们头上望过去可见草地卧着五六头奶牛，有一头站着。穿红衣的女人蹲在站着的奶牛身下像在挤奶。

我把镜头对准瞭望塔，发现他们的哨兵也正对着我们的哨塔看，看得极专注，大概发现多了我这个陌生人吧。这是个年轻士兵，着装整齐，样子很可爱，使我想起《静静的顿河》和苏联电影里的红军士兵，便举起自己的双手，一只和另一只互相握了握，他马上就发现了，显见他使用的望远镜倍数的确比我们的大。他也学我的样子伸出自己的双手握了握。这种做法是不许可的，我怀着神秘的喜悦看了一眼我们的哨兵。他只说，那边哨兵只有一个人对我们的握手动作回报以挥拳，其余都很礼貌。

从哨塔下来见院子有两条狗在撒欢，一条黑色杂带白色，一条棕黄色尖耳朵。哨所的战士告诉我棕黄色尖耳朵那条是母狗，叫莎莎，是去年黑龙江涨水时从苏联那面漂过来的，回不去也没法往回送，战士们精心喂养下来。起初哨所那条黑狗见了它总想咬，在战士们帮助下两条狗相互之间渐渐有了好感，恋爱了，今年还生了一窝小狗崽，个个都很健康可爱。战士们给这一窝混血狗根据颜色和与父母的相像程度分别起名佳丽、花虎、李逵、葛利高里和阿克西尼娅。

隔岸观火

1978年6月15日　星期四　三合至呼玛货轮上

这儿的客船没有准点。前天是半夜到的，乘船的人怕耽误就得派人一直在江边守候，有急事的甚至在江边铺了行李睡在那儿等。往呼玛去的船晚饭前到的。吃了晚饭上船，人满满的，又装了许多粮食化肥煤和猪鸡等。没找到座位，我便坐到舱外看大江两岸的景色。

没有风，没有一点浪，若不是两岸的青山往后跑，船稳得简直觉不出是在飞驶。两岸除了山就是树，青苍苍一个颜色。宽阔的大江宛如平镜，既秀丽又壮观。岸边时有奇丽的石峰石壁出现。

夕晖普照时，苏联那边迎面驶来一条游船，船舷边站满了戴红领巾的少年儿童。和我们的船接近时，我情不自禁地拿在手中擦脸的白毛巾朝他们摇了摇，不想满船的儿童统统挥起双手，蹦跳着直喊乌拉乌拉！一个大人再三制止才停下来。

我很激动，两船离开很远心情还平静不下来。拐弯时忽然又见对岸一对并肩而坐亲昵着洗脚的青年男女，我禁不住又将手中的白毛巾使劲摇了起来。没想到他们竟放开手双双都站起来向我挥手致意。那一对多情的身影站在夕晖里，多么难忘。啊，我好激动！

天黑了。拐出一个江湾忽然看见苏联一个小村子在着火，影影绰绰地好像烧的是一栋木头房子。火柱倒映在江里使人错觉那火着得特别特别高大。隐约听见有人在扑，但人太少那烛照水天的火柱纹丝不动。我身边有人在议论，若是两国特别友好那些年，我们这条客船就可以开过去帮助扑火了。现在不行，只能隔岸看，若一开过江的主航道中心线就会被看成侵略。

夜色里航船最好看的是航标灯了，明明灭灭地在神秘的山水间亮着，给人以遐想。

天黑死了，几乎连山的轮廓也看不见了，我却在黑暗中发现一个奇观：又长又陡又高的山壁上无数处火星在往江里滚落，像山壁上到处挂满药量不足的炸药导火索，点燃着，火星不住地往江里蹦落。我知道了，这就是中国人说的冒烟山，在苏联一边。

驶过冒烟山，一条奔腾跳跃的火龙出现在苏联那岸蜿蜒的山脊上。火龙很长很大奔跃得也很快活，金光闪闪呈 W 字形，挂在墨绿的夜幕上衬着山水美极了。不知是故意放了火烧荒的还是什么人不慎失了山火，反正只能隔岸观看这美丽的火龙了。

呼玛图书馆见山羊

1978年6月17日　星期六　呼玛

多日来在乡村转，冷丁一见呼玛县城的楼房和工厂的大烟囱，很感新鲜，码头上来来往往的人穿得新鲜艳丽，特别赏心悦目。呼玛镇给我的印象非常不错，人的长相都挺顺眼。楼不很多，但平房盖得整齐大方，大多粉刷了白色或奶黄色，衬着许多绿树，给人以卫生院或公园的感觉。

最热闹、最美的地方是江边。江边停了许多货船、客船和航标船，清凉的微风爽爽地拂着那些船只和抱孩子乘凉的妇女、洗衣服洗头的姑娘、洗澡的小伙子、埋头读书的学生、散步的老人、游泳的半大孩子。没有吵闹声，让人感觉这是个充满文明生活气息的边城。卖的冰棍、汽水、糖果都不掺假，像呼玛的人一样朴实美好。

到县图书馆转了一圈。看书的人不算少，书报杂志也不算少，还有几本新出的外国文学书，几个姑娘和小伙子在看。

我正翻一本最新的杂志，见闯进来三只山羊，下巴都长着一绺胡子，仿佛来了三位学者，慢腾腾旁若无人地往里走。我刚在心里开玩笑说呼玛的山羊都具有好读书的学者风度，一只小山羊却倚着桌腿撒了泡尿。图书管理员姑娘骂着它不知好歹，三两脚踢将出去。

三江口的“猪宾馆”和“拨拉香”

1982年9月19日　星期日　三江口

黑龙江、松花江和乌苏里江交汇的三江口有个哨所。一排粉刷漂亮的奶黄色小房，四周用草筏子垒成极宽厚的墙，墙上有掩体，墙下有地道，墙围成个四方的院子，像封闭的城堡。城堡上长满劲草并爬了许多牵牛花，花正盛开着，像城堡里伸出无数支军号。城堡外面围绕一条城壕，除大门外，进出城堡其他门都得通过城壕上的桥。

城堡里面像个小公园，种着不少花草树木和蔬菜。一进正门便发现，一块屏风似的水泥碑立在那里，上塑“三江口”三个水泥大字。大门两侧是这样一副对联：镇守三江，巩固国防。

哨所营房很整洁，但给我印象最深的是“猪宾馆”：有内室，内室里有走廊、铁栏、小板床、宽大的玻璃窗子。室外有水泥地面的宽敞庭院。十几头肥大的白猪躺在庭院晒太阳，见我们来了都哼哼叫着站起来像是欢迎我们，其实是快到吃食时候了。

“拨拉香”是所有花草里我最感兴趣的一种，不开花，叶子形似角瓜叶但只有树叶那么大，很短的根上直接放射出一束密集的叶子，叶茎细长，很像一束刚放射的礼花。它实在太不显眼了，把它列入花中似乎有点不够格。可细一闻，尤其一阵风吹动它或用手拨拉它一下的时候，立刻有股甜瓜混着青蒿的香气放出来，使你不能不被吸引住而想多抚弄它几下，或鼻子贴近它多嗅几下香气。

“拨拉香”是战士们给起的名，最好养活，随便掐一片叶子插在土里就活，伺候起来也极省事。战士们写信前或上哨去的时候闻一闻它，会生出许多喜悦和灵感，睡前吸上一口准会做个香甜的梦。这花真有点像边防战士，平时极不显眼，一旦风吹草动有了战事或灾情立即就会放射出奇香异彩。

中国东方第一哨

1982 年 9 月 25 日　星期六　乌苏镇

黑龙江和乌苏里江抚远水道东交汇口有一个小岛叫乌苏镇。岛子不到一平方公里。虽然名叫乌苏镇，实则只有一户人家三口人和哨所十几个兵。中国地图最显眼最突出的鸡冠子尖上就是乌苏镇。这是中国领土最靠东的地方了，所以中国军人都管这儿叫祖国东方第一哨。

岛上建有一座鲑鱼加工综合厂。现在正有鲑鱼可加工，岛上还显得热闹些。没有公路通岛上，夏天交通靠船。冬天出入就困难了，零下四十多摄氏度，雪一米多深，马爬犁都没法走。米运不上来，哨所的战士时常煮粥或做疙瘩汤吃。有人命关天的大事了才能用电话联系履带拖拉机进来。哨所排长李文顺今年春节结的婚，爱人是沈阳人，婚后第一次来队就被困在岛上两个多月。哨所往沈阳发信来回得一个月，李排长说他跟爱人初次恋爱通信时差点没因误解而告吹。女的怎么寻思也不明白，第一次写给他的恋爱信为啥一个多月不回信呵。

岛上这一户是为冬天看没人工作的鲑鱼加工厂而安家的。男的来时还是个光棍癞子，去年才从山东找来个媳妇，今年夏天生了个儿子。如果岛上早有这么一户的话，也不至于发生一个小战士跑苏联那面躲避工作组的笑话了。

军分区工作组要到哨所来检查军人条令条例贯彻落实情况。入伍刚三个月的小兵杨东明背不会边防二十条，怕挨工作组批评而跑到苏联那面躲避去了。被送回来后问他知不知道那是别国，他说就苏联那个村庄近，别的没地方可躲。真还是个天真的孩子啊。

重返太阳最先照到的地方看日出

1987 年 6 月 16 日　星期二　乌苏镇

这是隔五年后再次来乌苏镇。这次是骑自行车来的。骑自行车从黑龙江我国境内的起点洛古河起，到黑龙江我国境内的终点乌苏镇止，历时一月，这是最后一站了。因为上次来后以这儿的环境为背景、以这儿的军民人物为模特写的小说《雪国热闹镇》获全国奖使这个地方在外面有了名气，也使我在这个地方有了名气。我在小说里渴望人和人之间的沟通和理解，同时也渴望国与国之间的沟通和交往，还着意渲染了这儿地理位置的特殊和风景的优美，致使许多读者都想不远万里前来看看。

我们沿公路骑自行车到乌苏镇时已是夜间九点多了，哨所的战士们到了就寝时间却都没睡，在迎候我们。国家最高领导人也来过，不仅使这里通了公路，哨所的房子、哨塔、院子也都变了模样，一排平房变成一栋很漂亮的楼房，用石头修建了一座高高的哨塔，冬天站哨时不冷了。与院子紧紧相连的江堤重新用石头砌过，石阶直接通院门，简直是一座美丽的江畔小花园。

全排战士为欢迎我们开了个座谈会，尤其谈到读了我那篇《雪国热闹镇》的感受，希望我再写一篇描写这儿的作品。我把在抚远准备好的一本《雪国热闹镇》小说集写上“献给东方第一哨的战友们”送给他们。

尽管骑车十分累，我还是在夜间两点十多分就爬上哨塔等着日出了。我终于在大江的远方看见了一轮跃水而出的红日，江里倒映出一根通红通红的火柱。红霞将胡耀邦题写的“东方第一哨”石碑照得一片辉煌。

（原载《鸭绿江》1991 年第 8 期）

丝绸路上的少女

一、卖西瓜的女孩

兰州到敦煌那段丝绸之路，我是第一次走。时值去年中秋节，路上空和四野的阳光灿烂而又清爽极了，除了车轮碾起些许烟尘，前方和左右的阳光里一颗土星儿也没有。左侧的远方呈一条白线，那是披着雪的祁连山。右侧的远方呈一条灰线，那是没怎么长草的旷野。眼前则是一条断断续续的黄线，那是古时的黄土筑就的汉长城遗址。从陪同的甘肃作家陈德宏嘴里知道，祁连是匈奴语“呼天”的意思，因此祁连山即天山。丝绸之路新疆那一段，前年秋天以及二十多年前的冬天我已经走过了，甘肃这段天山头上的白发和新疆天山头上的白发一样地白啊，是修长城时白的呢还是开通丝绸之路时白的？白头的祁连山和古老的丝绸之路以及汉长城默默相陪伴的景象，让我们话少了。这时，我们自带的面包车在永山（永昌—山丹）公路与汉长城相交叉处停了下来，老陈说这里是汉长城的起点，值得拍照留念。大家都掏出照相机下了车。一时人多抢不上好位置，我便往四周看。不远处有一大堆因黄土衬托而绿得格外耀眼的西瓜，周围站有五个头围鲜艳彩巾的女孩子。很快，她们每人抱了一个西瓜向我们跑来。河南作家田中禾和我同为采风团的团长，他是个好搭话而有趣的人，见姑娘们个个抱着西瓜跑来便开玩笑说，你们的西瓜外边看挺耀眼的，不知里面怎么样。他这一搭话不要紧，五个姑娘一下把他围住了。老田是高个子，五个围着彩头巾的姑娘仰脸向他齐说里面甜得很呢，那样子活像五朵向日葵。她们抱着的仿佛不是瓜而是自己要入学的小妹妹，唯恐田老师说不好而不收似的。老田卖着关子挨个把瓜拍打了一遍说甜不到哪儿去，其中一个大点的女孩说不信切开尝尝嘛，保甜。老田说不甜不给钱，大点的女孩说不甜不要钱。没待说妥大女孩就叫过操刀的老头把瓜切开了，瓜瓤鲜红得一看就叫人感到非甜不可，　老田说我可没叫你切，是你自己切的啊！本来昨晚已买了些瓜放在车上，所以老田的话也不完全是耍赖。但那瓜让人感到是太甜了，加上那女孩卖瓜心切也太动人了。江西女作家胡欣说买了吧，都渴了，几个女作家也都这样说，老田便做主说那就买了。那瓜甜得让人心里说不透地舒服，大家吃着也堵不住嘴，直说西北的瓜真是了不得。另外的女孩就又拽老田的衣角叫他再买。老田玩笑说当一回团长索性就多行使一把权力，买了。其他的女孩都乘势再拽老田的衣角，那执着和热情劲儿容不得老田耍贫嘴，竟被缠得一连买了四个大瓜。只剩最小那个围黄头巾的女孩的瓜还在怀里抱着，见老田已没了再买的意思，她急得脸通红通红快要哭了，说为什么只不买我的？欺负人欺负人！老田说你看你的瓜最小，不熟嘛！

最小的女孩脸一下涨得更红，她说，你等着，我抱大的去。她转身就趔趄着跑向瓜堆，那速度简直难以想象会出自抱着一个西瓜的小女孩，我心提着直怕她跌倒摔碎了西瓜。很快她抱个大的跑了回来，那大西瓜与她的年龄和身材太不相称了，但她竟能还抱着它跑，趔趄得吓人却没有跌倒，到我们跟前时额上已有了汗珠，脸也充了血一般。老田无奈说，我没叫你拿嘛，我买这么多西瓜怎么办嘛！黄头巾小女孩说欺负人嘛，都买了为什么不买我的嘛！老田说我们车上还有一堆嘛，买了你的不是白扔吗？小女孩绝望了，但仍不甘心说，你这么高的个子欺负小的嘛，一样的西瓜为什么不买我的？老田有些气了，说你这小孩不讲理嘛，你小我就非得买你的？说着就要转身。小女孩一下涌出泪来，换了哭声哀求说大叔买了吧！我不忍心，刚要开口说买，写过《小兵张嘎》的河北老作家徐光耀在远处说，田中禾你就买了她的瓜吧！黄头巾小女孩那个大大的西瓜就被买下了，她还有点不放心地盯着没到手的两块多钱。徐光耀老头过来擦她脸上泪珠的工夫，西瓜钱也到手了。她破涕为笑说谢谢爷爷、大叔，卖西瓜钱我一定不乱花！

拍完照车开时，黄头巾小女孩还直往车里瞅，那感激而充满期望的眼光让我难忘。她那天还能卖一个西瓜吗？

车开走了，黄头巾小姑娘的脸仍葵花似的朝着我们不动，直到我们往西边的太阳方向走远了，她葵花似的脸还朝着我们，她站在被路断开的汉长城中间，左侧远方是祁连山的雪线，右侧远方是旷野的地平线……

二、出租乘马的女孩

河西走廊的中秋，天高山矮。我们到了丝绸之路上的张掖地区。张掖是古代北梁的国都，隋炀帝西巡至此，曾有过调集美女几千名及召见西域二十多国王公使节聚欢游乐之举。“葡萄美酒夜光杯，欲饮琵琶马上催”“劝君更尽一杯酒，西出阳关无故人”等许多广为流传的诗句就出自张掖一带。时近中午，我们在那些令人惆怅的古诗句陪伴下，看过悬空建在陡崖之上的古马蹄寺，心情刚被历史之刷涂过层层怀古的油彩，车子忽然又从历史中绕出来，几个大圈便把我们扔进没有一丝历史感的大自然美景中了。雪山几乎就在身边，但雪山脚下的草地却绿得醉人。开阔的山谷里又起伏着长满矮草的山墁，一字排开的蒙古包前清冽的溪水淙淙流过，溪畔是红果满枝的沙棘树和苍翠的青松，还有芦花一类的茂草。略带暖意的秋风调皮地拂着树枝、草梢和我们一张张探在窗口的脸。我们心头刚刚刷上的历史油彩，瞬间就被调皮的秋风一层层揭去。大家一点思想准备没有，一下子就从历史转入现实，突然都被闪了一下子。

还没等面包车停妥当，各蒙古包跑来揽客的姑娘们七手八脚不容分说就把我们一车人抢散了。由于陪同我们的人在市旅游局工作过，知道哪家条件最佳服务最好，蒙古包出来的那些姑娘也知道他是谁，所以他一声吆喝就把其他拉客者止退了。我们立即被他选中的那家蒙古包的姑娘们围在当中。姑娘们穿着打扮都是蒙古族的，但却不知究竟是裕固族、蒙古族还是汉族的。裕固族全国总共才一万四千多人，而张掖一带就有一万人，主要分布在肃南裕固族自治县。当地的汉族人为了赚钱，也有扮成蒙古族或裕固族的，所以我们猜不出那些端着酒碗亮开嗓子给我们唱祝酒歌往我们脖子上挂哈达的姑娘们是哪个族的。唱祝酒歌的姑娘嗓子简直像用非常非常有营养的什么药水浸了的，圆润而又嘹亮；

又像刚用烫了的烈性白酒泡过，热辣辣烫人。敬酒的姑娘大概是一群姑娘里最热烈最执着的了，你接过的一碗白酒只要还剩一口，她就一支歌接一支歌唱下去，直到滴酒不剩为止。我是被两支歌劝干一碗酒的，酒刚下肚我就发现，又有一梯队女人已经盯住了我们，她们人人牵一匹配了鞍鞯的马，绝不是没事听闲歌的，而是等待向我们出租乘马。

我们已经成了最大这个蒙古包的客人，其他生意被谁抢去这个包就不在意了，于是我们很快又成为牵马这帮女人的抢夺对象。她们年龄大小不一，年纪大的可以是年纪小的的大娘、大姑、大姨、大婶、大姐，最小的一个也就初中一年级学生的样子。这个学生样子的小姑娘头围一方红头巾，淡蓝褂子上套了件黄马甲。她牵的是一匹特别英俊的白马。因为她小加上她的白马显眼，所以尽管被挤在最外边她也很惹人瞩目。如果任意选，我肯定会选择她和那匹白马的，可是她被挤在最后边，不等我选，我已被一个差不多最大年纪的女人抢到手了。不等我说不，这个女人已把马缰绳塞进我手，不等我反对，陪我们的导游也说话了，说这匹马最老实，等于分配一样把我推上了这匹马。我们想骑马的一一都被推到马上了，那牵白马的最小姑娘还原地干站着，因为她不抢也不好意思说话，只是拿眼光闪闪烁烁地表达一下希望。只在剩两匹马时有人去拉了拉她的马，她的马却不听话，因而落选了。匆匆忙忙的，我们一大群男女纵马向四处跑去，有的往雪山脚下跑，有的往绿草深处跑，有的往溪流远处的树林子跑。而我骑的马老实，怎么催它也奔跑不起来，我只好遗憾地在马背上听其自然了。当然我不能不想着那匹英俊但不老实的白马和老实得不好意思说话只是用闪烁的眼光表示希望的小姑娘，她那匹马有人骑了吗？

骑马的人们都回来了，牵白马的小姑娘还在蒙古包前站着。我忍不住问她的白马有没有人骑，她羞涩地摇摇头，红头巾把她的脸映得很红。如果她能当着众人央求我一句说骑骑她的马吧，我一定会借着这个理由再骑一次的，但她没说。我们就被拉进蒙古包开始大块吃肉大碗喝酒大声唱歌了。

好长好长时间我们终于吃完喝完唱完走出蒙古包时，我不由怔住了，牵马的女人们还没离去，她们一定还存着也许还有人能再骑骑马的希望。可是我们一走出毡包立即上了车，女人们这才纷纷上马，先于我们的汽车返家了。黑的红的白的马儿跑着，绿的粉的花的头巾随着马起伏跳跃。当时夕阳已经坠山，晚霞红得有些怅然若失。红头巾黄马甲的小姑娘是最后骑上她的白马的，因而已经走远时她的身影还在我的视野里鲜明着。我也有些怅然若失，想，她牵的是她自家的马吗？她是学生吗？今天不是休息日，她为什么没上学？她明天还到这里来吗？她家房子好吗？她是什么族的？

不一会儿我们的汽车赶上了白马小姑娘，车从马身旁擦肩而过时我再次看清了小姑娘的面容，她美丽的小脸上满是晦气啊。她的马和前面那欢天喜地的一群马隔着很大一段距离呢！白马小姑娘为什么没和大家跑在一起呢？

没待汽车赶上前面的马群，一股强烈的冲动使我大喊一声停车，大家还没明白什么意思，我已跳下车迎着白马小姑娘跑去。她勒住了马，我掏出二十元钱扬手向她塞去。她一时没弄懂怎么回事，手从钱边躲开了。我说，给你的，就算骑你的马啦！她把手躲得更远了，连连摇头。我一把将钱塞进她的靴子腰里，转身跑回车上。车马上飞驰起来。

借着酒劲儿，我摇开车窗回头向小姑娘使劲挥手。我向她喊道，红头巾小朋友，祝你幸福！小姑娘也朝我扬起手，然后催马朝汽车追来。

我不让司机停车，车子在我的催动下加快了速度，不一会儿就翻过山坡朝另一个方向驶去了。过了一会儿，我回头看见红头巾小姑娘和她的白马立在山坡上，她还在朝我们的汽车招手。她背后的祁连山雪线已经模糊，晚霞随着车轮的起伏在跳动，但颜色似乎已不再怅然若失。

三、卖锁阳的女孩

锁阳是一种中药，块根部分入药，壮阳，补血，健胃，治风湿，也治神经衰弱。这种药材多生长于丝绸路上的安西县锁阳城一带。古玉门关就设在锁阳城东门外。据说初唐时薛仁贵出征西域，曾被哈密国元帅苏宝同的大军层层围困在锁阳城，水断粮绝。根块肥大的锁阳既能充饥又能解渴而又遍地野生，薛仁贵他们靠挖食锁阳得以坚持到救兵到来。为纪念锁阳救命之恩，薛元帅把当时的苦峪城改名锁阳城了。所以中药锁阳在西北乃至全国都很有名。我说的女孩与锁阳的传说无关，但她是丝绸路上离锁阳城不远的桥湾故城展览馆里专卖中药锁阳的。为什么要说她？只因为她留给我的印象至今还没忘记。

见到她是在见到租马那女孩之后两天。为什么一路上见到那么多人我独独说几个女孩呢？就是因为至今她们还在我脑海里留有鲜活的印象。那也是一个阳光灿烂的下午，丝绸之路的秋天似乎没有一天不是阳光灿烂的。我们的车停在桥湾故城旁边的阳光里，闪着光的疏勒河也静静地躺在城边的阳光里。故城的颜色和样子都很有历史沧桑感，但它身边的人都十分现代。导游说这城很有看头儿，主要是人皮鼓和人头碗好看。我们就是奔人皮鼓和人头碗下车的，可是一进展览馆门口，叫卖锁阳的小姑娘就像一块磁铁唰地把我们一堆铁屑吸住了。买锁阳啊，买锁阳啊，我们的锁阳产自附近的锁阳城山上，是真正的锁阳。挖锁阳最好的时间一年只有九天，各位游客知道是哪九天吗？就是三月三前后那九天。那九天一般都是大雪封地，可长锁阳那地方雪都化出一个窝窝。从雪窝挖出的锁阳，一点元气不伤，药劲儿足药效好，是最最珍贵的锁阳。我们这儿卖的锁阳都是三月三那九天从雪窝窝挖的，我们亲手挖过，真的是全国最最珍贵的锁阳。请尝尝我们的锁阳酒，润喉提神，喝下去十分钟就见效。不买不要紧，尝一尝不要钱，别错过机会后悔啊！

我们先后几辆车的游人都被这女孩叫过去了，看锁阳说明书的，尝锁阳酒的，一时把她的柜台围得层层叠叠，卖其他纪念品的柜台几乎无人光顾。但是，锁阳看过了，锁阳酒尝过了，就是没人动手买，而且前面的人开始往后退。女孩连忙加紧宣传：我们的锁阳不仅治病，而且有文化品位。赠送亲友时你说这是从丝绸之路的锁阳城买的，亲友们都会自豪。我给你讲讲锁阳的传说，你就一定会买了。传说薛仁贵征西……

她绘声绘色把锁阳的传说讲了一遍。她的嗓音是略带嘶哑略带男性那种，不知平时就这样还是刚刚累嘶哑的，反正有特点有魅力，让人听了就能记住。她的声音和她的锁阳相结合让人们正犹犹豫豫着，看人皮鼓哇看人头碗呐的喊声如引力更大的磁铁，呼啦啦把一伙人全吸走了，都是空手走的，我也是。当我们看完人皮鼓、人头碗和木乃伊出来，卖锁阳小姑娘嘶哑而有磁性的叫卖声又顽强响起来：买锁阳啊，我们的锁阳是三月三前后大雪封住野地那九天挖的，我们亲手挖过……

我不相信她的锁阳是三月三那几天从雪窝挖的，也怀疑她亲手挖过，但也有些犹豫是否该买一点，一是如女孩所说别后悔，二是这女孩太卖力气了。山东作家毕四海先于我动了心，一边疑疑惑惑问说可能吗，一边买了一大盒。我松了一口气，总算有人买了一盒，不然好像我犯了错误似的。我们的车要开走时又来了一辆车，车上的人一进屋，我听见那女孩的叫卖声又响起了：买锁阳啊，买锁阳啊……唯一买了锁阳的毕四海在开起来的车上边摆弄着他的锁阳边说，你们不买锁阳要后悔的。

为防后悔，几天后从敦煌往回返的时候，我在敦煌的药店里一下子买了二斤锁阳。但说实话，我在敦煌买那锁阳不如桥湾故城小姑娘卖的好。其实好坏都在其次，主要为了卖锁阳女孩那些话。我都不敢保证我会不会什么时候图虚荣说这锁阳是在锁阳城买的而不说从敦煌买的。

事有凑巧，从敦煌往酒泉返那天，路过桥湾故城有人要求停车上厕所。不想一停下来车就坏了。等修车时我有工夫观察卖锁阳那女孩很久。三四个小时当中，来一车人她就嘶哑着叫卖上一大气，那声调和热情以及词句几乎丝毫不差，录音带放出的一般。她并没有发现我在观察她，所以她并不知道她录音带一般重复的叫卖声会在我心中留下什么印象。她实在不容易！但我也听出她实在不容易的嘶哑声中的不诚实来。太阳已经落山，再不可能有游客了，她没事看我们修车时我有机会问出了真相。她知道我们是作家并且有一个人买了她的锁阳后笑了，说，我哪知道是不是三月三雪窝里挖出来的啊！我说不知道你为什么这样说呢，她说，我这样说还没几个人买，不这样说不更没人买了吗？

我又问到她的情况。一旦跳出交易关系，她的话就十分诚实了。她说她属马，20 岁，是四川绵阳人，曾独自闯荡到大连、深圳、珠海等不少地方，转了一圈才到丝绸之路谋生的。她见识挺广，也很有个人看法，她说你们辽宁的大连很不错，市长很让她佩服等。有些熟了，我才敢进一步问她是否真挖过锁阳，她脸没红但稍有点不好意思说，在老家四川山上挖过。这其中已包含承认没亲手挖过锁阳城的锁阳就行了，何必再追究她是否真在老家挖过锁阳呢？我还有点怀疑四川是否有锁阳，但已不忍心再问出谎话来，便转到别的话题，竟然说得很有趣很投机。要走时我说我已买过二斤锁阳了，不能再买她的锁阳，干脆买一本介绍锁阳的书算了。她大男人一般豪爽说，那何必呢，送一盒锁阳给你得了，这毕竟是锁阳城的锁阳。

我听出她口气中的不实来，坚持没要她的锁阳，我想，要了的话我肯定还得付给她钱的，便买了本关于锁阳的小册子了事。

车修好同她告别时已经暮色苍茫。疏勒河的模样看不清了，她的模样也有些模糊了，她老朋友似的挥挥手说，再见，作家大哥！

我已是同她父亲一样大的年龄了，听她叫我一声大哥，弄得我一时措手不及没回出话来。

四、按摩的女孩

出了嘉峪关回头一望，才些许体会了林则徐当年经此去伊犁赴任的心情。此关是中原和西域之界啊。看看关城周围蓬蓬勃勃的波斯菊、西番莲等外来花卉，以及来来往往的外国游人，分明感到了一股异域情调。嘉峪关在阳关西边呢，出了嘉峪关谁还能遇到故人啊。灰黄的土筑长城蜿蜒远去，苍凉而遥远的历史氛围浓重地笼罩在心头。长城两侧青铜般的戈壁十分广阔，但一望有际，因河西走廊的远处有山。到了中午，才满怀没了故人的沉闷到达敦煌，下榻在一家住有外国人的中档旅馆里。

最难忘敦煌那家旅馆的夜晚。

晚饭后游过中外闻名的鸣沙山和月牙泉。景色之美不必说了。流沙堆积成的一座大山，人一爬，那沙便往下淌，无数人在爬，无数沙在往下淌，山却不变矮。沙是可爱极了，但爬鸣沙山也真是累人，前进一步必得后退大半步。我们是从收门票处赤脚走到最高的沙山脚下开始爬的，爬前脚就极累了，有的还被路上的沙石磨出了泡。我们爬到山顶时不仅天已大黑，而且游人已寥寥无几。当时很想尽情大喊，很想让自己的喊声传得很远很远，传到自己故人的耳边去，但心力快要衰竭了似的，不容你喊。平歇了好一会儿才有力气掏出手机给遥远的家人打电话，不用说，回到旅馆时每个人会累成什么样子可想而知。我用热水泡了澡，浑身的疲劳也只泡掉一半吧，美妙的敦煌夜景都没心思去看了。我到门口稍站一会儿，想透个气早点歇息，好为明天的路程准备力气。

这时一个小巧玲珑的少女款款站到我面前，她甜甜而不失礼貌地叫了一声先生，然后说，玩了一大天肯定很累了，解解乏吧？我看了看四周断定是在跟我说话，便说，实在太乏了，只有马上睡觉才能解乏。她甜甜地一笑说，爬鸣沙山了吧，中药泡泡脚，足疗一下，再按按摩，什么乏都保您解透！我说刚刚泡过热水澡了，她更甜地一笑说，那不正好按摩吗？看来您是没做过按摩，做过一定不会这样说了。

我是做过按摩的，但那是男性盲人的按摩，手重得很，异性按摩只是听说过，而且据说不错。见我一时作答不出，少女说，先生既然没做过不妨试试，如果觉得我说了谎绝不收您的钱。我又问费用如何，她说先生不用担心费用，如果做完了您嫌费用高我保证一分不收。

我没了话说，她妩媚一笑说，大哥先生跟我来吧，早做完早睡下，明天还要看莫高窟壁画呢！

她的按摩室就在一楼里面的拐角处，僻静得很，也温馨得恰到好处。她先给我泡了一杯热茶，放于按摩床头，然后又放一曲轻音乐。光这安谧的气氛已使我解乏不少了，她于温柔的乐声中又拿出一套柔软的纱衫纱裤叫我换上。我有些不好意思，她略带嘲笑地鼓励说，大哥先生真是个好人，腼腆得像个姑娘。她说着就亲自动手给我换了外衣，指导我在按摩床上躺好。我不好意思看她，闭了眼顺其自然。

她的双手从我头部轻重适度地一一按摩开来，细腻的手指外柔内刚，遇到穴位处便恰到好处用上一些刚劲儿，普通部位则刚柔相间。虽然她的手指和我的肌肤间隔着一层纱，但那纱叫你非但没有感到隔阂而且像是多了一层媒介多了一层亲近，那舒服的感觉真的让你难以言说。你浑身的每个部位都被她的手触及到了，不过轻重缓急不同，有的部位轻轻一带而过，似有若无，象征性地似乎不经意地轻轻碰了一下，其实又绝对是有意的，因为她按程序把全身按摩了两遍，而两遍的每个细节都是一样的。她好像不是在按摩，而是在读一本书，并且读了两遍。自己作为一本书被一位异性的少女细细品读时，第一遍带有紧张感，完全是被她读的感觉；第二遍就轻松愉悦了，有了也在读她的感觉。她的手、胳膊甚至整个身子，简直像一只或两只轻灵的小燕子，贴绕着你的身体慢慢地飞。不仅你身体每个部位被分寸得当地涉及到了，她身体的每个部位差不多也分寸得当地让你涉及到了。我之所以用涉及一词来表达，因为我找不出更恰当的词来。她的手轻盈迅速的移动间略微触及到你平时异性不能触及的地方，或你的手你的脚被她轻轻一拉一推一拽一碰时，极其轻微地触及到她平时对异性禁忌的部位，那感觉极微妙，时而像暖风轻轻一拂，时而像弱电流微微一过，一天爬山和奔波的疲劳不知不觉间就消除殆尽了。

她忽然说，大哥先生感觉好吗？我一时没回答上来，她又说，大哥先生若不满意，有什么要求只管说，小妹愿意为你服务。我连忙说，谢谢你，很好，很满意。我说得十分由衷，大概说时脸都有些红。她说，大哥先生真是少见的好人。我很是不解说，我并没什么好的表现啊。她说，大哥先生你很规矩。我说我并不懂按摩有什么规矩，只是听凭摆布罢了。她说大哥先生你不知道啊，许多来按摩的人不规矩，倚仗给点小费就动手动脚，有的直接就侮辱你，理由是多给你钱了。

她说得很真诚，让我有些同情，便关切地问她如何保护自己。她笑笑说，也没什么好办法，只有坚持不收小费才会好点。我又表示同情说，干你们这行也不容易。

也许因这同情的话没带一点功利目的吧，她说，大哥先生的口音像是我们老家那一带的。一聊，我们果真算是老乡呢，她是经了许多坎坷来到敦煌的，还有一个女孩结伴同来，在别家旅馆按摩。

能在一无故人的遥远他乡听到几句信任的话，也叫人挺心暖的。告别时我说，看在老乡分儿上，我还是多加点钱吧，算是对你的一点支持，你不用多心，我什么目的也没有。

她反倒友好地笑话我说，大哥你不像是有钱的大款，你的收入不会比我多的。难得遇上你这样的好人，按摩费免了，不是开玩笑，真的免了。

我连连推脱说，这怎么行，这怎么行，不认不识的，怎好让你个弱小女孩破费。

她诚恳而大度地说，同是天涯沦落人，相逢何必曾相识。大哥何苦小瞧老乡小妹呢。

她越是这么说我越是不肯免交，最后索性将多于规定的钱扔下便走。她匆忙撵到门口拉住我，我一回头，冷不防被她一连吻了三下，她说，大哥，祝好人一生平安！然后她就毅然关了门回到屋里。

我一夜都没能平静，梦里还推让着那钱。

第二天早上我们就离开了敦煌。在车上掏手绢时，我的手忽然被昨晚丢给按摩女孩的那张钱碰了一下，那一碰有点像触电似的，捏着钱的手指好一会儿挣脱不开。

（原载《山西文学》，《中华文学选刊》选载）

白鹿原下樱桃红

2016 年 4 月 29 日早，一则微信消息让我“哎呀”一声，嘴就张着不动了，一连串的“哎呀”声随之从遥远处传来。

大约 5 年前的春天，我登上了西安郊外的白鹿原。在高耸入云的白鹿碑下站定，往日一欢快便想开玩笑的心情却悄然溜走，暗自“哎呀”了一声，并不由得想起另一声“哎呀”。那声哎呀，不是我的东北口音，而是 10 年前走在赣南红军长征路上的中国作家采风团团长陈忠实先生发出的，前面的“哎”字要比后面的“呀”字重得多，是被浓醋啊烈酒啊老辣子啊羊肉泡馍的老汤啊，日久天长混合浸泡而成的陕西味儿，那绝对是经白鹿原的长风与灞河劲水熏染而成的陈忠实的口音，与我听过的别的陕西文人如贾平凹、雷抒雁、白描、白烨、王鹏、邢小利等都不同。10 年前那次重走长征路采风，我是陈忠实手下一名团员，过后我曾在《过梵净山》一文中把他独特的“哎呀”戏译为相当于古汉语的“呜呼”，所以，一激动了，大家便一起（连另一位团长张健也带头）学他口音连声呜呼一阵，以示对他“哎呀”的呼应。而我在白鹿原这块文学高地暗自发出的这声“呜呼”，源头就在那次重走长征路。

与作为团长的陈忠实同走了一段江西并贵州的长征路，才有了后来无数次近距离细细端详他这块白鹿原上文学之碑的机会。

他抽的烟是格外粗壮的雪茄，还随身带一个装了浓茶的大水杯，这两样提神的东西使他总是眼睛亮亮地在深思，却很少有话，会上也很少有。一旦忽然有了感触，通常也是前面所说那样“哎呀”一声了事，其余都留着力透纸背，或说给确能听懂的人了。至今清晰记得，过梵净山时，当地政府安排了叫做滑竿的简易轿子抬我们翻山。大家都不好意思让人抬，但都没办法拒绝，人家说这是为了拉动经济，好让挣不着钱的农民工得几个工钱。陈忠实没坐，他说身体不舒服，不能和大家一起翻山了，就从山下绕到对面和我们会合。当我们一群坐过轿子、“压迫”了农民工的人和他会合时，我和山西的葛水平请他坐到放在路边的滑竿上歇息一会儿。他刚一坐下，我和葛水平却趁其不备抬他在大家面前走起来，他急得哎呀哎呀叫停，还是被我俩抬了好几圈，惹得大家齐声呜呼了一阵子。其实他这个农民的儿子，是最不好意思“压迫”农民工的，才没和我们一块翻山。我们却非让他“压迫”我们一会儿，当然是出于对他的尊敬。那一路上说了太多兴高采烈的话，原因当然和《白鹿原》的作者是团长有很大关系。但那次我却没单独和他说多少话。一是很累，二是我自觉不配浪费他的宝贵时间。但从那以后，每次中国作协开会，我都要和江西的陈世旭一同到他房间坐坐，陪他喝杯啤酒或茶，就是表示一下对文学老大哥的尊敬，但也因此逐渐有了感情。记得有回我自己去他屋里坐，他一口一口抽雪茄烟，我陪着一口一口喝茶，却没几句话。后来他忽然对我说，你该好好写一部长篇。我知道这话的分量，他是指垫棺当枕头那种长篇，我何尝没想过？其实我在长篇处女作《绿色青春期》后，又有个长篇稿子在手里放了多时，只是一想到他那砖头样厚重石碑样高大的《白鹿原》，便丑媳妇不敢见公婆了。后来他说他自己也打算再写部长篇小说，我却表示了不赞同，说再写那么沉重的东西，会把他自己压垮的。较长一段时间后，我还是悄悄把放手里好一阵子的长篇跟他说了，就是上海文艺出版社刚看过的《不悔录》。所以跟他说，是因编辑部看后很感兴趣，想出版但有顾虑，建议我找位著名评论家写个序，再找位著名作家写段评语。我清楚，《不悔录》应不是他希望我写的那部长篇，不想他却满口答应，并很快写了一段至今让我感念不已的话印在书上："刘兆林是位经遭过生活磨难、阅历丰富的真诚作家，却又永远有着乐观襟怀和幽默情调。他曾以小说《啊，索伦河谷的枪声》《雪国热闹镇》和长散文《父亲祭》震撼过文坛，也震撼过我的心。他的长篇小说《不悔录》，又使我受到一次更深刻的感动和震撼。"不用说，这段评语，我既感动不已，又羞愧难当。我不会大言不惭地认为他真就受到那么深刻的感动和震撼，其中是会有感情因素的。但我敬重他的感情，我觉得他的感情很纯粹、很真诚，给了我继续写下去的鼓舞。

因了这份感情，几年后的 5 月中旬，陈世旭约上我，分头飞往西安，共赴老大哥的"摘樱桃"之邀。他在电话那边是这样说的："白鹿原樱桃熟了，你和世旭来原上摘樱桃吧！"我们就千里迢迢去了。到后他问我们除了摘樱桃，还想看看啥。我和世旭不约而同说最想看白鹿书院和他乡下的旧居。旧居我在他自传式的创作谈《寻找属于自己的句子》里已反复领略过，如能亲眼看看则最为如意了。他却又是一声"哎呀"后说："我的旧屋子没什么好看嘛，先看看书院就去原上摘樱桃吧！"第二天他就带我们直接上了白鹿原。一同上原的，还有他邀来的人民文学出版社原副总编辑何启治，他是《白鹿原》的责任编辑，还有来西安参会的评论家白烨。人多了，想法仍不谋而合，还是都想看看白鹿书院和陈忠实的乡下旧屋。陈忠实仍是那一声“哎呀”说：“我的旧屋子有什么好看嘛，先看看书院就去原上摘樱桃！”这便是陈忠实，人越多，话越少，越执着。

忠实老大哥把我们引进乡间古朴风格的白鹿书院，领我们挨间屋子看了看，便叫我们坐到庭院的凉棚下喝茶，吃黄瓜、西瓜、瓜子、小西红柿和樱桃。那樱桃颗颗如山杏子大小的紫玛瑙或红珊瑚，我以为就是白鹿书院种的呢。环顾一番才明白，环抱着书院的大园子，种有芍药、月季、西番莲、毛桃和矮松树等，这就等于书院是建在花园里了。对怎么办书院，身为院长的陈忠实只字未提，倒是主持书院学术研究的《小说评论》副主编邢小利热情向我们介绍说：“白鹿原上办白鹿书院，实至名归。陈老师在《白鹿原》里写的白鹿书院和主持人朱长山先生，都是有原型的，其原型是蓝田县清末举人牛兆濂主持的蓝田‘芸阁学舍’。而这个蓝田县，自秦设县以来一直沿用至今，‘芸阁学舍’是在为宋代著名的吕氏四兄弟状元学者吕大忠、吕大防、吕大钧、吕大临修的‘四献祠’基础上拓修而成。四兄弟中，吕大临创造的哲学‘合二而一’论，曾被新中国哲学家杨献珍发掘并推崇，后又受到批判，在全国形成一次‘一分为二’与‘合二而一’的哲学大辩论。由‘四献祠’到‘芸阁学舍’，再到小说中的‘白鹿书院’，到现在白鹿原上的白鹿书院，历时千余年，而神脉不断，这就是对中国文化精神的薪火传承，薪尽而火传，灵魂不灭。《白鹿原》中的白鹿终于回到了白鹿原上，实现了陈老师的心愿。”对邢小利这些说法我们频频点头，陈忠实却不时“哎呀”一声，以示这些美好想法能实现多少，还不一定。

临要离开书院时，擅长书画的邢小利执意让我们每人都留下一点墨迹。世旭写的是“汉唐雄风”，当然是赞美《白鹿原》的，很大气。我写的只是“寻句白鹿，不亦乐乎”，“白鹿谁云不还童，原下灞水尚能西”。我这两句，写得小气，但也是由衷写给陈忠实老大哥的心迹。他曾写过一本专门谈《白鹿原》创作始末和感想的书，就是前面我说到的自传式心血创作谈《寻找属于自己的句子》，那可真如割破血管从身上放血一样珍贵的经验，读后感到这部书才是打开陈忠实人生密码与写作密码的最佳钥匙。此时能坐在白鹿书院和陈忠实先生一块喝茶聊天，怎能不再次想起“寻找属于自己的句子”的新意？

在白鹿碑前只站了一小会儿，就有个年轻人跑上前说，陈老师有事我帮你跑腿啊。陈忠实问他是谁，他说是原下的乡亲。看来，原上原下许多人都认得陈忠实，没见过的，也知晓他的名字了。他谢绝了人家的好意，就陪我们碑前碑后转起来。

明媚的阳光把我们几个人的影子投映在坚实的原土上，使我更加感觉脚下自己的身影的单薄。而细看阳光下的陈忠实，苍硬的头发衬着沧桑脸上炯亮如炬的眼，不禁想起何启治先生讲的一件事。有位青年作家读过《白鹿原》后不知陈忠实是否还活着，便给他写信谈感想说：“50 多万字的《白鹿原》，简直字字都是蘸血写出的，即使作者活着，恐怕也要累吐几次血吧？”此事让我想了许多。在长篇小说年以千计的时下，作家们实在应该写得慢点再慢点。

因为我们在白鹿书院和白鹿原碑留连时间过长，陈忠实反复说的摘樱桃的事儿却没时间了。他只好在樱桃园为我们每人买上两大盒樱桃，叫带回去品尝。人说樱桃好吃树难栽，我却认为，应该是樱桃好吃果难摘才对。虽然现在的改良樱桃比老品种大了许多，仍是不好摘的。我们千里迢迢来摘樱桃，却没亲手摘上一颗。

离开西安前那个清早，我抽空到古长安城下的菜市场闲逛，远远听见有壮年男子扯嗓子喊，白鹿原大樱桃啊，好吃不贵……我赶过去，竟见青青古城墙下，卖主的驴车上，还插着一枝硕果累累当幌儿用的樱桃。听我说认识白鹿原下的陈忠实先生，那男子二话没说便允许我摘了，我不由心下又是一声“哎呀”。

哪想到，那声哎呀，竟成了我今天的哭声！

2016 年 4 月 29 日速写于沈阳

（原载 2016 年 4 月 30 日《人民日报》大地副刊）

谁无乡情与乡愁（代后记）

2016年盛夏，家住北京的小孙子到沈阳看爷爷奶奶，其实主要是遵父母之命到东北来躲要命的酷暑，需在东北待上两个月。当时我和妻子也正躲在沈阳远郊一所茅屋修改的泥房子避酷暑。孙子看我们住的小泥屋太简陋，不愿待，但又经不住一望无际的青纱帐和四邻嬉戏欢逐的鸡鸭猫狗以及家家果实累累的菜园的诱惑，我们便利用这诱惑带他四处看新奇，吸引他住下来。邻里这个给他瓜，那个给他果，还都热情问他是哪儿的人，他一脸认真说，我是纯牌北京人！大家便夸他可爱，劝他多住些天，他说我不想多住，我想回我北京家！爷奶叔婶们说北京多热啊，在这儿多好哇！孙子说，我想爸爸妈妈，还想我的小朋友和我的老师！

由此无忌童言，我悟出，小孙子和他的爷奶父母并没有共同的故乡。他的故乡是遥远的北京，他父母的故乡是遥远的沈阳，而我和妻子的故乡是另一个遥远。留有一个人生命之初喜怒哀乐的地方才是他的故乡。现代化已使祖孙三代一家人没了共同的故乡和同样的乡情与乡愁——小孙子的乡情是对还没有记忆就开始生活其间的首都北京的想念，儿子的乡情是对从幼儿园到年满18岁才离开的盛京沈阳的想念，而我和妻子的乡情都牵扯在生养我们、至今仍埋葬着父母尸骨的哈尔滨巴彦那边了。

所谓乡愁，就是人们回不了故乡时各自的惆怅。有诗人说，乡愁是一株没有年轮的树。我觉得，一个人，只要他不死，他的乡愁之树便活着。这株深系故土的乡愁之树的根，也便是人的灵魂之根。深想一下，乡情和乡愁，其实皆因亲情而生。不是因了人生最初阶段深厚的亲情，谁能一有闲暇便不由自主遥向故地而想而念而歌而哭而愁而怅呢？所以，不咬文嚼字钻牛角尖的话，乡愁与乡情亲情之间是有血缘关系的。而我所以又把游走他乡异域触景生情与睹物思人写成的某些篇什弄个“风情辑”，也因那异域他乡的风情亦与乡情与乡愁有血缘。

生活越来越现代化了，城乡差距也越来越小，可人们的还乡之路反而变得越来越远，这是因为，现代化使生活节奏越来越快，人活得越来越忙，忙得没了还乡的时间。待到人这棵有年轮的树越来越老，老到有许多时间去还乡却没了还乡的冲动与能力时，就只好在白日梦中靠重温乡情与亲情来化解乡愁了！

2017 年元旦于沈阳